을유세계문학전집 · 146

모피를 입은 비너스

모피를 입은 비너스

VENUS IM PELZ

레오폴트 폰 자허마조흐 지음 · 김재혁 옮김

을유문화사

옮긴이 김재혁

고려대학교 독문학과를 졸업하고 쾰른대학교에서 수학했다. 고려대학교 대학원에서 릴케 연구로 박사 학위를 받았다. 독일 튀빙겐 대학 방문 교수를 역임했다. 1994년 『현대시』로 등단하였으며 시집으로 『내 사는 아름다운 동굴에 달이 진다』, 『아버지의 도장』(세종도서 우수 교양 도서), 『딴생각』이 있다. 저서로 『릴케와 한국의 시인들』(세종도서 우수 학술 도서), 『릴케의 시적 방랑과 유럽 여행』(세종도서 우수 교양 도서), 『서정시의 미학』이 있고 『노래의 책』(대산문화재단 번역 지원), 『푸른 꽃』, 『넙치』, 『베를린 알렉산더 광장』, 『두이노의 비가』, *Gedankenspiele*(한국문학번역원 번역 지원) 외 다수의 번역서가 있다. 서정시학상을 수상했다. 고려대학교 독문과 교수를 역임하고 현재 명예 교수로 재직하며 핵심 교양 '한국 시 속에 살아 있는 독일 문학'을 강의하고 있다. 국제릴케학회 정회원이다.

을유세계문학전집 146
모피를 입은 비너스

발행일·2025년 12월 10일 초판 1쇄
지은이·레오폴트 폰 자허마조흐 | 옮긴이·김재혁
펴낸이·정상준 | 펴낸곳·(주)을유문화사
창립일·1945년 12월 1일 | 주소·서울시 마포구 서교동 469-48
전화·02-733-8153 | FAX·02-732-9154 | 홈페이지·www.eulyoo.co.kr
ISBN 978-89-324-7587-5 04850   978-89-324-0330-4(세트)

- 이 책의 전체 또는 일부를 재사용하려면 저작권자와 을유문화사의 동의를 받아야 합니다.
- 책값은 뒤표지에 있습니다.
- 잘못된 책은 구입하신 곳에서 바꾸어 드립니다.

차례

모피를 입은 비너스 • 7
부록 자허마조흐의 두 개의 계약서 • 210

주 • 215
해설 『모피를 입은 비너스』 세계로의 안내 • 219
판본 소개 • 231
레오폴트 폰 자허마조흐 연보 • 233
역자의 말 • 235

"하느님은 그를 벌하시되 한 여인의 손에 맡기셨다."
—『유딧서』, 16장 7절

나는 매력적인 동반자가 있었다.
내 맞은편 육중한 르네상스풍 벽난로 앞에는 비너스가 앉아 있었다. 그러나 그녀는 비너스라는 이름으로 적대적인 남성과 전쟁을 벌이는 클레오파트라 같은 화류계의 여자가 아니라, 말 그대로 사랑의 여신이었다.
그녀는 장작불을 활활 타오르게 지피고 안락의자에 앉아 있었다. 붉은 불빛이 흰 눈동자의 창백한 얼굴을 핥았다. 그리고 이따금 그녀가 두 발을 덥히려고 내밀 때면 두 발도 핥았다.
죽은 듯한 돌 눈에도 불구하고 그녀의 머리는 아름다웠다. 그것이 내가 볼 수 있는 전부였다. 그 고상한 여인은 대리석 같은 큼직한 외투로 휘감고 마치 고양이처럼 떨며 웅크리고 있었기 때문이다.

"이해할 수 없습니다, 부인." 내가 큰 소리로 말했다. "이젠 날씨가 그리 춥지 않은데요. 보름 전부터 완연한 봄 날씨잖아요. 너무 민감하신 것 아닌가요."

"당신들의 봄이 고맙긴 하지만요." 그녀는 낮고 돌 같은 목소리로 말하고는 이어 재채기를 고상하게 두 번 연이어 했다. "전 정말 참을 수가 없어요. 그런데 이제 그 까닭을 알 것 같아요."

"뭘 알 것 같다는 건가요, 부인?"

"나는 믿을 수 없는 것을 믿기 시작했고, 이해할 수 없는 것을 이해하게 되었다는 것이에요. 갑자기 독일 여성들의 미덕과 독일인들의 철학을 깨닫게 된 거죠. 그래서 이제는 당신들 북쪽 사람들이 사랑을 할 줄도 모르는, 아니 사랑이 뭔지 전혀 감도 못 잡는 사람들이라는 사실이 놀랍지도 않아요."

"그렇다면, 부인." 내가 발끈하며 응수했다. "혹시 내가 당신에게 그런 빌미를 주었나요?"

"당신이 그렇다는 건 아니에요." 여신 같은 그녀는 세 번째 재채기를 하고서 흉내 낼 수 없는 우아한 몸짓으로 어깨를 으쓱해 보였다. "그래서 당신한테는 내가 언제나 잘해 주는 거예요. 아무리 모피를 두껍게 차려입어도 금세 감기에 걸리는 것을 알면서도 틈나는 대로 당신을 찾아오고요. 우리의 첫 만남을 기억하세요?"

"그걸 어떻게 잊겠습니까?" 내가 말했다. "그때 당신은 풍성한 갈색 머리에 눈도 갈색이었고 입술은 붉었지요. 하지만 얼굴 윤곽과 대리석 같은 창백한 피부 빛깔로 당신임을 금방 알아보았죠. 당신은 늘 다람쥐 모피로 장식을 한 보라색 벨벳 재킷을 입었습니다."

"맞아요. 당신은 나의 그 모습에 완전히 반했죠. 그리고 당신은 정말 머리가 잘 돌아갔지요."

"당신은 내게 사랑이 무엇인지 가르쳐 주었습니다. 당신을 즐겁게 여신으로 받드는 가운데 나는 이천 년의 세월을 잊었지요."

"나는 얼마나 당신에게 충실했는지요!"

"그렇지만 정절이라는 면에 있어서는……"

"당신은 고마워할 줄 모르는 인간이군요."

"비난하려는 뜻은 없습니다. 당신은 신성한 여인이지만, 결국 여자일 뿐이지요. 사랑에 있어서는 다른 여자들처럼 잔인하니까요."

"당신이 말하는 잔인함은 말이죠." 사랑의 여신이 자신 있게 응수했다. "바로 그게 쾌활한 사랑의 본질이에요. 여성의 본성이기도 하고요. 여자는 자기가 사랑한다면 상대에 상관없이 거기에 모든 것을 바치고 자기 마음에 들면 누구든 사랑하게 되어 있으니까요."

"사랑에 빠진 남자에게 사랑하는 여인의 부정보다 더 잔인한 게 있을까요?"

"아!" 그녀가 대꾸했다. "우리 여자들은 사랑할 때만 충실해요. 하지만 당신들 남자들은 사랑하지 않아도 충실하기를 강요하지요. 쾌락도 없는 헌신만을 요구합니다. 그렇다면 누가 더 잔인한 건가요? 여자인가요, 남자인가요? 대체로 당신들 북쪽 사람들은 사랑을 너무나 심각하고 진지한 것으로 여겨요. 당신들은 순전히 쾌락만이 문제인 곳에서도 의무라는 말을 하지요."

"맞습니다, 부인. 사랑에 있어서 우리는 남으로부터 존경받고 또 덕망이 있어야 한다고 생각하죠. 또 관계가 지속적이어야 하고요."

"그렇지만 꾸밈없는 이교도의 삶을 향한 영원히 살아 숨 쉬는, 영원히 만족할 줄 모르는 그리움 같은 거 말이에요." 그녀가 내 말을 가로막았다. "최고의 기쁨이자 숭고한 즐거움 그 자체인 그런 사랑은 사념의 자식들인 당신들 현대인들에게는 아무 쓸모가 없어요. 그런 사랑은 당신들에게는 맞지 않으며, 오히려 재앙을 가져다줄 뿐이에요. 자연스러워지려는 순간 곧장 천박해질 테니까요. 당신들은 자연을 적으로 생각해요. 당신들은 우리 그리스의 미소 짓는 신들을 악마로 만들어 버렸고, 또 당신들은 나를 악한 여자로 만들었어요. 당신들이 할 수 있는 일이란 고작 나를 추방하고 욕설을 퍼붓는 거지요. 아니면 바쿠스와 같은 광기에 취해 자신을 죽여 내 제단에 바치든지. 당신들 중 감히 용기를 내어 내 붉은 입술에 입을 맞춘 사람은 그 대가로 속죄의 옷을 입고 맨발로 로마까지 순례하여 마른나무 지팡이에서 꽃이 필 때까지 기다려야 해요. 내 발치에서 장미와 제비꽃 그리고 은매화가 사시사철 피어난다 해도 그 향기는 당신들 것이 아니에요. 그러니 당신들은 그저 당신들 북쪽의 안개와 기독교의 향 속에 머물러 있도록 해요. 우리 이교도들일랑 그냥 폐허와 용암 속에 잠들어 있게 내버려두어요. 우리를 파낼 생각은 마세요. 폼페이나 우리들의 정자, 목욕탕, 사원들은 당신들을 위해 지어진 게 아니거든요! 당신들은 신들을 필요로 하지 않아요! 당신들이 사는 곳에서는 우리 신들은 얼어 죽어요!"

그 아름다운 대리석 여인은 기침을 하면서 검은담비 모피 외투를 양어깨에 더욱 단단히 당겨서 걸쳤다.

"고전 문명 강의를 해 줘서 고맙습니다." 내가 대꾸했다. "하지만 당신들의 그 쾌청하고 따뜻한 세계에서도 남자와 여자는 우리의 이 안개 낀 세계에서와 마찬가지로 태생적으로 서로 적이라는 사실은 부정하지 못할 겁니다. 또한 사랑은 잠시만 지속되며 그동안에는 두 사람을 하나로 만들어 한 가지 생각, 한 가지 느낌, 한 가지 뜻만을 가질 수 있게 한다는 사실도 부정하지 못하겠지요. 그러다가 결국에 가서는 두 사람을 예전보다 더 멀어지게 만들어 놓지요. 그리고 당신이 더 잘 아시겠지만, 상대를 제압하지 못하는 쪽은 상대의 발밑에 자기 목을 내밀어야 합니다."

"보통은 남자들이 여자의 발밑에 목을 내밀지요." 비너스 여인이 자신만만하게 비웃는 투로 소리쳤다. "그거야말로 당신이 나보다 더 잘 알 텐데요."

"맞습니다. 바로 그런 까닭에 나는 환상 같은 것은 품지 않아요."

"당신은 이제 환상 같은 것은 품지 않는 내 노예가 되겠다는 뜻이군요. 이제 당신을 무자비하게 짓밟아 주겠어요!"

"부인!"

"아직도 나를 모르겠어요? 나는 잔인해요. 잔인하다는 말에서 당신이 그렇게 쾌감을 느끼는 걸 보니 이미 내가 잔인해질 권한이 있는 것 아닌가요? 욕망하는 쪽은 남성이고, 여성은 그 욕망의 대상이죠. 이것이 여성이 갖는 전적이고도 결정적인 이점이에요. 자연은 남성이 지닌 열정을 통해 남성을 여성의 손아귀에 넘겨주었어요. 그러니 남성을 자신의 종으로, 노예로, 한마디로 노리갯감으로 만들어 마지막에 그를 웃으며 배신하지 못하는 여자는 지혜롭지 못한 거예요."

"당신이 내세우는 원칙은 말입니다, 부인." 나는 격분해서 그녀의 말을 가로막았다.

"내 원칙은 수천 년의 경험에 근거한 거예요." 그녀는 흰 손가락으로 검은 모피를 만지작거리면서 조롱 조로 대꾸했다. "여성이 복종하는 태도를 보일수록 남성은 그만큼 더 빨리 정신을 차리고 여성을 지배하려 들지요. 반면에 여성이 잔인하고 불충하고 게다가 남성을 학대하고 모욕적으로 가지고 놀며 동정 같은 것을 보이지 않으면 않을수록 여성은 남성의 욕망을 자극하여 남성에게 사랑을 받고 숭배를 받을 수 있어요. 어느 시대나 늘 그래 왔어요. 헬레네와 델릴라* 시대부터 예카테리나 여제와 롤라 몬테즈*에 이르기까지."

"그건 부정할 수 없습니다." 내가 말했다. "남자 쪽에서는 아름답고 요염하고 잔인한 폭군 같은 여인이 사랑의 상대를 자기 기분에 따라 제멋대로 아무렇게나 바꿔치기하는 장면보다 더 자극적인 것은 없어요."

"거기다가 모피까지 걸치고서 말이죠." 여신이 큰 소리로 말했다.

"그게 무슨 말인가요?"

"당신이 뭘 좋아하는지 다 아니까요."

"그러고 보니 말인데요." 내가 끼어들었다. "그간 만나지 못한 사이에 훨씬 요염해졌군요."

"혹시 물어봐도 된다면, 어떤 면에서 요염해졌나요?"

"그 검은 모피가 당신의 흰 몸을 더욱 돋보이게 해 주는 더할 나위 없는 배경이 된다는 점에서요. 그리고 당신은……"

여신은 웃었다.

"당신은 꿈을 꾸고 있어요." 그녀가 소리쳤다. "어서 일어나요!" 그러면서 그녀는 대리석 손으로 내 팔을 잡았다. "자, 어서 일어나라니까요!" 그녀의 목소리는 가슴 깊은 곳에서 울려 나오는 듯 굵은 톤으로 다시 울렸다. 나는 간신히 눈을 떴다.

나를 흔드는 팔이 보였다. 그런데 그 팔이 갑자기 구리처럼 누런빛으로 변하는 것이었다. 그리고 그것은 내 코사크 친구의 술에 취한 굵직한 목소리였다. 그 친구는 180센티가 넘는 큰 키를 자랑하며 내 앞에 서 있었다.

"어서 일어나." 그 친구가 씩씩하게 말했다. "이거 참 창피한 노릇이군."

"뭐가 창피하다는 거야?"

"옷을 입은 채 잠이 든 꼬락서니가 창피하다는 거지. 게다가 책까지 펼쳐 놓고." 그 친구는 제법 타 내려간 촛불의 심지를 자르고는 내 손에서 미끄러져 떨어진 책을 주웠다. "이 두꺼운 책은." 그는 책 표지를 넘겼다. "헤겔 거군. 그건 그렇고 당장 제베린 씨에게 가야 해. 차 초대를 받았잖아."

"정말 희한한 꿈이군요." 내 이야기가 끝나자 제베린이 말했다. 그는 무릎에 양 팔꿈치를 올려놓고 섬세한 정맥이 환히 비치는 두 손에 얼굴을 묻고서 깊은 생각에 잠겼다.

나는 그가 한동안 거의 숨도 쉬지 않고 꼼짝 않고 앉아 있으리라는 것을 알고 있었고 실제로 그는 그랬다. 그러나 내게는 그의 그런 태도가 별로 이상할 게 없었다. 지난 삼 년간 그와 가깝게 지내 오면서 그의 괴팍한 면에 이미 길들어 있었기 때문이다. 그가 그의 이웃이나 콜로미야 전역 사람들이 생각하는 것처럼 그렇게 위험스러운 미치광이는 아니더라도 상당히 특이한 인물임은 부정하기 힘들었다. 나 역시 그런 그의 성격에 흥미가 갔을 뿐 아니라 상당한 호감까지 느꼈다. 그 때문에 많은 사람들이 나까지 정신이 좀 나간 사람으로 생각했다.

갈리시아 출신의 귀족이자 지주로서 이제 갓 서른이나 됨 직한 그는 뛰어난 명석함과 진지함에다 세심함까지 갖춘 인물이었다. 그는 섬세하게 계산하여 철학적이면서도 실제적인 삶의 방식에 따라 시곗바늘처럼 살았다. 그뿐이 아니었다. 그는 또한 온도계, 기압계, 기량계, 유속계, 히포크라테스, 후펠란트*, 플라톤, 칸트, 크니게* 그리고 체스터필드 경에 기초하여 살았다. 그러다가도 그는 가끔 머리로 벽을 뚫고 나갈 듯한 격렬한 파토스를 보였는데, 그럴 때면 사람들은 누구나 그를 피했다.

 그가 묵묵히 앉아 있는 사이 그 대신 벽난로의 장작불이 노래 불렀고, 오래된 큰 사모바르*가 노래했으며, 내가 앉아 담배를 피우며 흔들고 있는 할아버지 의자가 노래했다. 그리고 낡은 벽 속의 귀뚜라미들이 노래했다. 나는 눈을 들어 그의 방에 지천으로 널려 있는 특이한 기구들과 동물들의 뼈들, 박제된 새들, 지구의, 석고 모형들 쪽을 훑어보았다. 그러다가 나의 눈길은 우연히도 한 그림에 가서 딱 멈추었다. 그 그림은 지금까지 자주 보던 것이었지만 오늘만큼은 벽난로의 붉은 불빛을 받아 뭐라고 표현할 수 없는 묘한 느낌을 주었다.

 그것은 벨기에 플랑드르풍의 강렬한 색채로 그려진 대형 유화였다. 그림의 주제가 대단히 특이했다.

 한 아름다운 여인이 고운 얼굴에 햇살 같은 미소를 짓고 고대풍으로 쪽을 지은 풍성한 머리에는 하얀 분을 가는 서리처럼 뿌리고 맨몸에 검은 모피를 걸친 채 왼팔로 턱을 괴고서 긴 의자에 비스듬히 누워 있었다. 오른손으로는 채찍을 만지작거리고 있었고, 그녀의 맨발은 그녀 앞에 노예처럼, 아니 개처럼 엎드려 있는 남자의 몸 위에 아무렇게나 올려져 있었다. 이목구비가 뚜렷한 잘생긴 사내의 표정엔 깊은 우울과 헌신적인 열정이 깃들어 있었다. 그 남자는 순교자처럼 열정으로 불타는 눈빛으로 그녀를 올려다보고 있었는데, 그녀의 발을 위해 발판 역할을 해 주고 있는 그 남자는 바로 제베린이었다. 말끔하게 면도질을 한 그의 얼굴은 십 년은 더 젊어 보였다.

"모피를 입은 비너스!" 나는 손가락으로 그림을 가리키며 소리쳤다. "내가 꿈속에서 보았던 바로 그 여자네요."

"나도 그런 꿈을 꾼 적이 있지요." 제베린이 말했다. "다만 나는 그 꿈을 뜬 눈으로 꾸었습니다."

"어떻게요?"

"아! 좀 바보 같은 이야기랍니다."

"저 그림이 내게 그런 꿈을 꾸게 만든 것 같군요." 나는 말을 이었다. "저 그림이 당신의 인생에서 어떤 역할을 했는지 말씀해 주시지요. 내가 생각하기로는 아주 중요한 역할을 한 것 같은데. 자세한 내막을 듣고 싶어요."

"저 그림과 짝이 되는 이쪽 그림을 한번 보세요." 나의 괴상한 친구는 내 물음에는 아랑곳하지 않고 그렇게 말했다.

그 그림은 드레스덴 미술관에 소장되어 있는 티치아노의 유명한 그림 「거울을 보는 비너스」의 훌륭한 복제품이었다.

"그런데 그게 어쨌다는 거죠?"

제베린은 자리에서 일어나 손가락으로 티치아노가 그의 여신을 위해 입혀 놓은 모피를 가리켰다.

"여기도 '모피를 입은 비너스'가 있군요." 그는 얼굴에 살짝 미소를 띠며 말했다. "베네치아의 그 늙은 화가에게 무슨 내밀

한 의향 같은 게 있었다고는 생각하지 않아요. 그는 다만 한 귀족 부인의 초상화를 그렸을 뿐이고 거기에다 친절을 베풀어서 큐피드에게 거울을 들게 하고 그녀가 거울에 비친 자신의 매력적인 모습을 냉정하면서도 만족한 표정으로 바라보게 한 거죠. 물론 그 일이 큐피드에겐 큰 고역처럼 보이긴 하지만요. 이 그림은 그림으로 표현한 찬사에 지나지 않아요. 나중에 어떤 로코코 미술 전문가가 이 여인에게 비너스라는 이름을 붙여 주었고, 티치아노의 아름다운 모델이 부끄러움 때문이 아니라 감기에 걸릴까 봐 걸쳤을 법한 이 폭군 같은 여성의 모피는 여성과 여성의 아름다움 속에 깃들어 있는 포악함과 잔인성의 상징이 되었지요.

그런데 말입니다. 이 그림은 보시는 바와 같이 이 시대의 사랑에 대한 신랄한 풍자라고 할 수 있어요. 비너스가 이 추상적인 북쪽에 와서는, 그러니까 얼음처럼 차가운 이 기독교 세계에서는 감기에 걸리지 않으려고 커다란 검은 모피를 걸쳐야 하니 말입니다."

제베린은 껄껄 웃으며 새 담배에 불을 붙였다.

바로 그때 문이 열리더니 완전 금발에 똑똑하고 상냥해 보이는 눈빛의 예쁜 여자가 검은 실크 드레스 차림으로 방 안으로 들어와 우리에게 차와 함께 먹으라고 냉육과 달걀을 내놓았다. 제베린은 달걀 하나를 집어 들더니 나이프로 껍질을 벗겼다.

"반숙으로 삶으라고 했잖아?" 그가 소리를 버럭 지르자 젊은 여자는 몸을 벌벌 떨었다.

"하지만 제브추 님……" 그녀가 기어들어 가는 목소리로 말했다.

"나를 제브추라고 부르지 마!" 그가 소리쳤다. "넌 복종하고 또 복종해야 해. 알겠어?" 그러더니 그는 무기들과 함께 벽에 걸려 있던 가죽 채찍을 낚아챘다.

그 예쁜 여인은 겁에 질려 한 마리 노루처럼 잽싸게 방에서 도망쳤다.

"거기 서, 당장 붙잡고 말 테니까." 그는 그녀의 등 뒤에 대고 소리쳤다.

"하지만 제베린." 나는 내 손을 그의 팔에 올려놓으며 말했다. "저렇게 예쁘고 어린 여자애를 그렇게 함부로 다루면 어떻게 해요!"

"그 여자애를 한번 잘 봐요." 그는 짓궂게 눈을 찡긋해 보이며 말했다. "그 애를 만약 좋은 말로 다뤘으면 내 목에 올가미를 씌우려 들었을 거요. 이렇게 가죽 채찍으로 교육을 하니까 나를 따르는 겁니다."

"아니, 어찌 그런 생각을!"

"그렇지 않나요? 무릇 여자란 그렇게 길을 들여야 해요."

"나야 당신이 당신의 하렘에서 폭군처럼 살든 말든 상관없지만 나한테까지 당신 이론을 강요하려 들지는 마세요."

"왜 안 된다는 거죠?" 그가 큰 목소리로 외쳤다. "'너는 망치가 아니면 모루가 되어야 한다'라는 괴테의 말이 남녀 관계에서처럼 딱 들어맞는 곳도 없을 겁니다. 그래서 비너스가 당신

꿈에까지 나타나 그걸 알려 준 거고요. 여자의 힘은 남자의 정열에 달려 있어요. 남자가 그걸 눈치채지 못하고 있을 때 여자들은 당연히 그걸 이용하는 거지요. 남자의 유일한 선택은 폭군이 되든지 아니면 노예가 되는 겁니다. 굴복하는 순간 머리에 멍에가 씌워지고 채찍의 맛을 보게 되지요."

"별 이상한 궤변이 다 있군요."

"궤변이 아니라 경험에서 얻은 겁니다." 그는 고개를 끄덕이며 대꾸했다. "나는 그런 채찍을 죽도록 맞아 본 사람이오. 이젠 다 나았지만. 그 얘기를 한번 읽어 볼래요?"

그는 자리에서 일어나더니 육중한 책상으로 가서 조그만 원고 뭉치를 꺼내어 내가 앉아 있는 테이블 위에 내놓았다.

"아까 저 그림을 물어봤지요. 그에 대한 해명을 빚졌으니, 여기 이걸 읽어 봐요!"

제베린은 내게서 등을 돌려 벽난로를 마주 보고 앉아 눈을 뜬 채 꿈을 꾸고 있는 것 같았다. 주위가 다시 조용해졌다. 그리고 다시 벽난로의 불꽃이 노래했고, 사모바르가 노래했으며, 낡은 벽 속의 귀뚜라미가 노래했다. 나는 원고를 펼쳐 읽기 시작했다.

"너무나 감각적인 한 남자의 고백." 원고의 여백에는 『파우스트』에 나오는 메피스토펠레스의 유명한 구절을 약간 변형한 다음과 같은 말이 경구처럼 적혀 있었다.

그대 너무나 감각적이고 감각적인 구애자여,

여자가 너의 코를 잡고 마음대로 이끄는구나.

나는 겉장을 넘겨 다음 쪽을 읽었다. "다음 내용은 지난날의 내 일기에서 가져다 엮은 것들이다. 사람이 자신의 과거를 아무런 사심 없이 서술한다는 것은 불가능하기 때문이다. 그런 까닭에 여기의 모든 것은 싱싱한 색깔을, 다시 말해 현재의 빛깔을 간직하고 있다."

러시아의 몰리에르라고 할 수 있는 고골은 ― 어디서? 그래, 어디선가 ― 이렇게 말한 바 있다. "진정한 희극적 뮤즈는 웃는 가면 뒤에서 눈물을 흘리는 여인이다."
이 얼마나 멋진 말인가!
이 글을 쓰고 있으려니 기분이 야릇하다. 공기가 온통 진한 꽃향기로 가득 차 있는 것 같다. 정신이 얼얼하고 머리가 아프다. 벽난로의 연기가 모락모락 피어오르더니 한데 뭉쳐 여러 가지 모양을 이룬다. 회색 수염을 한 난쟁이 요정들이 되어 손가락질하며 나를 비웃기도 하고 볼이 통통한 큐피드들이 되어 내가 앉아 있는 의자의 등받이에 올라타는가 하면 내 무릎 위에도 걸터앉는다. 나는 옛날에 겪은 일을 써 내려가다가 처음엔 나도 모르게 미소를 짓다가, 나중에 가서는 껄껄 웃음을 터뜨린다. 하지만 나는 보통의 잉크가 아니라 내 심장에서 뚝뚝 떨어지는 붉은 피를 찍어서 쓰는 중이다. 오래전에 아물었던 상처가 다시 벌어져 온 마음이 쑤시고 아프다. 그리고 가끔 눈물방울이 종이 위에 떨어진다.

*

 카르파티아산 속의 조그만 휴양지의 나날이 무의미하게 흘러가고 있다. 보이는 사람도 없고 나를 보는 사람도 없다. 전원시를 쓸 수 있을 만큼 한가하기 짝이 없다. 이 정도의 여유라면 나는 그림을 그려 화랑 하나를 가득 채우거나 극장에서 한 시즌 내내 상연할 작품들을 쓰거나 열두 명의 거장에게 협주곡이나, 삼중주·이중주곡을 얼마든지 써 줄 수 있을 것 같기도 하다. 그러나 ─ 도대체 내가 무슨 말을 하는 거지? ─ 결국 내가 하는 일이란 캔버스를 펼쳐 놓거나 악기의 활을 매만지거나 음악 노트에 줄을 긋는 것뿐이다. 왜냐하면 나는 ─ 아, 괜히 내숭 떨지 마, 제베린. 남은 속일 수 있어도 자기 자신은 속이지 못하는 법이거든 ─ 그래, 나는 아마추어일 뿐이기 때문이다. 그림, 시, 음악 방면에 모두 아마추어다. 그리고 이른바 밥벌이가 안 되는 다른 몇몇 예술 분야에서도 그렇다. 물론 이런 방면의 거장들은 오늘날엔 장관이나 잘나가는 세력가들과 맞먹는 벌이를 할 수 있지만. 무엇보다도 나는 인생에 있어 아마추어다.
 지금까지 나는 그림을 그리거나 시를 쓸 때와 같은 자세로 살았다. 그러니까 나는 캔버스에 애벌칠을 하거나 작품의 초안을 잡아 보거나 극의 첫 막을 쓰거나 아니면 시의 첫 연을 쓰는 것 이상의 진척을 이루어 내 본 적이 없다. 사람 중에는 온갖 것을 시작해 놓고 그중 어느 것 하나도 제대로 끝내지 못하는 사람들이 있는데 내가 바로 그런 인간이다.

도대체 내가 무슨 말을 하는 거지?

원래 하던 이야기로 돌아가자.

나는 창가에 누워서, 절망에 빠진 내가 머무는 산골 마을이 너무나도 시적임을 깨닫는다. 황금빛 햇살의 향기에 둘러싸인 저 높고 푸른 산등성이의 모습은 얼마나 아름다운가. 산등성이에서는 산골 물이 마치 은빛 리본처럼 굽이치며 흘러내린다. 눈 덮인 산봉우리가 우뚝 솟아 있는 하늘은 얼마나 맑고 푸른가. 그리고 숲이 우거진 산비탈과 초원은 얼마나 푸르고 신선한가. 그곳엔 작은 가축들이 풀을 뜯고 있다. 그 아래엔 황금빛 곡식들의 물결이 넘실대고, 그곳에서 추수하는 농부들이 허리를 굽혔다가 다시 나타나곤 한다.

내가 머무는 집은 공원이나 숲 아니면 황무지라고 해야 할지 모를 곳에 고즈넉하게 서 있다.

그 집에는 나 말고는 리비프라는 곳에서 온 한 미망인과 날이 갈수록 몸집이 작아지고 늙어 가는 타르타코프스카라는 이름의 작은 체구의 늙은 집주인, 한쪽 다리를 저는 늙은 개, 그리고 언제나 둥근 실타래를 가지고 노는 어린 고양이뿐이었다. 추측건대 그 실타래는 아마도 아름다운 미망인의 것 같았다.

그녀는, 그 미망인은 사람들 말로 대단한 미인으로, 기껏해야 스물넷 정도로 아주 젊고, 큰 부자라고 한다. 그녀는 2층에 머물고 있고, 나는 1층에 묵고 있다. 그녀는 녹색 블라인드를

늘 내리고 있다. 그녀의 방엔 담쟁이넝쿨이 우거진 발코니가 하나 딸려 있다. 대신에 내게는 정원에 내가 좋아하는 아늑한 인동덩굴 정자가 있어 그곳에서 책을 읽거나 글을 쓰거나 그림을 그리거나 아니면 나뭇가지의 새처럼 노래하곤 한다. 나는 발코니를 올려다볼 수 있다. 그리고 실제로 가끔 발코니를 올려다보기도 하는데, 때때로 촘촘한 녹색 블라인드 사이로 하얀 옷이 얼핏 비치기도 한다.

사실 내가 위층에 사는 아름다운 여인에게 관심이 있는 것은 아니다. 나는 다른 여인에게 마음을 온통 빼앗겼기 때문이다. 나는 토겐부르크 경이나 『마농 레스코』*에 나오는 기사보다 훨씬 불행하다. 내가 사랑하는 여인은 돌로 된 여인이기 때문이다.

잡초가 우거진 조그만 정원에는 작고 우아한 풀밭이 하나 있어, 거기서 길들인 한 쌍의 노루가 평화롭게 풀을 뜯고 있다. 바로 이 풀밭 안에 돌로 된 비너스상이 있다. 물론 그 원본은 피렌체에 있을 것이다. 이 비너스는 내가 평생 보아 온 여인 중 가장 아름다운 여인이다.

물론 이 말에 큰 의미가 있는 것은 아니다. 나는 아름다운 여자들을 많이 본 적도 없고, 아니 여자들 자체를 그렇게 많이 만나지도 못했기 때문이다. 그리고 사랑에서도 나는 애벌칠이나 제1막을 벗어나 보지 못한 아마추어에 지나지 않는다.

그런데도 그 이상으로 아름다운 것은 없는 것처럼 최상급 표현을 쓰는 까닭은 무엇인가?

그래, 좋다. 간단히 말해서 이 비너스는 아름답고 나는 너무나도 열렬히, 마음에 병이 들 정도로 그녀를 진심으로 사랑한다. 우리의 사랑에 언제나 변함없이 돌 같은 미소로 차분하게 답할 뿐인 여자를 사랑할 때처럼 그렇게 미친 듯이 사랑한다. 그래, 나는 글자 그대로 그녀를 숭배한다.

태양이 수풀 위를 비출 때면 나는 어린 너도밤나무 그늘에 누워 책을 읽기도 하고, 밤이 되면 차갑고 잔인한 나의 애인을 찾아가 그녀 앞에 무릎을 꿇고 그녀의 발이 받쳐져 있는 차가운 돌에 얼굴을 대고 그녀를 향해 기도를 올린다.

그러다가 달이 떠올라 — 지금은 막 달이 차오르는 중이다 — 나무들 사이를 유영하고, 풀밭이 은빛 광채에 흠뻑 젖을 땐 그 광경은 정말 뭐라고 말로 표현할 수가 없다. 그럴 때면 여신은 뽀얀 모습으로 부드러운 달빛 속에서 목욕을 하는 것 같다.

어느 날 비너스에게 예배를 마치고서 가로수 길을 따라 집으로 돌아가던 중 건너편 푸른 가로수 너머로 달빛을 받아 돌처럼 하얗게 반짝이는 한 여인의 모습을 얼핏 보았다. 마치 그 아름다운 대리석 여인이 나를 불쌍히 여겨 사람으로 변해 뒤따라 온 것 같은 느낌이 들었다. 그러나 나는 알 수 없는 두려움에 사로잡혔고 심장은 터질 것만 같았다. 그래서…….

그래, 나는 영락없는 아마추어다. 이번에도 두 번째 연에 가서 멈추어 버렸다. 아니다. 그 반대다. 멈추지 않고 온 힘을 다해 달렸다.

이 무슨 행운인가! 사진을 취급하는 한 유대인을 통해서 내 이상형 여인의 사진을 하나 구했다. 그것은 조그만 사진으로 티치아노가 그린「거울을 보는 비너스」다. 얼마나 아름다운 여인인가! 시를 한 편 쓰고 싶다. 아니다! 나는 사진을 집어 들어 사진 뒷면에다 이렇게 쓴다.

 '모피를 입은 비너스.'

 당신은 불꽃을 일으키면서도 추위에 떨지요. 어서 폭군의 모피로 몸을 감싸세요. 당신이 아니라면 그 누구에게 모피가 어울리겠어요, 미와 사랑의 잔인한 여신이시여!

 그리고 얼마 뒤 나는 괴테의 시를 거기에다 덧붙였다. 그 시는 최근에 내가 『파우스트』의 보유(補遺)에서 발견한 것이었다.

 큐피드에게!

 그의 날개는 한 쌍의 거짓말,
 그의 화살들은 맹수의 발톱,
 그의 뿔은 화관으로 가려져 있으니,
 그는 틀림없이,
 그리스의 모든 신들이 그렇듯이,
 변장을 한 악마이려니.

 그런 다음 나는 그 사진을 책상 위에 책으로 받쳐 세워 놓고서 유심히 바라보았다.

검은 모피로 자신의 매력을 감싸고 있는 그 아름다운 여인의 차가운 요염함과 대리석 같은 용모에 깃든 엄격함과 단단함에서 나는 황홀함과 잔인함을 동시에 느낀다.

나는 다시 한번 펜을 들어 다음 같이 쓴다.

"누군가를 사랑하고 또 사랑받는다는 것, 이 얼마나 행복한 일인가! 하지만 이런 행복의 광채도 우리를 노리갯감으로 삼는 여인을 사모하고, 또 우리를 무자비하게 짓밟는 그 아름다운 여성 폭군의 노예가 되는 고통스러운 행복 앞에서는 얼마나 빛이 바래는가. 영웅이었던 거인 삼손조차도 이미 전에 자신을 배신했던 델릴라에게 자신을 맡겼고, 그녀는 그를 다시 한번 배신하였으며, 블레셋 사람들은 그녀가 보는 앞에서 그를 묶고 눈을 파냈지만, 그는 마지막 순간까지도 분노와 사랑에 가득 찬 두 눈을 그 아름다운 배신자에게 고정하고 있었다."

나는 인동덩굴 정자 아래서 아침을 먹고 『유딧서』를 읽었다. 나는 분노에 찬 영웅 홀로페르네스가 부러웠다. 아름다운 여인에게 목이 잘려 피로 물든 멋진 최후를 맞은 그가.

"하느님은 그를 벌하시되 한 여인의 손에 맡기셨다."

이 문장이 나를 얼떨떨하게 만들었다.

이 유대인들은 정말 기사도 정신이 없다고 나는 생각했다. 그들의 신도 그렇다. 여성을 말할 때는 좀 더 아름다운 표현을 쓸 수도 있지 않을까.

'하느님은 그를 벌하시되 한 여인의 손에 맡기셨다.' 나는 속으로 다시 한번 이 말을 되뇌어 보았다. 나도 그렇게 하느님에게서 벌을 받으려면 어떻게 하면 될까?

저게 누군가! 우리 집주인이 오는군. 밤새 좀 더 작아진 모습이다. 그리고 저 위층 푸른 담쟁이의 넝쿨과 늘어선 꽃들 사이로 다시 하얀 드레스가 얼핏 보인다. 비너스인가, 아니면 그 미망인인가?

이번엔 바로 그 미망인이다. 타르타코프스카 부인이 내게 무릎을 구부려 인사를 하고는 미망인의 부탁이라며 읽을거리를 좀 빌려달라고 하는 걸로 봐서. 나는 얼른 방으로 가서 몇 권의 책을 챙겨 온다.

뒤늦게야 그 책들 중의 한 권에 나의 비너스 사진이 끼워져 있다는 생각이 났다. 지금쯤 하얀 드레스를 입은 저 위층의 여인은 그 사진을 갖고 있을 거다. 내가 끼적여 놓은 글과 함께.

그녀는 그 글에 대해 뭐라고 할까?

그녀의 웃음소리가 들린다.

나를 두고 웃는 걸까?

보름달이다! 어느새 보름달은 정원을 에워싸고 있는 키 작은 전나무들 우듬지 위에서 내려다본다. 은빛 안개가 테라스와 무리 지어 있는 나무들과 눈이 미치는 온 풍경을 가득 채우고 있다. 안개는 저 먼 곳에 이르면 마치 찰랑대는 수면처럼 희미하게 보인다.

나는 가만히 있을 수가 없다. 이상야릇하게도 뭔가가 나를 부르는 것 같다. 나는 다시 옷을 챙겨 입고 정원으로 나간다.

모피를 입은 비너스　**27**

나도 모르게 그 풀밭으로 발걸음을 옮긴다. 그녀, 나의 여신, 나의 애인에게로.

밤공기가 차다. 온몸이 으슬으슬하다. 대기는 꽃과 숲 향기로 가득하다. 향기에 온통 취한다.

얼마나 멋진 축제인가! 곳곳에서 들려오는 아름다운 음악 소리. 나이팅게일의 울음소리. 별들은 은은히 반짝이는 연푸른 창공에서 바르르 떨고. 풀밭은 거울처럼, 얼어붙은 연못의 표면처럼 매끄럽게 빛난다.

거기 고고한 모습으로 비너스상이 반짝이며 우뚝 서 있다.

그런데 저게 뭐지?

여신의 대리석 어깨에서 발끝까지 큰 검은 모피가 걸쳐져 있는 게 아닌가. 나는 그 자리에 얼어붙은 듯 서서 여신의 모습을 넋 놓고 바라본다. 나는 다시 뭐라 말할 수 없는 두려움에 사로잡혀 거기서 도망친다.

나는 발걸음을 재촉한다. 그러다 나는 길을 잘못 들었음을 깨닫는다. 그래서 옆쪽 푸른 가로수 길로 접어들려고 하다 보니 비너스가, 아름다운 대리석 여인이 보인다. 아니다. 앞쪽 돌 벤치에 앉아 있는 것은 따뜻한 피가 흐르고 맥박이 뛰는 진짜 사랑의 여신이다. 그렇다, 자기를 만든 조각가를 위해 숨을 쉬기 시작했다는 그 석상처럼 그녀가 나를 위해 살아난 것이다. 기적은 이것만이 아니다. 그녀의 하얀 머리카락은 대리석처럼 반짝이고, 그녀의 하얀 드레스는 달빛처럼 은은하게 빛난다. 혹시 그 천은 공단인가? 검은 모피가 어깨에서 치렁치렁 늘어져 있다. 그녀의 입술은 어느새 붉은빛을 띠고 있고 뺨에도 홍조가 돌기 시작한다. 그리고 그녀의 눈에서 뻗어 나오는 악마 같은 두 줄기 푸른빛이 나를 친다. 그러더니 그녀는 웃기 시작한다.

그녀의 웃음소리는 너무나 야릇했다. 너무나. 아! 그건 어떻게 말로 표현할 수가 없다. 그 웃음소리는 나의 숨을 멎게 한다. 나는 계속해서 도망친다. 그러나 몇 걸음 못 가서 멈추어 서서 숨을 골라야 한다. 조롱하는 듯한 그 웃음소리는 나뭇잎 우거진 으슥한 오솔길을 지나 밝은 풀밭을 지나, 간간이 달빛이 새어 드는 덤불숲 속까지 나를 따라온다. 나는 더 이상 길을 찾지 못하고 이리저리 헤맨다. 이마 위로 식은땀이 방울방울 흘러내린다.

마침내 나는 발걸음을 멈추고 서서 짧게 이렇게 중얼댄다.

"사람은 늘 자기 자신을 아주 상냥하게 대하거나 아니면 거칠게 대해야 하는 법이야."

그래서 나는 내 자신에게 말했다. "이런 멍청이!"

이 말은 당장 굉장한 효과를 발휘한다. 마치 나를 구원하여 내 자신에게 돌려주는 마법의 주문처럼.

나는 순간 마음의 냉정을 되찾는다.

스스로 흡족해하며 나는 다시 외친다. "이런 멍청이!"

이제 다시 모든 것이 분명하고도 뚜렷하게 보인다. 저쪽에 분수가 있고, 저편에 회양목 가로수 길이 있고, 저편에 지금 내가 천천히 향해 가고 있는 집이 있다.

그때 — 갑자기 또다시 — 저 너머 달빛에 물든, 마치 은실로 수를 놓은 듯한 푸른 벽 뒤편에 하얀 형체가 보인다. 바로 내가 숭배하면서 무서워 도망치고 있는 아름다운 그 여인이다.

나는 몇 걸음 내달려 집으로 들어가 숨을 고르고 생각에 잠긴다.

'정말 나는 지금 무엇인가? 보잘것없는 아마추어인가 아니면 굉장한 멍청이인가?'

후덥지근한 아침이다. 공기는 눅눅하고 온갖 자극적인 냄새로 가득하다. 나는 다시 나의 인동덩굴 정자에 앉아 『오디세우스』 중 자신의 구혼자들을 모두 야수로 둔갑시켜 버린 매혹적인 마녀 이야기를 읽고 있다. 이 얼마나 멋진 고대의 사랑 모습인가.

나뭇가지와 풀숲 사이에서 나직이 사각대는 소리가 들리고, 내 책의 책장 넘어가는 소리도 사각대고, 그리고 테라스에서도 사각대는 소리가 들린다.

여인의 드레스가 보인다.

그녀다. 비너스. 하지만 모피를 걸치지 않았다. 아니다. 이번엔 그 미망인이다. 그래도 비너스다. 오! 얼마나 매력적인 여인인가!

나풀대는 하얀 모닝 가운을 입고 거기 서서 나를 바라보는 그녀의 모습이란! 그녀의 고운 자태는 얼마나 시적이고 우아한가! 키는 크지도 작지도 않다. 그리고 얼굴은 엄격하게 아름답다기보다는 매력적이고, (프랑스에서 후작 부인들이 사교계를 주름잡던 시절의 의미로) 톡 쏘는 아름다움을 지녔다. 그러면서도 그녀의 통통하면서도 너무 작지 않은 입술은 얼마나 매혹적이고 부드럽고 또 귀엽고 장난스러운 분위기를 풍기는가. 피부는 얼마나 고운지 팔과 가슴을 덮고 있는 모슬린 천 사이로 곳곳에 파란 핏줄이 내비칠 정도다. 그녀의 붉은 머리카락 ― 블론드나 황금빛이 아닌 정말 붉은빛이다 ― 은 풍성하게 물결치며 목덜미까지 드리워 얼마나 악마적이면서도 매력적인 기운을 풍기는가. 그리고 이제는 그녀의 눈동자가 푸른 섬광처럼 나를 쏘아본다. 그녀의 눈동자는 초록빛으로 그 부드러운 힘은 도저히 뭐라고 표현할 수 없다. 그 초록빛은 보석 같기도 하고 깊이를 알 수 없는 산속의 호수 같기도 하다.

 그녀는 내가 얼떨떨해하고 있는 것을 눈치챈다. 그 통에 나는 예의도 차리지 못한다. 나는 그 자리에 가만히 앉아 있었다. 머리에 모자를 쓴 채로.

 그녀는 장난기 섞인 미소를 짓는다.

 나는 마침내 자리에서 일어나 그녀에게 인사를 한다. 그녀는 가까이 다가오더니 어린애처럼 깔깔대고 크게 웃는다. 나는 그런 순간에 보잘것없는 아마추어나 굉장한 바보가 할 법한 투로 말을 더듬는다.

 그렇게 해서 우리의 만남은 이루어졌다.

 그 여신은 내게 이름을 묻고 자기 이름을 가르쳐 준다. 그녀의 이름은 반다 폰 두나예프다.

 그리고 그녀는 정말로 나의 비너스다.

"그런데 부인, 어떻게 그런 생각을 하게 됐죠?"

"당신의 책 속에 끼워져 있던 작은 사진을 통해서죠."

"그걸 내가 깜박했습니다."

"사진 뒷면에 희한한 글이 적혀 있던데요."

"뭐가 희한하다는 거죠?"

그녀는 나를 뻔히 쳐다보았다. "나는 늘 진정한 몽상가를 만나 보고 싶다는 소망을 가져 왔지요. 뭔가 좀 색다른 분위기를 위해서요. 이것저것 다 고려해 볼 때 당신은 그중에서도 가장 적임자인 것 같네요."

"부인…… 사실은요." 이번에도 또다시 그 멍청한 더듬거림. 게다가 얼굴까지 붉혔으니. 열여섯 살 어린 소년이 할 법한 행동을 그보다 열 살이나 더 먹은 내가 하다니.

"간밤에 나를 무서워하더군요."

"사실 좀…… 하지만…… 참, 좀 앉으시겠어요?"

그녀는 자리에 앉더니 불안에 떠는 내 모습을 즐기는 것 같았다. 사실 밝은 대낮에 보니 그녀의 모습이 더 두렵게 느껴졌기 때문이다. 그녀의 윗입술이 조롱하는 듯 야릇하게 실룩댔다.

"당신은 사랑을, 특히 여자를 뭔가 적대적인 것으로 여기고 있어요. 괜히 헛되이 거기에 맞서려 하지요. 그러면서도 당신은 그와 같은 사랑과 여자의 힘을 달콤한 고통으로, 자극적인 잔인함으로 느끼고 있어요. 정말 현대인다운 생각이에요."

"당신은 그런 생각에 동의하지 않는군요."

"동의하지 않아요." 그녀는 재빨리 단호한 투로 말하며 고개를 저었다. 그 바람에 그녀의 머리카락이 마치 붉은 불꽃처럼 위로 솟구쳤다.

"내가 볼 때 그리스 사람들의 밝은 관능은 고통 없는 기쁨이에요. 그건 내가 평생 추구하고자 하는 이상이지요. 나는 기독교나 현대인들, 즉 정신의 기사들이 설교하는 그런 사랑을 믿지 않습니다. 자, 나를 잘 보세요. 나는 단순한 이단자보다 더 나쁜 여자예요. 나는 이교도예요.

'당신은 사랑의 여신이 오래 고민했으리라고 생각하나요,

안키세스*가 아이다 숲에서 그녀를 즐겁게 해 주었을 때.'

나는 괴테의 『로마의 비가』에 나오는 이 구절이 늘 너무나 좋았어요.

자연 속에는 '신들끼리 사랑을 나누었던' 영웅 시절의 사랑이 들어 있어요. 그 당시에는 '눈길은 곧 욕망으로 이어졌고, 욕망은 곧 쾌감으로 번졌지요.'

다른 모든 것은 다 인위적이고 꾸민 것이고 가짜죠. 기독교를 통해서 ― 그 끔찍한 상징인 십자가가 나는 늘 무서웠어요 ― 뭔가 낯설고 적대적인 것이 자연과 자연이 지닌 순진무구한 충동 속에 개입되게 되었죠.

감각의 세계와 정신의 싸움은 바로 현대인들의 복음인 셈이죠. 나는 그쪽에 서고 싶지 않습니다."

"맞아요, 당신은 올림포스에 있어야 할 것 같군요." 내가 대답했다. "그러나 우리 현대인들은 고대인들의 밝은 성격을 절

대 참지 못해요. 특히나 사랑에 있어서는 더 그렇지요. 한 여자를, 그 여자가 아스파시아* 같은 여자라 하더라도, 남과 공유한다는 생각은 정말 머리털이 솟구치는 일이 아닐 수 없습니다. 우리는 우리의 신만큼이나 질투심이 강하지요. 그러다 보니 아름다운 프리네*의 이름도 우리에게는 욕설이 된 것이지요.

우리는 말입니다. 비록 신성한 아름다움을 지니고 있지만 오늘은 안키세스를, 내일은 파리스를, 그리고 모레는 아도니스를 사랑한 고대의 비너스보다는 홀바인이 그린 볼품없고 창백한 우리만의 처녀를 더 좋아합니다. 그리고 우리 안의 자연이 우리를 압도하여 우리가 그와 같은 여인과 열렬한 사랑에 빠진다고 하더라도 그녀가 지닌 쾌활한 생명욕은 우리에게 그저 악마적인 것으로 그리고 잔인한 것으로 비칠 따름입니다. 우리는 우리의 그 같은 행복을 속죄해야 할 죄악으로 여길 뿐이지요."

"그러니까 당신도 현대 여성들, 그 불쌍하고 감정적으로 불안정한 여자들의 팬이라는 말이군요. 꿈에 그리는 이상적인 남성을 찾아다니느라 남자를 제대로 볼 줄 모르는 여자들 말이에요. 그런 여자들은 울고불고하다가 정작 자신들이 해야 할 기독교적 의무를 매일 등한시하곤 하지요. 그들은 상대를 속이고 속임을 당하고, 다시 또 상대를 찾고 선택하고 다시 차 버리고, 그래서 결코 행복하지 못하고 상대를 행복하게 만들지도 못하며, '나도 헬레네나 아스파시아가 그랬던 것처럼 그렇게 사랑하며 살 거야.'라고 조용히 고백하기는커녕 늘 운명만 한탄하지요. 자연은 남녀 관계에 있어서 지속성 같은 것을 알지 못하지요."

"친애하는 부인……."

"말 좀 더 할게요. 여자를 무슨 보석처럼 숨겨 두려고 하는 것은 남자의 이기주의에 지나지 않아요. 성스러운 의식이나 맹세 그리고 계약 등을 통해서 우리의 덧없는 인생 중에서도 가장 변하기 쉬운 사랑에 영원성을 부여하려는 시도는 모두 실패로 돌아갔어요. 우리의 기독교 세계가 이미 썩어 가고 있다는 사실을 부정할 수 있겠어요?"

"그렇지만……."

"사회의 제도에 반기를 드는 자는 누구나 배척받고 낙인이 찍혀 돌에 맞아 죽는다는 말을 하려는 거지요? 좋아요. 그래도 나는 말할 테니까요. 내 삶의 기본 원칙은 철저히 이교도적이에요. 나는 끝까지 내가 살고 싶은 대로 살 거예요. 나는 당신들이 보내는 알랑대는 존경 같은 것은 바라지 않아요. 나는 그저 행복하고 싶을 뿐이에요. 기독교의 결혼 개념을 만들어 낸 사람들이 거기에 덧붙여서 불멸의 개념까지 생각해 낸 것은 정말 그럴듯해요. 하지만 나는 영원히 살 생각은 없어요. 그리고 마지막 호흡과 함께 이승에서의 반다 폰 두나예프로서의 나의 모든 것이 끝난다면, 나의 순수한 영혼이 천사의 합창단과 함께 노래를 부르든, 아니면 나의 먼지가 모여 새로운 생명으로 다시 탄생하든 상관할 바 뭔가요? 일단 내가 존재하지 않게 될 터인데 뭣 때문에 단념한단 말인가요? 한 번 사랑했었다는 이유 하나만으로 이제는 사랑하지도 않는 남자에게 계속 매여 있어야 하나요? 아니에요. 나는 아무것도 단념하지 않아요. 내 마음에 드는 남자라면 나는 그게 누구든 사랑하고 싶고 또 나를 사랑하는 남자라면 누구든 행복하게 만들어 주고 싶어요. 이게 추한 생각인가요? 그렇지 않아요. 내 매력에 빠져 고통을 겪는 남자의 모습을 보며 끔찍하게 즐거워하거나 아니면 나 때문에 초췌해져 죽어 가는 한 남자를 부덕의 이름으로 못 본 체하는 것보다는 훨씬 나아요. 나는 젊고 돈도 많고 게다가 아름다워요. 그래서 나는 지금 있는 그대로의 모습으로 앞으로도 즐겁게 쾌락과 향락을 위해 살 거예요."

그녀가 눈을 장난스럽게 반짝이며 말을 하는 동안 나는 특별한 생각도 없이 그녀의 두 손을 잡았다가 아마추어가 다 그렇듯이 얼른 다시 놓았다.

"솔직해서 정말 황홀할 지경입니다. 그리고 그것만이 아니라……."

이번에도 내 목을 밧줄로 조른 것은 그 빌어먹을 아마추어리즘이다.

"무슨 말을 하고 싶은 거죠?"

"내가 하고 싶었던 얘기는 그러니까, 죄송합니다, 부인. 괜히 말을 막았군요."

"무슨 그런 말을 하세요?"

긴 침묵. 그녀는 뭐라고 중얼대는 것 같았다. 그 말을 내 말로 옮기면 딱 한 단어로 "바보." 바로 그것이었다.

"이런 말씀을 드려도 될지 모르겠습니다만, 부인." 마침내 내가 입을 열었다. "어쩌다 그런 생각을 하게 되었죠?"

"너무나 쉬웠죠. 우리 아버지는 머리가 깨어 있는 분이셨어요. 나는 요람에 있을 때부터 고대의 조각품들에 둘러싸여 있었으며, 열 살 때 이미 『질 블라스 이야기』*를 읽었고, 열두 살 때는 『라 퓌셀』*을 읽었어요. 다른 사람들이 어렸을 때 엄지동자나 푸른 수염, 신데렐라 등을 친구로 삼았을 때 비너스와 아폴론, 헤라클레스, 라오콘 등이 나의 친구였지요. 내 남편은 성격이 쾌활하고 밝은 사람이었어요. 나와 결혼한 직후에 걸린 불치병도 결코 그의 이마에 그늘을 오래 드리우지는 못했지요. 죽기 바로 전날 밤에도 그는 나를 자신의 침대에 들였고, 죽어 가며 휠체어에 앉아 있던 그 여러 달 동안에도 기회 있을 때마다 내게 농담조로 이렇게 말하곤 했어요. '이젠 당신을 좋아하는 남자 하나쯤은 구했겠지?' 그 말을 듣고 나는 부끄러워 얼굴이 빨개졌어요. '날 속일 필요는 없어.' 그는 언젠가 이렇게 덧붙였어요. '오히려 그러는 게 좀 좋지 않아 보여. 어서 멋진 남자를 한번 구해 봐. 아니면 한꺼번에 여러 명이라도 좋아. 당신은 참한 여자이긴 하지만 아직은 젊기 때문에 노리갯감이 있어야 해.'

사실 이런 말을 당신에게 하는 것은 쓸데없는 것이겠지만 정말로 나는 남편이 살아 있는 동안에는 남자 친구라고는 없었어요. 두말할 것도 없이 나를 지금의 나로, 이런 그리스 여인의 모습으로 키운 사람은 바로 그였어요."

"여신의 모습으로." 내가 끼어들었다.

그녀는 미소를 지었다. "어떤 여신으로요?"

"비너스죠."

그녀는 손가락으로 나를 위협하는 시늉을 하더니 이맛살을 찌푸렸다. "결국에 가서는 '모피를 입은 비너스'겠지요. 잠깐만 기다려 봐요. 내게 아주 큰 모피가 있어요. 그걸로 당신을 다 덮을 수 있지요. 마치 그물로 잡듯 그 모피로 당신을 잡을 거예요."

"혹시 말입니다." 나는 얼른 말을 꺼냈다. 좀 진부하고 평범하긴 하지만 그런대로 괜찮다고 생각할 만한 뭔가가 머릿속에 떠올랐기 때문이다. "당신의 그런 생각이 오늘날에도 통할 거라고 생각하나요? 실오라기 하나 걸치지 않은 아름다움과 쾌활함을 뽐내며 비너스가 철도와 전보문 사이를 아무런 처벌도 받지 않고 자유롭게 거닐 수 있다고 생각하나요?"

"실오라기 하나 걸치지 않았다는 말은 틀렸네요. 모피를 입었으니까요." 그녀는 깔깔대며 말했다. "내 모피를 한번 볼래요?"

"그다음에는요······."

"'그다음'이라니요?"

"옛날 그리스인들이 그랬던 것처럼 멋지고 자유롭고 쾌활하고 행복한 인간이 되려면 무엇보다도 따분한 일상의 일을 대신해 주고 특히 일을 도맡아 해 줄 노예가 필요하지요."

"물론 그렇지요." 그녀는 짓궂은 표정으로 대답했다. "누구보다도 나 같은 올림포스의 여신에게는 수많은 노예가 필요해요. 그러니 나를 조심하세요."

"그건 왜죠?"

'그건 왜죠?'라고 불쑥 내뱉는 나의 뻔뻔스러운 모습에 나 스스로도 소스라치게 놀랐지만 그녀는 전혀 놀라는 기색이 없었다. 그녀는 다만 입술을 살짝 벌려 작고 하얀 이를 드러내며 전혀 애깃거리도 안 되는 것을 말한다는 듯이 태연스레 이렇게 말했다.

"내 노예가 될 생각 있어요?"

"사랑에 있어서 평등은 있을 수 없습니다." 나는 진지하고도 엄숙한 투로 대답했다. "상대를 지배할 것인지, 아니면 상대에게 지배를 받을 것인지 둘 중에 하나를 택해야 한다면, 나 같은 경우에는 아름다운 여인의 노예가 되는 편이 훨씬 더 매력적으로 보입니다. 하지만 사사건건 바가지나 긁어 대며 괴롭히려 드는 여자가 아닌, 차분하고도 자의식에 찬 엄격함으로 상대를 다스릴 줄 아는 여자를 어디서 만날 수 있을까요?"

"그런 여자를 찾는 게 그렇게 어려운 것만은 아닐 텐데요."

"그렇다면 혹시……"

"이를테면 나 같은 여자는 어때요?" 그녀는 깔깔대고 웃으며 몸을 뒤로 젖혔다. "나는 폭군의 기질을 갖고 있어요. 또 필요한 모피도 갖고 있고요. 그런데 간밤에 보니 당신은 나를 정말 두려워하는 것 같더군요!"

"정말 그랬어요."

"그러면 지금은 어떻죠?"

"지금은 당신이 전보다 훨씬 두렵게 느껴져요!"

우리는 매일 만나고 있다. 나와 그 비너스는. 만나서 많은 시간을 함께 보낸다. 아침은 함께 나의 인동덩굴 정자에서 먹고, 차는 그녀의 작은 응접실에서 마신다. 그러던 중 나는 자잘한, 정말로 자잘한 나의 재주를 그녀 앞에 모두 펼쳐 보일 기회를 잡았다. 그 작고 예쁜 여자를 위해서가 아니라면 내가 뭣 하러 이런 학문을 익히고 다양한 예술에 손을 대었겠는가.

사실 그 여인은 그렇게 어여쁘기만 한 여자는 아니다. 그녀는 나에게 엄청난 인상을 주고 있다. 오늘 나는 그녀의 모습을 초상화로 그렸는데, 그때 나는 오늘날의 의상이 양각한 조각상 같은 그녀의 얼굴에 얼마나 어울리지 않는가 하는 점을 절실하게 느꼈다. 그녀의 표정에는 로마적인 요소보다는 그리스적인 요소가 훨씬 더 많았다.

나는 그녀의 눈빛이 열정적이고도 영적인 빛을 띠거나 아니면 사랑에 목말라하며 애태우는, 피곤에 젖어 있으면서도 육감적인 빛을 띠거나 할 때면, 어떤 때는 그녀를 프시케의 모습으로, 어떤 때는 아스타르테의 모습으로 그려 주고 싶었다. 하지만 그녀는 그냥 한 점의 초상화로 그려 달라고 했다.

자, 이제 그녀에게 모피를 입히련다.

아! 내 어찌 의심을 품을 수 있었을까? 그녀가 아니라면 그 훌륭한 모피를 어떤 여인에게 입힐 것인가를.

어제는 그녀의 집에 들러 그녀를 위해 괴테의 『로마의 비가』를 읽어 주었다. 그러다가 책을 덮고 내가 암기하고 있던 몇 가지를 그녀에게 들려주었다. 그녀는 만족한 듯한 표정으로 내가 하는 말을 한 마디도 놓치지 않으려 하였으며, 그녀의 가슴은 벌렁거렸다.

아니면 내가 잘못 본 것일까?

빗방울은 멜랑콜리하게 창문을 두드렸고, 벽난로의 불은 한겨울처럼 다정하게 타닥거렸다. 그녀의 집에 있으려니 꼭 고향집에 돌아온 것만 같아서 나는 잠시 그 아름다운 여인에 대한 존경심을 까맣게 잊고서 그녀의 손에 입을 맞추었다. 그녀는 내가 하는 대로 그냥 두었다.

그런 다음 나는 그녀의 발치에 앉아 그녀를 위해 내가 직접 지은 짤막한 시 한 편을 읽어 주었다.

모피를 입은 비너스

당신의 노예 위에 발을 얹어 주오,
악마처럼 사랑스러운 신화의 여인이여.
당신의 대리석 같은 몸을
은매화와 용설란 사이에 눕히고서.

자, 이제야 전보다 조금이나마 더 나아간 것이다! 이번엔 정말로 첫 연을 넘어섰으니. 하지만 그날 저녁에 그녀가 명하는 대로 그 시의 원고를 그녀에게 넘겨주고 말아서 지금 내게는 그 시가 없다. 그래서 오늘 내 일기를 바탕으로 이 글을 쓰고 있자니 첫 번째 연밖에는 떠오르지 않는다.

나는 참으로 이상한 느낌에 휩싸였다. 내가 반다에게 푹 빠졌다고는 생각하지 않는다. 적어도 나는 그녀와의 첫 만남에서 벼락처럼 때리는 열정의 불꽃을 느끼지는 못했다. 하지만 그녀만이 지닌 독특하고, 정말로 여신과 같은 아름다움이 나를 마법의 갈고리로 서서히 얽어매고 있음을 느낀다. 그렇다고 그녀에 대한 감정적인 애착이 내 마음속에서 생긴 것은 아니다. 오히려 육체적인 복종심 같은 것이 생겨났다. 그것은 서서히 자라나 점점 더 완벽하게 자라 갔다.

나의 고통은 날이 갈수록 커져 갔지만, 그녀는 그저 미소만 지을 뿐이었다.

오늘 그녀는 무슨 특별한 계기도 없이 갑작스레 내게 이렇게 말했다. "당신은 내 마음을 끄는군요. 요즘의 보통 남자들은 열정도 없고 시적인 감성도 없어요. 하지만 당신은 심오함과 열의 같은 것을 품고 있어요. 무엇보다도 나는 당신의 그 진지함이 좋아요. 당신을 점점 더 좋아하게 될 것 같아요."

잠깐 동안 억수로 쏟아지던 소낙비가 그친 후 우리는 함께 비너스상이 있는 풀밭을 찾아갔다. 땅에서는 곳곳에서 수증기가 올라왔다. 안개는 제단의 연기처럼 하늘을 향해 올라가고, 하늘에는 조각난 무지개가 걸려 있다. 나무에서는 빗방울이 듣고 있지만, 참새와 되새들은 뭐가 그리 즐거운지 이 나뭇가지에서 저 나뭇가지로 폴짝폴짝 뛰어다니며 신나게 지저귄다. 사방 모든 것마다 신선한 향기가 묻어난다. 빗물이 홍건해서 우리는 풀밭 안으로 들어갈 수 없었다. 빗물에 젖은 풀밭은 햇살에 빛나며 마치 작은 연못처럼 보였다. 출렁대는 수면 위로 사랑의 여신상이 우뚝 솟아 있다. 여신상의 머리 주변에서는 하루살이 떼가 춤을 추고 있었고, 햇살에 비친 그 모습이 마치 그녀의 머리에 후광이 둘러진 것처럼 보였다.

반다는 그 정겨운 광경을 보며 즐거워했다. 가로수 길의 벤치에는 아직 물기가 있었기 때문에 그녀는 내 팔에 몸을 기댄 채 휴식을 취하고 있다. 그녀는 달콤한 나른함에 한껏 젖어 있다. 그녀의 두 눈은 반쯤 감겨 있고, 그녀의 숨결이 나의 뺨을 스친다.

나는 그녀의 손을 잡으며 ― 내가 어떻게 그렇게 할 수 있었는지는 나도 정말 모르겠다 ― 그녀에게 물었다.

"혹시 나를 사랑해 줄 수 있나요?"

"안 될 리 있나요." 그녀는 그렇게 대답하면서 조용한 햇살 같은 눈길로 나를 바라보았다. 그러나 오래는 아니었다.

다음 순간 나는 그녀 앞에 무릎을 꿇고 그녀가 입은 로브의 하늘하늘한 모슬린 면사에 불타는 내 얼굴을 묻었다.

"아니, 제베린, 이건 점잖지 못해요!" 그녀가 소리쳤다.

하지만 나는 그녀의 조그만 발을 잡고 거기에 입을 맞추었다.

"갈수록 무례하기 짝이 없군요!" 그녀는 그렇게 소리치며 나를 밀쳐 내고는 잰걸음으로 집 쪽으로 도망쳤다. 내 손에는 사랑스럽기 그지없는 그녀의 슬리퍼가 들려 있었다.

이게 무슨 징조는 아닐까?

나는 온종일 그녀가 있는 곳으로 갈 엄두를 내지 못했다. 저녁때 정자에 앉아 있는데 갑자기 2층 발코니의 푸른 담쟁이넝쿨 사이로 매혹적인 그녀의 붉은 머리카락이 언뜻 보였다. "올라오지 않을래요?" 그녀는 초조한 듯이 아래쪽을 향해 외쳤다.

나는 계단을 뛰어 올라갔다. 하지만 이내 용기를 잃고 살며시 문을 노크했다. 그녀는 들어오라는 말 대신에 직접 문을 열고 문간에 나타났다.

"내 슬리퍼는 어쨌죠?"

"그 슬리퍼는…… 나는 사실…… 나는 말이에요." 나는 더듬거렸다.

"어서 가서 가져와요. 그리고 함께 차를 들며 이야기를 나누도록 해요."

다시 돌아와 보니 그녀는 사모바르에 차를 준비하고 있었다. 나는 슬리퍼를 정성스레 테이블 위에 올려놓고서 구석에 가서 마치 벌을 기다리는 아이처럼 서 있었다.

나는 그녀가 이맛살을 살짝 찌푸리고 있는 것을 보았다. 그리고 입가에는 뭔가 엄격하고도 당당한 빛이 감돌았다. 그 모습에 나는 매료되었다.

느닷없이 그녀는 깔깔대며 웃음보를 터뜨렸다.

"그러고 보니 당신은 진짜 나한테 홀딱 빠졌군요?"

"그래요. 그래서 나는 당신이 생각하는 것보다 훨씬 고통을 겪고 있어요."

"당신이 고통을 받고 있다고요?" 그녀는 다시 깔깔대며 웃었다.

나는 울컥 화가 치밀었다. 치욕스러웠고 완전히 무시당한 느낌이었다. 하지만 그런 것은 다 쓸데없는 것이었다.

"왜죠?" 그녀는 말을 이었다. "나는 당신이 좋아요, 진심으로 당신을 좋아해요." 그녀는 내게 손을 내밀며 더없이 다정한 눈길로 나를 바라보았다.

"내 아내가 되고 싶다는 말인가요?"

반다는 나를 바라보았다. 그런데 그녀의 눈길의 의미는? 내 생각에 거기엔 우선 놀라움과 약간의 조롱의 빛이 섞인 것 같았다.

"어디서 갑자기 그렇게 대단한 용기가 났죠?" 그녀가 말했다.

"용기라고요?"

"그래요. 한 여자를, 그것도 나 같은 여자를 취하려는 그 용기 말이에요." 그녀는 슬리퍼를 위로 치켜들었다. "그사이에 그렇게 빨리 이 슬리퍼하고 친해졌나요? 자, 농담은 그만두지요. 정말로 나랑 결혼하고 싶어요?"

"네."

"자, 제베린. 이건 장난이 아니에요. 물론 당신이 나를 사랑하고 나도 당신을 사랑한다고 생각해요. 그것보다 더 중요한 것은 우리가 서로에게 흥미를 느끼고 있다는 점이지요. 그렇기 때문에 우리가 서로에게 금방 싫증을 느낄 위험은 없어요.

하지만 당신도 알고 있다시피 나는 그렇게 정숙한 여자는 아니에요. 바로 그 때문에 결혼을 아주 진지하게 생각하는 거예요. 그리고 결혼의 의무를 떠맡게 된다면 나는 그 의무를 충실히 이행할 수 있기를 원해요. 하지만 나는 두려워요……. 안 돼요……. 당신만 상처를 입을 게 뻔해요."

"부탁입니다. 내게 솔직하게 말해 줘요."

"그럼 솔직하게 말할게요. 나는 말이에요, 한 남자를 그렇게 오래 사랑할 수가……." 그녀는 한쪽으로 우아하게 고개를 떨어뜨리고 생각에 잠겼다.

"한 일 년."

"도대체 무슨 소리예요. 한 달이나 될까."

"나하고도 그럴까요?"

"음, 당신이라면 한 두 달 정도."

"두 달이라고요!" 나는 소리를 버럭 질렀다.

"두 달도 너무 길다고 봐요."

"부인, 정말 고대 사람들보다 더하군요."

"그것 봐요. 당신은 진실을 받아들이지 못하는 거예요."

반다는 방을 가로질러 가더니 벽난로에 등을 기댄 채 나를 바라보았다. 벽난로의 장식용 선반에 팔을 얹고서.

"당신을 어떻게 하면 되죠?" 그녀는 다시 말을 이었다.

"당신이 하고 싶은 대로요." 나는 체념 투로 말했다. "당신이 즐거운 일이라면 무엇이든."

"정말 앞뒤가 안 맞는군요!" 그녀가 소리쳤다. "처음엔 나를 아내로 삼겠다고 하더니 이제는 자신을 내 노리갯감으로 내놓겠다니."

"반다! 당신을 사랑합니다."

"이렇게 되면 애당초 우리가 시작했던 지점으로 다시 돌아온 것이네요. 당신은 나를 사랑하여 아내로 삼고 싶어 하지만, 나는 내 자신과 감정이 변하지 않을 것이라는 데 자신이 없어 새로운 결혼을 할 생각이 없으니 말이에요."

"그래도 내가 당신과 결혼을 하겠다면요?" 내가 대꾸했다.

"그건 내가 당신과 결혼을 할 의향이 있느냐에 달려 있죠." 그녀는 차분한 어조로 말했다. "나도 평생을 한 남자에게 바칠 수 있다는 생각을 해요. 하지만 그러기 위해서는 완벽한 남자여야 해요. 내 마음을 온통 사로잡고 타고난 카리스마로 나를 굴복시킬 수 있는 그런 남자 말이에요. 알겠어요? 그런데 남자들은 누구나 할 것 없이 — 나는 잘 알아요 — 사랑에 빠지는 순간 유약해지고 고분고분해지고 우스꽝스러워져 여자의 손아귀에 자신을 내맡겨요. 반면 나는 내가 무릎을 꿇을 수 있는 그런 남자만을 영원히 사랑할 수 있어요. 하지만 나도 당신을 사랑하게 되었으니 일단 한번 시작해 보도록 해요."

나는 그녀의 발치 앞에 털썩 무릎을 꿇었다.

"맙소사! 벌써 그렇게 무릎을 꿇다니." 그녀는 조롱 투로 말했다. "시작 한번 좋군요." 내가 다시 일어서자 그녀는 말을 이었다. "당신에게 일 년의 기한을 줄 테니 그 안에 당신은 내 마음을 사고 또 우리가 서로 잘 어울리며 함께 잘 살 수 있을 거라는 확신을 주어야 해요. 당신이 이 일을 성공적으로 해내면 그 땐 당신의 아내가 될게요, 제베린. 자신에게 주어진 의무를 엄격하고도 양심적으로 해내는 그런 아내 말이에요. 앞으로 일 년 동안 우리는 결혼한 부부처럼 사는 거예요."

나는 피가 머리까지 솟는 것 같았다.

그녀의 눈동자도 마찬가지로 갑자기 이글거렸다. "우리는 함께 사는 거예요." 그녀는 말을 이었다. "그러면서 서로의 모든 습관을 공유하는 거죠. 상대방에게서 서로를 찾을 수 있는지 알아보기 위해서 말이에요. 당신에게 남편으로서, 연인으로서, 남자 친구로서의 모든 권리를 주겠어요. 자, 이제 만족하세요?"

"그래야겠죠."

"억지로 그럴 필요는 없어요."

"그래요, 나는 원해요."

"멋져요. 그게 남자다운 말투죠. 자, 여기 내 손을 잡아요."

열흘 전부터 나는 단 한 시간도 그녀와 떨어져 지낸 적이 없다. 밤만 빼놓고. 이제는 언제라도 그녀의 눈동자를 바라볼 수 있고, 그녀의 손을 잡을 수 있고, 그녀의 말에 귀를 기울일 수 있고, 그녀가 가는 곳이면 어디라도 동행할 수 있다. 내 사랑하는 여인은 깊이를 알 수 없는 심연과 같아서 나는 갈수록 그곳으로 빠져들어 이제는 거기서 빠져나올 수가 없다.

오늘 오후에 우리는 풀밭에 있는 비너스상의 발치에서 시간을 보냈다. 나는 꽃을 꺾어서 그녀의 무릎에 던졌고, 그녀는 그 꽃으로 우리의 여신을 장식할 꽃다발을 엮었다.

그때 갑자기 반다는 나를 야릇한 눈길로 바라보았고, 그 눈길을 보자 내 마음은 열정으로 활활 타올랐다. 나는 자제력을 잃고 그녀를 끌어안고 그녀의 입술에 키스를 했다. 그리고 그녀는…… 그녀는 출렁이는 가슴으로 나를 꼭 껴안아 주었다.

"혹시 화났어요?" 내가 물었다.

"나는 자연스러운 것을 가지고는 화를 내지 않아요." 그녀가 대답했다. "다만 당신이 고통을 겪을까 봐 걱정이에요."

"오, 나는 사실 끔찍한 고통을 겪고 있어요."

"불쌍한 사람 같으니라고." 그녀는 헝클어진 내 이마의 머리카락을 쓸어 올려 주었다. "내가 그렇게 만든 게 아니길 바라요."

"그건 아닙니다." 내가 대답했다. "하지만 당신을 향한 사랑이 이제 나를 거의 미칠 지경으로 만들어 놓았어요. 당신을 잃을지도 모른다는, 아니 당신을 실제로 잃을 수밖에 없다는 생각이 밤낮으로 나를 괴롭혀요."

"하지만 당신은 아직 나를 소유한 게 절대 아니에요." 반다는 그렇게 말하고는 일전에 내 마음을 송두리째 앗아 갔던 예의 그 바르르 떠는, 물기를 촉촉이 머금은 흡인력 있는 눈길로 나를 바라보더니 자리에서 일어나 희고 작은 손으로 파란 아네모네 꽃다발을 비너스상의 흰 곱슬머리 위에 씌워 주었다. 나는 내 의지와는 거의 상관없이 그녀의 허리를 감싸안았다.

"당신이 없으면 나는 이제 살 수 없어요, 그대 아름다운 여인이여. 내 말을 믿어 줘요. 이번 한 번만 믿어 줘요. 이건 괜히 마음을 끌려고 하는 말도 아니고 망상도 아닙니다. 나는 마음속 깊이 나의 생이 당신의 생과 얼마나 긴밀하게 연결되어 있는지 느끼고 있어요. 당신이 나를 버린다면 그 길로 나는 끝장이에요. 몰락이라고요."

"그런 생각은 하지 않아도 돼요. 나 역시 당신을 사랑하니까요." 그녀는 손으로 내 턱을 잡았다. "바보!"

"그렇지만 당신은 몇 가지 조건을 채워야만 내 것이 되겠다고 하잖아요. 나는 아무런 조건 없이 당신의 것이 될 수 있는데."

"제베린, 그건 좋은 생각이 아니에요." 그녀는 소스라치듯 대답했다. "아직도 나를 모르는 건가요, 아니면 알고 싶지 않은 건가요? 나를 대할 때 진지하고 이성적인 태도를 취한다면 나도 그렇게 해 줄 거예요. 하지만 내 앞에서 무릎을 꿇는다면 나는 거만해질 수밖에 없어요."

"그래, 그렇게 해 줘요. 아주 거만한 모습을 보여 줘요. 폭군이 되어 줘요." 나는 극히 격앙되어 소리쳤다. "내 것이 되어 줘요. 영원히 내 것으로 남아 줘요." 나는 그녀의 발치에 엎드려 그녀의 무릎을 감싸안았다.

"이런 식으로 하면 좋지 않게 끝나게 돼요, 친구." 그녀는 미동도 않은 채 진지하게 말했다.

"오, 끝나서는 안 돼요." 나는 흥분하여 격하게 소리쳤다. "죽음만이 우리를 갈라놓을 수 있어요. 당신이 내 것이 될 수 없다면, 완전히 그리고 영원히 내 것이 될 수 없다면, 나는 차라리 당신의 노예가 되겠습니다. 당신을 위해 봉사하고 당신이 하는 그 무엇도 참을 겁니다. 그러니 제발 나를 밀쳐 버리지만 마요."

"진정하세요." 그녀는 그렇게 말하고는 허리를 굽혀 내 이마에 키스했다. "나도 진심으로 당신이 좋아요. 하지만 당신의 그 자세는 나를 정복하고 내 마음을 얻기 위한 적절한 방식이 아니에요."

"당신이 원하는 거라면 나는 무엇이든 다 할 겁니다. 다만 당신을 결코 잃고 싶지 않아요." 나는 소리쳤다. "제발 그것만은 하지 마요. 그 생각만으로도 나는 참을 수가 없어요."

"자, 일어나세요."

나는 그녀가 시키는 대로 했다.

"당신은 참으로 특이한 분이군요." 반다는 말을 이었다. "그러니까 당신은 무슨 대가를 치르든지 간에 나를 반드시 소유하고 싶다는 말이군요. 그렇죠?"

"그래요, 무슨 대가를 치르든지 간에."

"그런데 예를 들어 내가 당신의 것이 된다면 당신에게 어떤 가치가 있을까요?" 그녀는 잠시 생각에 잠겼다. 그녀의 눈빛에 적의 어린 섬뜩한 빛이 감돌았다. "만약에 내가 더 이상 당신을 사랑하지 않는다면, 만약에 내가 다른 남자의 소유가 된다면 말이에요."

나는 등줄기에 소름이 돋았다. 나는 그녀를 바라보았다. 그녀는 내 앞에 당당하고도 자신감 있는 모습으로 서 있었다. 그리고 그녀의 두 눈은 차갑게 빛났다.

"자, 보세요." 그녀는 말을 이었다. "그 생각을 하니 겁이 나는 모양이군요." 갑자기 그녀의 얼굴은 매혹적인 미소로 환하게 밝아졌다.

"맞아요. 내가 사랑하고 내 사랑에 응답까지 했던 여인이 나에 대한 일말의 동정심도 없이 다른 남자에게 자신을 바치는 모습을 생생하게 떠올리면 겁이 더럭 나요. 그래도 내게는 선택의 여지가 남아 있을까요? 내가 그래도 이 여인을 사랑한다면, 미칠 만큼 사랑한다면, 나는 그녀에게서 등을 돌리고 그 잘난 자존심 때문에 몰락을 자처해야 하나요? 머리에 총구멍을 내야 하나요? 내게는 두 가지의 이상적인 여성상이 있어요. 나와 운명을 함께 나눌 수 있는, 고상하고 밝고, 상냥하고 지조 있는 여인을 찾을 수 없다면, 미적지근한 타협 같은 것은 하기 싫어요. 그러면 차라리 미덕도 정절도 동정심도 없는 여자에게 내 자신을 바칠 겁니다. 이기적인 카리스마가 넘치는 그런 여인 역시 나의 이상형이니까요. 사랑의 행복을 완벽하게 누릴 수 없다면 사랑의 고통과 아픔을 남김없이 마셔 버리겠어요. 그래요, 차라리 내가 사랑하는 여인에게 학대를 받고 버림을 받겠습니다. 잔인할수록 더 좋아요. 그것 역시 쾌락의 일종이니까 말입니다!"

"정신이 나간 모양이군요!"

"모든 것을 다 바쳐 당신을 사랑해요." 나는 계속해서 말을 이었다. "이 세상에서 내가 살아가려면 당신이 내 곁에 있어 당신의 분위기를 느낄 수 있어야만 해요. 그러니 나의 두 가지 이상형 중에서 하나를 택해 줘요. 원하는 대로 해요. 나를 남편으로 삼든지 아니면 노예로 삼든지."

"그거 좋군요." 반다는 작은 눈썹을 힘껏 찌푸리면서 말했다. "내 관심을 끌고 또 나를 사랑하는 남자를 완전히 내 손아귀에 넣고 주무르는 것은 재미있을 것 같네요. 적어도 소일거리로는 제격일 것 같군요. 내게 선택권을 준 것은 당신이 너무 성급한 거예요. 자, 그러면 선택할게요. 난 당신이 내 노예가 되어 주었으면 해요. 당신을 내 노리갯감으로 삼겠어요."

"오! 제발 그렇게 해 줘요." 나는 한편으로는 떨리고 또 한편으로는 황홀감을 느끼며 외쳤다. "결혼은 평등과 합의에 바탕을 두지만, 이와 달리 가장 강렬한 열정은 서로 상반된 것들로부터 나옵니다. 우리는 거의 서로 적대적으로 마주 서 있는 양극이지요. 내 사랑은 바로 그러한 것입니다. 한편으로는 미움이고 다른 한편으로는 두려움이지요. 그런 관계로 보면 한쪽 사람은 망치가 되어야 하고 다른 한쪽은 모루가 되어야 합니다. 나는 모루가 되고 싶어요. 자기가 사랑하는 여자를 무시하면서 행복할 수는 없어요. 나는 한 여자를 떠받들고 싶어요. 그 여자가 나를 잔인하게 대해 줄 때만 그렇게 할 겁니다."

"그러나 제베린." 반다가 거의 화가 난 듯한 목소리로 대꾸했다. "나를 사랑하고 또 나 역시 사랑하는 당신과 같은 남자를 내가 함부로 다룰 수 있을 거라고 생각하세요?"

"안 될 까닭도 없습니다. 그렇게 하면 당신을 더 사모하게 될 텐데요. 우리는 우리 위에 군림하는 존재만을 진정으로 사랑할 수 있어요. 그러니까 아름다움과 기질, 정신, 의지력으로 우리를 제압하여 우리의 폭군이 될 수 있는 그런 여자 말입니다."

"그러니까 남들이 혐오스러워 꺼리는 그런 것이 당신은 오히려 마음에 끌린다는 얘긴가요?"

"맞아요. 그게 바로 나만의 독특한 점이죠."

"사실, 당신의 그 열정에서 좀 특이하거나 독특한 점은 볼 수 없어요. 그런 멋진 모피를 보고 좋아하지 않을 사람은 없을 테니까요. 그리고 쾌락과 잔인함이 얼마나 가까운 사이인지는 누구나 다 알고 또 느끼고 있어요."

"그래도 나의 경우엔 그 모든 것이 최고로 극단적으로 나타난다는 것이죠." 내가 응수했다.

"그러니까 당신은 이성의 지배를 받지 않고 태생적으로 부드럽고 헌신적이고 감각적인 성격을 타고났다는 말이군요."

"순교자들 역시 그처럼 부드럽고 감각적인 성격의 소유자들 아니던가요?"

"순교자들이라고요?"

"보통 생각하는 것과 달리 순교자들은 지극히 감각적인 사람들이었지요. 그들은 고통 속에서 오히려 쾌락을 발견했어요. 남들이 즐거움을 구하듯 죽음을 찾아 나섰던 겁니다. 나도 그들처럼 아주 감각적인 남자이지요, 부인."

"그러다가 사랑의 순교자, 한 여자의 순교자가 되지 않도록 조심하셔야겠네요."

우리 둘은 꽃향기가 풍기는 부드러운 여름밤에 반다의 작은 발코니에 앉아 있다. 우리의 머리 위에는 두 겹의 지붕이 드리워져 있다. 하나는 담쟁이넝쿨이 만들어 놓은 푸른 천장이고, 또 하나는 무수히 많은 별들이 총총히 박힌 밤하늘이다. 정원 쪽에서 짝을 찾아 구슬프게 우는 암고양이의 발정 난 울음소리가 들려온다. 나는 나의 여신의 발치에 작은 걸상을 하나 놓고 앉아 내 어린 시절 이야기를 들려준다.

"그렇다면 그런 독특한 성향이 이미 어릴 때부터 있었나 보군요?" 반다가 물었다.

"네, 그래요. 내가 기억하기로 나는 그런 성향을 보이지 않았던 때가 없었던 것 같아요. 이미 요람에 있을 때부터 지극히 감각적이었다고 나중에 가서 어머니가 들려주었어요. 건강한 유모의 젖을 거부해서 염소젖을 먹여야 했다는군요. 어린 꼬마였을 때는 이상할 정도로 여자들 앞에서 수줍음을 탔어요. 사실 잘 따져 보면 그것은 그 여자들에 대한 강한 관심의 표현이었어요. 어스름에 싸인 아치형 천장이나 어두컴컴한 교회를 보면 두려웠지요. 그리고 반짝이는 제단이나 성화들도 정말 무서웠어요. 그러다가도 금지된 쾌락을 즐기기라도 하려는 듯이 아버지의 조그만 서재에 있던 비너스상을 몰래 찾아가 그 앞에 무릎을 꿇고서 사람들에게서 익힌 기도문이나 주기도문, 성모에게 드리는 기도 그리고 사도 신경 같은 것을 읊조렸지요.

그러던 어느 날 밤, 나는 그 비너스상을 보러 가려고 침대에서 빠져나왔어요. 초승달이 나를 비추었고 그 여신을 향해 푸르스름하고 차가운 빛을 뿌렸어요. 나는 여신 앞에 털썩 무릎을 꿇고 그녀의 차가운 발에 입을 맞추었어요. 우리 고장 사람들이 죽은 구주의 발에 입을 맞출 때 그러는 것처럼 말입니다.

나는 걷잡을 수 없는 그리움에 사로잡혔어요.

나는 벌떡 일어나 아름다운 여신의 몸을 끌어안고 차가운 입술에 키스를 했어요. 순간 나는 겁이 더럭 나서 거기서 도망쳤어요. 그런데 꿈속에 그 여신이 나타나 내 침대 앞에 서서 손을 쳐들고는 나를 위협하는 것이었어요.

집에서는 나를 학교에 일찍 들여보냈어요. 그래서 얼마 뒤에 곧 김나지움에 진학하게 되었지요. 그때 고대 세계를 알려 주는 것이라면 무엇이든 열정적으로 받아들였어요. 그러다 보니 나는 곧 예수의 종교보다 고대의 신들과 훨씬 친숙하게 되었습니다. 나는 파리스와 함께 비너스에게 운명의 사과를 건네주기도 했고, 트로이가 불타는 것도 보았으며, 오디세우스의 방랑의 길도 따라가 보았어요. 모든 아름다움의 원형들이 내 마음속 깊이 가라앉게 되어 나는 다른 아이들이 촌스럽고 유치하게 행동하던 그 시절에 이미 모든 저급하거나 저속하고 추한 것들을 극히 싫어하게 되었지요.

그리고 사춘기에 접어든 소년 시절에 특히나 저급하고 추한 것으로 보였던 것은 여자에 대한 사랑이었어요. 그전에 이미 아주 천박하게 보였듯이 말입니다. 나는 여자들과는 되도록 접촉하지 않으려 노력했어요. 한마디로 내가 지나치게 민감했던 탓이지요.

나의 어머니는 내가 열네 살이던 해에 매혹적인 가정부를 하나 구했어요. 젊고 예쁘고 몸매도 근사했죠. 어느 날 아침, 내가 타키투스를 읽으며 고대 게르만족의 미덕에 열광하고 있을 때 그 가정부는 내 방 청소를 하고 있었어요. 갑자기 그녀가 하던 일을 멈추더니 빗자루를 손에 든 채 내 쪽으로 몸을 구부렸어요. 순간 도톰하고 달콤한 그녀의 싱싱한 입술이 내 입술에 와서 닿았어요. 사랑에 굶주린 그 작은 고양이의 키스는 나를 전율케 했어요. 그러나 나는 읽고 있던 『게르마니아』를 방패 삼아 유혹해 오는 그녀를 막아 내고는 버럭 화를 내며 방에서 나가 버렸어요."

반다는 깔깔대며 웃음보를 터뜨렸다. "이 세상에 당신 같은 남자는 또 없을 거예요. 자, 어서 계속해 봐요."

"그 시절에 겪은 또 다른 장면 하나가 내게는 잊히지 않아요." 나는 계속해서 이야기했다. "먼 친척 아주머니뻘 되는 조볼 백작 부인이 우리 부모님을 찾아왔어요. 웃는 모습이 매력적인, 아름답고 위엄이 있는 여자였어요. 하지만 나는 그 여자를 싫어했어요. 우리 가족들 사이에서는 메살리나*로 알려져 있었거든요. 그래서 나는 그 여자에게 될 수 있는 대로 버릇없이 아무렇게나 행동했지요.

어느 날 부모님은 시내에 볼일을 보러 나가셨어요. 부모님이 없는 틈을 타 그 아주머니는 나를 응징하기로 결심했어요. 아주머니는 모피 장식을 한 재킷을 입고 요리사와 부엌데기 그리고 내가 거부했던 그 작은 암고양이를 대동하고서 느닷없이 들이닥쳤어요. 그들은 지체 없이 나를 붙잡아 격렬하게 저항하는 내 손과 발을 묶어 버렸어요. 그런 다음 아주머니는 음흉한 미소를 흘리며 소매를 걷어붙이더니 큰 회초리로 나를 때리기 시작했어요. 얼마나 호되게 때렸던지 피가 흐를 지경이었지요. 사내답게 꾹 참으려 했지만 나는 결국 울부짖었고 눈물을 흘리며 용서를 빌었어요. 그러자 아주머니는 나를 풀어 주었어요. 하지만 나는 그녀 앞에 무릎을 꿇고 벌을 주어 고맙다는 말을 하고 그녀의 손에 키스를 해야 했어요.

당신은 지금 지극히 감각적인 바보를 보고 있는 겁니다! 그 아름답고 풍만한 여인의 매를 맞으면서 나는 이 세상에서 처음으로 여성에게 눈을 뜨게 되었어요. 모피 재킷을 입은 그녀는 내겐 분노에 찬 여왕처럼 보였어요. 그리고 그 뒤로 나의 아주머니는 하느님이 만든 이 세상에서 가장 매력적인 여인이 되었어요.

카토*와 같은 나의 엄격함이나 여성 앞에서의 수줍음은 사실 미에 대한 극단적인 감각의 결과일 뿐이었죠. 감각적 욕구는 이제 나의 상상 속에서 하나의 문화가 되었어요. 그래서 나는 그 신성한 감각을 평범한 여성에게 낭비하지 않고 이상적인 여성을 위해, 가능하다면 바로 사랑의 여신을 위해 소중히 간직해 두기로 결심했지요.

나는 아주 젊은 나이에 대학에 입학하여 큰 도시로 나가게 되었어요. 그 도시에는 바로 나의 아주머니가 살고 있었지요. 당시 내가 쓰던 방은 파우스트 박사의 방과 흡사했어요. 내 방은 모든 것이 뒤죽박죽이었어요. 제르바니카*의 어느 유대인 고서점에서 헐값으로 구입한 책들로 가득 찬 높은 서가들, 지구의, 세계 지도, 플라스크, 천체도, 동물들의 뼈대, 해골, 위대한 인물들의 흉상 등이 있었죠. 당장이라도 메피스토펠레스가 방랑하는 학자의 모습을 하고 커다란 녹색 난로 뒤쪽에서 불쑥 나타날 것만 같았어요.

나는 아무런 체계도 없이 아무거나 닥치는 대로 공부했어요. 화학, 연금술, 역사, 천문학, 철학, 법학, 해부학 그리고 문학 등. 호메로스, 베르길리우스, 오시안, 실러, 괴테, 셰익스피어, 세르반테스, 볼테르, 몰리에르, 『코란』, 우주론, 카사노바의 회고록 같은 것들을 읽었어요. 나는 날이 갈수록 점점 더 머리가 복잡해졌고 몽상적이고 지극히 감각적인 사람으로 변해 갔어요. 내 머릿속에는 언제나 아름답고 이상적인 여인의 모습이 자리 잡고 있었어요. 그 여인은 그러다가 가끔씩 내가 수집해 놓은 해골들이나 가죽으로 제본된 고서들 사이에서 장미 침대에 누운 모습으로 큐피드들에게 둘러싸인 채 헛것을 본 듯 나타나곤 했어요. 어느 때는 올림포스 신들의 의상을 입고 비너스상과 같은 희고 엄격한 모습이었고, 또 어느 때는 갈색 머리를 땋아서 치렁치렁 늘어뜨리고 파란 눈엔 미소를 머금고 나의 아름다운 아주머니가 즐겨 입는, 담비 모피로 장식한 붉은 벨벳 재킷을 입은 모습이었어요.

어느 날 아침, 내 상상의 황금빛 안개를 헤치고 그녀가 다시 미소를 던지며 내 앞에 매혹적인 모습으로 나타난 뒤, 나는 조볼 백작 부인을 찾아갔어요. 아주머니는 나를 다정하게, 진심 어린 마음으로 맞아 주며 환영의 키스를 해 주었는데, 그 바람에 나는 정신이 혼미해질 지경이었지요. 아주머니는 거의 마흔을 바라보는 나이였지만 예의 그 불사의 유한마담들처럼 여전히 매력이 넘쳤어요. 그날도 아주머니는 여느 때와 다름없이 모피 장식을 한 재킷을 입고 있었어요. 이번에는 갈색 담비 모피로 장식한 녹색 벨벳 재킷이었지요. 그러나 예전에 나를 매료했던 예의 그 엄격함은 찾아볼 수 없었어요.

오히려 그 반대로 아주머니는 내게 잔인한 태도를 전혀 보이지 않았어요. 별로 주저하는 기색 없이 내게 자신을 숭배하는 자세를 취할 수 있도록 허락까지 해 주었어요.

아주머니는 내게 지극히 감각적인 바보스러움과 순진함이 있다는 것을 금세 알아차렸고 나를 행복하게 해 주며 그걸 즐겼어요. 그리고 나는 말이죠, 나는 실제로 젊은 신처럼 행복하기 그지없었어요. 그녀 앞에 무릎을 꿇고서 옛날에 나를 두들겨 팼던 그녀의 손에 입을 맞출 수 있게 되다니, 이 얼마나 황홀한 일인가! 아! 이 얼마나 아름다운 손인가! 그렇게 곱고 통통하고 하얀, 아름다운 손이 있다니! 사랑스럽기 그지없게 곳곳에 옴폭옴폭 들어간 곳들하고! 사실 나는 그 손에 푹 빠져 있었던 거예요. 나는 그 손을 가지고 놀았어요. 검은 모피 안에 넣었다 다시 꺼냈다 하곤 했지요. 나는 그 손을 불빛에 비춰 보았어요. 하지만 아무리 보아도 자꾸만 보고 싶었어요."

반다는 자신도 모르게 자기 손을 내려다보았다. 나는 그 모습을 보며 미소를 짓지 않을 수 없었다.

"언제 어느 때고 내겐 지극히 감각적인 것이 늘 우세했었다는 것을 당신은 이 말을 들으면 알 수 있을 겁니다. 나를 두들겨 팼던 아주머니의 경우엔 내가 그 끔찍한 매질을 사랑했었다는 것, 또 그로부터 이 년 뒤 구혼을 했던 한 젊은 여배우의 경우엔 내가 그녀의 배역을 사랑했었다는 것이 그것이죠. 그 뒤 나는 아주 존경할 만한 어느 여자에게 푹 빠졌어요. 그 여자는 감히 다가설 수 없는 미덕의 소유자인 양 행세하더니 결국에는 나를 배반하고 어느 부유한 유대인에게 가더군요. 자, 보세요. 나는 엄격한 원칙과 세련된 감성을 내세우는 여인에게 배반을 당하고 매도당했어요. 그렇기 때문에 나는 그와 같은 시적이고 감상적인 미덕을 내세우는 여자들을 미워하게 되었지요. 차라리 내게 이렇게 솔직하게 말할 수 있는 여자를 소개해 줘요. '나는 퐁파두르* 같은 여자, 루크레치아 보르자* 같은 여자예요.' 그 정도의 여자라면 나는 떠받들어 모실 수 있어요."

반다는 자리에서 일어나 창문을 열었다.

"당신은 남의 상상력을 자극하고 신경을 곤두서게 하고 맥박을 더욱 세차게 뛰게 만드는 묘한 재주를 갖고 있군요. 당신의 말이 진심이라면 당신은 악덕에게 후광을 입히고 있는 꼴이에요. 당신이 이상으로 꼽는 여인은 바로 남의 시선을 의식하지 않는 대담한 정부일 뿐이에요. 오! 당신은 정말이지 여자를 철저하게 타락시킬 남자군요!"

한밤중에 누군가가 창문을 두드렸다. 자리에서 일어나 문을 여는 순간 나는 소스라치게 놀랐다. 문밖에는 모피를 입은 비너스가 서 있었기 때문이다. 내 앞에 처음 나타났을 때와 똑같은 모습이었다.

"당신 이야기가 너무 자극적이었나 봐요. 잠자리에서 그냥 뒤척이기만 했어요. 잠이 안 와요." 그녀가 말했다. "내 방에 와서 말동무 좀 되어 주세요."

"금방 갈게요."

방에 들어가니 반다는 벽난로에 불을 조금 피워 놓고 그 앞에 웅크리고 앉아 있었다.

"가을이 됐나 봐요." 그녀가 말을 꺼냈다. "어느새 밤에는 제법 추워요. 혹시 폐가 안 될지 모르겠네요. 하지만 방이 따스해질 때까지는 모피를 벗을 수가 없어요."

"폐라니요, 장난꾸러기 같으니라고!" 나는 그녀를 끌어안고 키스를 했다.

"물론 잘 알고 있어요. 그런데 어쩌다가 그렇게 모피에 큰 애착을 갖게 되었나요?"

"타고난 것 같아요." 내가 대답했다. "어렸을 때부터 그런 성향이 있었어요. 게다가 신경이 예민한 사람들은 누구나 모피에 민감한 반응을 보이지요. 아주 자연스럽고 보편적인 법칙에서 나오는 반응입니다. 그것은 물리적 자극이지요. 야릇하게 톡 쏘는 듯해서 그 자극에서 빠져나오기란 쉽지가 않아요. 얼마 전에 전기와 열 사이에는 밀접한 관계가 있다는 사실이 과학적으로 증명되었어요. 이것들이 인간의 신체에 미치는 영향도 비슷하다고 하더군요. 열대 지역에 사는 사람들이 더 정열적일 가능성이 크고, 실내 공기가 더우면 흥분하기 쉽다는 것이지요. 전기도 마찬가지예요. 그래서 예민하고 지적인 사람들은 고양이에게서 마성적으로 좋은 영향을 받는 것입니다. 그리고 고양이의 긴 꼬리와 불꽃을 튀기는 매력, 즉 전기 배터리 같은 존재감 때문에 마호메트, 리슐리외 추기경, 크레비용*, 루소, 빌란트* 같은 사람들이 고양이를 애완동물로 길렀던 것입니다."

"그렇게 보면 모피를 입은 여자는 결국 말이에요." 반다는 큰 소리로 말했다. "하나의 커다란 고양이, 그러니까 강력한 전기 배터리에 지나지 않는다, 이 말인가요?"

"물론이지요." 내가 대답했다. "모피가 권력과 미의 상징적 의미를 갖는 것도 바로 거기에 기반을 두고 있습니다. 바로 그런 까닭에 옛날 군주와 세도가 들은 옷에 대한 조례를 만들어서 모피를 자신들만 입을 수 있도록 만들어 놓았으며, 위대한 화가들은 여왕이나 공주의 아름다움을 표현하기 위해 모피를 이용했던 거지요. 그러므로 라파엘로는 포르나리나*의 성스러운 몸매를 위해, 티치아노는 애인의 장밋빛 몸을 위해 모피보다 더 소중한 틀을 찾지는 못했을 겁니다."

"에로티시즘에 대한 그렇게 전문적인 논문을 들려줘서 고마워요." 반다가 말했다. "그런데 내게 모든 걸 다 들려준 것은 아닌 것 같군요. 모피와 관련하여 당신은 특별한 무언가를 생각하고 있을 것 같아요."

"물론 그렇지요." 나는 외쳤다. "당신 앞에서 이미 여러 번 말했지만, 고통은 내게 뭔가 말할 수 없는 묘한 매력이 있어요. 포악함이나 잔인함, 그리고 무엇보다 아름다운 여인의 배신만큼 내 마음에 열정을 불러일으키는 것도 없어요. 바로 이런 여자, 추의 미학에서 생겨난 이 기괴한 이상형, 한마디로 프리네의 몸과 네로의 영혼을 합쳐 놓은 듯한 이런 인물은 사실 모피 없이는 생각할 수 없어요."

"뭘 말하려는 건지 알겠군요." 반다가 끼어들었다. "모피가 여성에게 뭔가 당당함과 강한 인상을 심어 준다는 뜻이죠."

"그것만이 아닙니다." 나는 계속해서 말했다. "당신도 알겠지만 나는 '초감각적인 사람'입니다. 내 경우엔 모든 것이 상상력에 기반하고 있으며 모든 것이 거기서 자양분을 섭취하지요. 나는 조숙했으며 극히 민감했어요. 열 살이던 해에 나는 순교자들의 전설을 다룬 책을 손에 넣게 되었지요. 지금 기억으로 당시 나는 그 순교자들이 지하 감옥에 갇혀 고통스러워하고, 석쇠에 눕혀진 채로 불에 태워지고, 화살에 맞아 몸이 벌집이 되고, 끓는 역청 속에서 삶아지고, 맹수들에게 던져지고, 십자가에 못 박히는 장면을 두려움과 함께 실제로는 황홀감을 느끼며 읽었어요. 그들은 가장 끔찍한 고통을 마치 무슨 즐거운 일이라도 되는 것처럼 치러 냈지요. 그 뒤로 수난이나 끔찍한 고통을 견디어 내는 것이 내게는 하나의 쾌감으로 여겨졌습니다. 특히 아름다운 여자에 의해 고통을 받을 때 말입니다. 내가 아는 한 모든 시적인 것과 모든 악마적인 것은 한 여성 안에 다 들어 있으니까요. 그래서 나는 여성을 정식으로 숭배하기로 했습니다.

나는 감각의 세계에서 뭔가 신성한 것을 보았어요. 이 세상에서 유일하게 신성한 것을 말입니다. 그리고 여성과 그 아름다움에서 뭔가 거룩한 것을 보았어요. 무엇보다 여자는 우리 인간에게 있어서 가장 중요한 사명인 종족의 보존이라는 역할을 해내니까요. 나는 여성에게서 자연의 인격화된 모습을, 즉 이시스 여신*을 보았어요. 그리고 남성에게서는 이시스 여신의 사제를, 노예를 보았어요. 그리고 나는 그 여신이 남자를 잔인하게 다루는 것을 보았지요. 자연이란 말입니다, 자기 시중을 들어 주던 것들이 더 이상 필요가 없어지면 내동댕이쳐 버리지요. 반면에 자연에 봉사하던 것들은 자연의 학대를 받고 자연에 의해 죽임을 당하는 것이 오히려 쾌감을 주는 축복이지요.

나는 강력한 브륀힐트에게 신혼 첫날밤에 묶였던 군터 왕이 부러웠고, 늑대 가죽을 뒤집어쓰고 꿰매진 상태에서 변덕스러운 여주인에게 마치 사냥감처럼 쫓기던 그 불쌍한 음유 시인이 부러웠어요. 그리고 대담한 아마존의 여인 샤르카의 꾐에 넘어가 프라하 근처의 숲에서 사로잡혀 디빈성으로 끌려가 그곳에서 잠시 그녀의 노리갯감이 되었다가 수레바퀴에 묶여 깔려 죽은 기사 츠티라트가 부러웠지요."

"말도 안 돼요!" 반다가 소리쳤다. "당신이 그 야만스러운 여인들 중 한 여자의 손에 잡혀 보았으면 좋겠군요. 늑대 가죽을 뒤집어쓰거나, 사냥개들의 이빨에 물리거나, 아니면 수레바퀴

모피를 입은 비너스 **65**

에 묶이는 순간 시 같은 생각은 싹 사라지고 말걸요."

"그렇게 생각하세요? 나는 그렇게 생각하지 않아요."

"당신은 지금 분별을 잃은 것 같군요."

"그럴지도 모르죠. 하지만 내 얘기를 더 들어 봐요. 그 뒤로 나는 끔찍하고 잔인한 장면을 그린 이야기들에 탐닉했고, 그런 장면들을 다룬 그림이나 동판화들을 즐겨 찾아보았습니다. 그러던 중 나는 왕좌를 차지했던 잔혹한 폭군들, 이교도들을 고문하고 불에 굽고 죽이라 명령했던 심문관들, 세계사의 페이지에서 육욕적이고 아름답고 폭력적으로 묘사된 모든 여성들, 이를테면 리부사*, 루크레치아 보르자, 헝가리의 아그네스*, 마고 여왕*, 왕비 이자보*, 술탄의 왕비 록셀란*, 지난 세기의 러시아 황후들이 모피나 담비 외투를 입고 있음을 알게 되었어요."

"그러니까 바로 모피가 당신의 그 기괴한 상상력을 자극한다는 말이군요." 반다가 소리쳤다. 그러면서 그녀는 입고 있던 화려한 모피 외투를 요염하게 쓰다듬기 시작했다. 그 바람에 검은빛으로 반짝이는 담비 모피가 그녀의 가슴과 팔 언저리에서 출렁거렸다. "자, 이러니 기분이 어떤가요? 반쯤 수레바퀴에 묶인 것 같나요?"

꿰뚫어 보는 듯한 그녀의 푸른 두 눈은 여유 만만하게 비웃는 듯한 야릇한 빛을 띠고 내 몸에 고정되어 있었다. 순간 나는 열정에 사로잡혀 그녀 앞에 무릎을 꿇고 그녀를 끌어안았다.

"그래요. 당신은 내가 소중하게 여기는 환상을 일깨워 주었어요." 내가 소리쳤다. "내 마음속에 너무나 오랫동안 잠들어 있던 환상을 말입니다."

"도대체 어떤 환상이죠?" 그녀는 내 목덜미에 손을 얹었다.

그녀의 작고 따스한 손의 어루만짐을 느끼고 또 반쯤 감은 눈동자로 사랑스레 나를 내려다보는 그녀의 눈길을 받으며 나는 달콤한 도취에 사로잡혔다.

"내가 사랑하고 숭배하는 여인의, 아름다운 여인의 노예가 되는 거죠."

"그 대가로 당신을 학대할 수 있는 그런 여자를 말이죠." 반다가 내 말을 가로막으며 깔깔대고 웃었다.

"그래요, 내 몸을 묶은 다음 내게 채찍질을 하고 발길질까지 해 대는 그런 여자죠. 그러면서 정작 다른 남자 품에 안겨 있는 여자죠."

"그리고 당신에게 질투심을 불러일으켜 당신을 미칠 지경으로 만들고 당신이 그 운 좋은 연적과 맞서게 한 다음, 당신을 연적의 야수 같은 손에 내맡겨 버리는 그런 간이 큰 여자겠죠. 안 그런가요? 마지막 장면은 별로 마음에 들지 않나요?"

나는 소스라치게 놀라 반다를 쳐다보았다.

"당신은 내 상상을 초월하네요."

"그래요, 우리 여자들은 상상력이 풍부하거든요." 그녀가 말했다. "조심하세요. 혹시 당신이 이상형을 찾아냈을 때 그 여자가 당신이 생각했던 것보다 훨씬 잔인하게 나올지도 모르니."

"내 이상형을 이미 발견한 것 같아 두렵군요!" 나는 그렇게 소리치면서 벌겋게 달아오른 얼굴을 그녀의 품에 파묻었다.

"설마 나를 두고 하는 말은 아니겠죠?" 반다는 그렇게 소리치더니 모피를 휙 벗어 던지고서 깔깔대고 웃으며 방 안에서 이리저리 뛰어다녔다. 내가 계단을 내려갈 때도 그녀는 여전히 웃고 있었다. 그리고 내가 생각에 잠겨 뜰에 서 있을 때에도 깔깔대는 그녀의 짓궂은 웃음소리는 계속해서 들려왔다.

"그렇다면 내가 당신의 이상이 되어 줄까요?" 오늘 정원에서 만났을 때 반다는 짓궂은 표정으로 말했다.

처음엔 뭐라고 대답해야 할지 막막했다. 마음속에서는 이렇게 할까 저렇게 할까 극단적인 감정들이 서로 부딪쳤다. 그러는 사이 그녀는 돌 벤치에 앉아 꽃 한 송이를 들고 만지작거리고 있었다.

"자, 어떻게 할래요?"

나는 무릎을 꿇고 그녀의 손을 덥석 잡았다.

"다시 한번 부탁드립니다. 나의 아내가 되어 줘요, 정절 있고 정숙한 내 아내가 되어 줘요. 그렇게 할 수 없다면 차라리 내 이상형이 되어 줘요. 조금도 봐주는 것 없이 아주 철저하게 말입니다."

"당신이 내가 찾는 그런 남자라는 것을 보여 주면 일 년 안에 당신의 청혼을 들어주겠다고 했잖아요." 반다는 아주 진지한 표정으로 대답했다. "그런데 내가 보기에 당신은 내가 당신의 환상을 실현시켜 주는 쪽을 더 바라고 있어요. 자, 어느 쪽을 더 원하는 거죠?"

"당신은 나의 상상 속에서 어른거리는 모든 것을 본질적으로 다 갖추고 있는 것 같습니다."

"뭔가 잘못 생각한 것 같군요."

나는 계속해서 말했다. "당신은 한 남자를 완전히 손에 넣고서 그에게 고통을 주며 즐기는 겁니다."

"아니에요, 아니에요!" 그녀는 활기찬 목소리로 외쳤다. "아니면 혹시." 그녀는 잠시 생각에 잠겼다. "나도 내 자신이 이해가 안 돼요." 그녀는 말을 이었다. "한 가지 당신에게 고백할 게 있어요. 당신은 나의 상상력을 타락시키고 내 피에 불을 질러 놓았어요. 그런 모든 것들을 즐기기 시작했다는 말이에요. 퐁파두르 후작 부인이나 예카테리나 여제 그리고 그 밖의 이기적이고 사악하고 잔인한 여자들을 이야기할 때 보여 준 당신의 열광적인 모습이 나를 사로잡고 내 마음속에 깊이 각인되어 나도 그런 여자들처럼 되고 싶다는 생각이 나를 뒤흔들고 있어요. 사악함에도 불구하고 살아 있을 때 맹종에 가까운 숭배를 받고 무덤 속에 들어가서도 여전히 기적을 행하고 있는 그런 여자들 말이에요.

결국 당신은 나를 잔혹한 여제의 축소판으로 만들고 있어요. 가정용 퐁파두르 같은 여인으로 말이에요."

"그렇다면, 부인." 나는 흥분해서 말했다. "당신에게 그런 성향이 있다면 거기에 따라야 해요. 어중간한 태도를 취하면 안 돼요. 정숙한 여자가 될 수 없다면 차라리 악마가 되세요."

나는 흥분한 나머지 밤을 홀딱 새웠다. 아름다운 여인과 함께 있다는 사실이 나를 열병처럼 사로잡았다. 무슨 말을 했는지 전혀 모르겠다. 다만 그녀의 발에 키스를 하고 끝에 가서는 그녀의 발을 들어 내 목덜미에 올려놓았던 기억은 난다. 그때 그녀는 얼른 발을 빼내며 화가 난 듯 자리에서 벌떡 일어났다.

"당신이 나를 사랑한다면, 제베린." 그녀는 얼른 말했다. 그녀의 목소리에는 날카로움과 위엄이 서려 있었다. "내 말을 이해하셨다면, 그런 이야기는 다시는 하지 마세요. 결국 그러다가 정말로……." 그녀는 살짝 미소를 지으며 다시 자리에 앉았다.

"이건 진심으로 하는 말입니다." 나는 정신이 좀 나간 사람처럼 소리쳤다. "당신을 너무나도 사모합니다. 평생 당신 곁에 있게만 해 준다면 당신이 나를 어떻게 하든 다 참을 겁니다."

"제베린, 다시 한번 경고하겠어요."

"경고 같은 것은 소용없어요. 나를 당신이 원하는 대로 하세요. 다만 나를 버리지만 말아 줘요."

"제베린." 반다가 대꾸했다. "나는 젊고 경박한 여자예요. 그렇게 내게 모든 것을 바치는 것은 위험한 일이에요. 그러다가 결국에 가서 당신이 내 노리갯감이 될지도 모르니까요.

그렇게 되면 내가 당신의 그 터무니없는 생각을 마음대로 이용한다 해도 누가 당신을 보호해 줄까요?"

"당신의 그 고귀한 품성이 나를 보호해 줄 겁니다."

"권력을 손에 쥐면 오만해지기 마련이에요."

"그렇게 오만해져 봐요." 나는 소리쳤다. "나를 짓밟아 줘요."

반다는 양팔을 내 목에 두르고서 내 눈을 들여다보더니 고개를 저었다. "그렇게 하지 못할까 봐 걱정이군요. 하지만 당신을 위해 한번 해 볼게요. 이 세상에서 누구보다도 당신을 사랑하니까요, 제베린."

오늘 그녀는 갑자기 모자를 쓰고 숄을 걸치고 나타나 시장에 함께 가자고 했다. 그곳에 가서 그녀는 채찍을 보여 달라고 했다. 짧은 손잡이가 달린 긴 채찍이었다. 개를 다룰 때 사용하는 것이었다.

"이게 적당할 것 같군요." 판매원이 말했다.

"아니에요, 그건 너무 작아요." 반다는 곁눈으로 나를 흘깃 쳐다보았다. "큰 게 필요해요."

"불도그한테 쓸 모양이군요." 판매원이 말했다.

"맞아요." 그녀는 큰 소리로 말했다. "예전에 러시아에서 말을 듣지 않는 노예들을 다룰 때 쓰던 그런 것 말이에요."

그녀는 이것저것 뒤적거리다가 마침내 채찍 하나를 골랐다. 보기만 해도 섬뜩한 느낌이 드는 것이었다.

"자, 잘 가세요, 제베린." 그녀가 말했다. "몇 가지 더 살 게 남았는데, 당신은 함께 가지 않는 게 좋겠어요."

나는 그녀와 헤어져 걸었다. 돌아가다가 나는 모피 가게에서 나오는 반다의 모습을 발견했다. 그녀는 내게 손짓을 보냈다.

"좀 더 생각해 보는 게 좋지 않을까요?" 그녀는 유쾌하게 말을 꺼냈다. "내가 무엇보다 당신의 진지하고도 사려 깊은 성격에 반했다는 사실을 숨긴 적은 없어요. 게다가 그처럼 진지한 남자가 내게 헌신하는 자세로 황홀하게 내 발치에 엎드려 있는 것을 보는 것 역시 자극적인 일이지요. 하지만 그와 같은 자극이 지속될까요? 여자는 남자를 사랑하다가 이어서 노예처럼 학대해요. 그러다가 결국에는 발로 차 버리게 되죠."

"내게 싫증이 나거든 언제든지 발로 차 버리세요." 내가 대답했다. "나는 당신의 노예가 되고 싶습니다."

"내 안에는 위험한 기질이 잠복해 있는 것 같아요." 우리가 몇 걸음 떼었을 때 반다가 말했다. "당신은 자꾸만 나의 그 기질을 일깨워 놓고 있는데, 사실 그게 당신에게 이로울 건 없어요. 당신은 쾌락적 욕망과 잔혹함과 오만함을 실감 나게 묘사하는 법을 잘 알고 있더군요. 내가 그것을 직접 시도하여 당신을 나의 첫 실험 대상자로 삼으면 어떻게 할래요? 폭군 디오니시우스*처럼 말이에요. 폭군 디오니시우스는 무쇠 황소를 고안해 낸 사람을 직접 그 안에 집어넣고 불에 구워 보라고 하였지요. 그 사람 말대로 그 안에서 지르는 신음 소리나 사람이 죽을 때 숨 넘어 가는 소리가 진짜 황소가 울부짖는 것처럼 들리나 알아보려고요.

혹시 내가 여자 디오니시우스가 되는 것은 아닐까요?"

"제발 그렇게 되어 줘요." 내가 소리쳤다. "그러면 내가 상상했던 것이 실현되는 거니까요. 좋든 나쁘든 나는 당신의 것이니 선택권은 당신한테 있어요. 내 가슴속에 들어 있는 운명이 나를 몰아치고 있어요. 악마처럼, 무자비하게."

사랑하는 그대에게!

오늘과 내일은 당신을 보고 싶지 않아요.

모레 저녁에나 만나기로 해요. 나의 노예로서.

당신의 여주인, 반다

"나의 노예로서"라는 부분에 밑줄이 쳐져 있었다. 나는 이른 아침에 받은 그 쪽지를 다시 한번 읽어 보고 나서 당나귀 — 공부를 좀 한 사람들을 위한 상징적 동물 — 에 안장을 얹고서 산 속으로 들어갔다. 나의 열정과 그리움을 웅장한 카르파티아산 속에서 덜어 볼 요량이었다.

나는 다시 돌아왔다. 지치고 배도 고프고 목도 말랐다. 무엇보다 사랑하는 그녀가 보고 싶었다. 나는 얼른 옷을 갈아입고 잠시 뒤 그녀의 방문을 노크했다.

"들어오세요."

나는 안으로 들어선다. 그녀는 방 한가운데 서 있다. 빛처럼 흘러내리는 하얀 공단 가운을 몸에 걸치고서. 그녀는 그 위에다 담비 모피로 풍성하게 장식한 진홍색 재킷을 입고 분을 뿌린 흰 머리에는 조그만 다이아몬드 띠를 두른 모습이다. 가슴께에 팔짱을 끼고 미간을 찌푸리고 있다.

"반다!" 나는 그녀에게로 달려가 그녀를 끌어안고 키스를 하려 한다. 그러나 그녀는 뒤로 한 발 물러서며 위아래로 나를 훑어본다.

"넌 노예야!"

"여주인님!" 나는 무릎을 꿇고 그녀의 로브 자락에 입을 맞춘다.

"진작 그렇게 나와야지."

"오! 당신은 너무나 아름다워요."

"내가 좋은가?" 그녀는 거울 앞으로 가더니 흐뭇하고 자신감 어린 표정으로 자신을 바라본다.

"미칠 지경입니다!"

그녀는 경멸 조로 아랫입술을 실룩거리며 반쯤 감은 눈으로 나를 조롱하듯 쳐다본다.

"채찍을 가져와."

나는 방 안을 휘둘러보았다.

"아냐." 그녀가 소리쳤다. "넌 무릎 꿇은 채로 그대로 있어." 그녀는 벽난로 쪽으로 걸어가 장식용 선반 위에 있던 채찍을 집어 들더니 미소 띤 얼굴로 나를 쳐다보며 채찍으로 휙 하고 허공을 갈랐다. 그런 다음 그녀는 천천히 모피 재킷의 소매를 걷어 올렸다.

"아, 멋진 여인이여!" 내가 소리쳤다.

"잠자코 있어, 이 노예야!" 그녀는 돌연 어둡고 거친 눈길로 쳐다보더니 채찍으로 나를 갈겼다. 그러나 다음 순간 그녀는 다정하게 내 목에 팔을 두르고는 동정심 가득한 몸짓으로 나를 향해 몸을 구부렸다. "내가 아프게 했나요?" 그녀가 물었다. 한편으로는 당황한 것 같았고, 다른 한편으로는 걱정스러운 것 같았다.

"아닙니다!" 내가 대답했다. "설사 그렇게 했다 해도, 당신이 주는 고통은 내게는 기쁨이니까요. 당신이 즐겁기만 하다면 얼마든지 채찍으로 때려 줘요."

"하지만 나는 그렇게 하는 게 즐겁지 않아요."

나는 다시 예의 그 묘한 도취감에 사로잡혔다.

"나를 때려 줘요." 나는 애원했다. "가차 없이 때려 줘요."

반다는 채찍을 휘둘렀고, 나는 두 번을 얻어맞았다.

"이제 만족하나요?"

"아뇨."

"정말로 아니에요?"

"날 때려 줘요, 제발. 나한테는 그게 기쁨이니까요."

"물론 그렇겠지요. 내 채찍질이 그렇게 심한 것이 아니라는 것을 당신도 알고 있으니까요." 그녀가 대답했다. "당신도 알다시피 난 당신을 아프게 할 만큼 심장이 강하지 못해요. 나는 이런 거친 놀이가 정말 싫어요. 내가 정말로 노예를 채찍으로 두들겨 패는 여자였다면 당신은 아마 벌벌 떨고 있을 거예요."

"아닙니다, 반다." 내가 말했다. "나는 나 자신보다 당신을 사랑합니다. 나는 살아서나 죽어서나 당신에게 바쳐진 목숨입니다. 정말로 당신 하고 싶은 대로 나를 다뤄도 괜찮아요. 당신 하고 싶은 대로 마음껏."

"제베린!"

"나를 발로 짓밟아 줘요!" 나는 그렇게 소리치면서 얼굴을 바닥에 대고 그녀 발치 앞에 엎드렸다.

"나는 이런 연극 같은 건 싫어요." 반다가 조급하게 말했다.

"자, 어서 정말로 나를 학대해 줘요."

잠시 으스스한 침묵이 흘렀다.

"제베린, 마지막으로 경고하는 거예요." 반다가 말을 꺼냈다.

"날 사랑한다면 제발 잔인하게 대해 줘요." 나는 그녀를 올려다보며 애원했다.

"당신을 사랑한다면?" 반다가 반복했다. "그렇다면 좋다!" 그녀는 뒤로 물러서더니 얼굴에 어두운 미소를 띠며 나를 쳐다보았다. "그래, 그렇다면 나의 노예가 되어 여자의 손아귀에 잡혀 있는 것이 어떤 건지 느껴 보라고." 그 순간 그녀는 나를 걷어찼다.

"자, 어때? 기분이 좋으냐, 노예야?"

이어 그녀는 채찍을 휘둘렀다.

"어서 일어나!"

나는 일어나려 했다. "그거 말고." 그녀가 명령했다. "무릎을 꿇으라고." 나는 시키는 대로 했고, 그녀는 채찍으로 나를 때리기 시작했다.

채찍질이 나의 등과 팔에 세차게 쏟아졌다. 채찍질이 떨어질 때마다 살이 에는 듯했고 계속해서 얼얼했다. 그러나 그 고통은 나를 황홀하게 했다. 왜냐하면 그 고통은 바로 내가 사모하여 언제라도 내 목숨을 내줄 각오가 되어 있는 그녀의 손에서 온 것이기 때문이다.

이제 그녀는 멈추었다. "이제 슬슬 즐기는 법을 알 것 같군." 그녀가 말했다. "오늘은 이 정도로 해 두지. 하지만 네가 얼마나 강한지 한번 보고 싶은 사악한 호기심이 생겼어. 내 채찍질 아래서 네가 떨면서 나뒹구는 꼴을 꼭 보고 싶다 이 말이야. 결국에 가서는 네 신음 소리, 비명 소리를 꼭 듣고 말 거야. 네가 살려 달라고 애원하는 소리도. 네가 까무러칠 때까지 무자비하게 두들겨 패겠어. 너는 내 기질 속에 잠들어 있던 위험한 성향을 일깨운 거야. 자, 어서 일어나."

나는 입을 맞추려고 그녀의 손을 잡았다.

"이런 파렴치한 녀석."

그녀는 발로 나를 밀쳐 냈다.

"당장 내 눈앞에서 꺼져, 이 노예야."

밤새도록 열병에 걸린 듯 뒤숭숭한 꿈속을 헤매다가 깨어났다. 날이 채 밝지 않았다.

내 기억 속에 떠도는 것들 중 무엇이 사실인가? 무엇이 내가 직접 겪은 것이고 무엇이 꿈속에서 겪은 것인가? 내가 채찍질을 당한 것은 분명했다. 아직도 내가 당했던 채찍질 하나하나가 느껴졌고, 내 몸에 나 있는 붉고 얼얼한 자국들을 일일이 셀 수 있었기 때문이다. 내게 채찍질을 휘두른 것은 바로 그녀였다. 그래, 이제야 모든 것이 생각났다.

나의 꿈이 실현되었다. 내 기분은 어떤가? 꿈이 실현됨으로써 실망했는가?

그건 아니다. 조금 피곤할 뿐이다. 오히려 그녀의 잔인함은 나를 황홀하게 해 주었다. 오! 나는 정말이지 그녀를 사랑하고 또 그녀를 사모한다! 아! 이 정도로는 내가 그녀에게서 느끼는 감정이나 그녀를 향한 나의 헌신의 마음가짐을 표현할 수 없다. 그녀의 노예가 되는 것은 얼마나 큰 행복인가.

발코니에서 그녀가 나를 부른다. 나는 서둘러 계단을 올라간다. 그녀는 문간에 서 있다가 내게 상냥하게 손을 내민다. "나 스스로가 부끄러워요." 내 품에 안겨 내 가슴에 머리를 묻고서 그녀가 말했다.

"뭐가요?"

"어제 있었던 그 추한 장면은 잊도록 하세요." 떨리는 목소리로 그녀가 말했다. "다만 당신의 그 환상을 실현시켜 주고 싶었을 뿐이에요. 자, 이제 우리 분별력을 가지고 행복하게 서로 사랑하도록 해요. 일 년 뒤에는 나는 당신의 아내가 되잖아요."

"당신은 여주인님이고." 내가 외쳤다. "그리고 나는 당신의 노예입니다!"

"노예라든가 잔인함, 채찍 같은 말은 더 이상 하지 마세요." 그녀가 내 말을 끊었다. "이제 당신을 위해 내가 베풀 수 있는 일은 오로지 모피 재킷을 입는 거예요. 자, 모피 입는 것 좀 도와줘요."

위쪽에 방금 화살을 날린 큐피드상이 서 있는 청동 시계가 자정을 알렸다.

나는 자리에서 일어나 밖으로 나가려 했다.

반다는 아무 말도 하지 않고, 다만 나를 끌어안더니 나를 소파에 주저앉히고서 내게 키스를 하기 시작했다. 그녀의 침묵의 언어 속에는 뭔가 설득력 있고 확신에 찬 것이 들어 있었다.

그리고 그 침묵의 언어는 내가 알 수 있는 것보다 더 많은 것을 담고 있었다. 그처럼 자신을 내맡기고 싶은 열망이 반다의 모든 것 속에 내재해 있다니. 반쯤 감은 희미한 두 눈과 하얀 분 사이로 어렴풋이 빛나는 그녀의 머리카락의 붉은 물결과 그녀가 움직일 때마다 바스락 소리를 내는 희고 붉은 공단 로브와 아무렇게나 걸쳐 입은 부푼 담비 재킷 속에는 얼마나 육감적인 부드러움이 배어 있던가.

"부탁이 있어요." 나는 더듬거리며 말했다. "하지만 당신이 화를 낼 것 같군요."

"나를 당신 하고 싶은 대로 하세요." 그녀가 속삭였다.

"그렇다면 나를 밟아 줘요. 제발 부탁입니다. 그러지 않으면 나는 미칠 겁니다."

"그건 내가 금하지 않았나요?" 반다는 엄한 말투로 말했다. "당신은 정말 구제 불능이군요."

"나는 당신에게 푹 빠졌어요." 나는 털썩 무릎을 꿇고 달아오른 내 얼굴을 그녀의 품에 묻었다.

"나는 정말로 이렇게 생각해요." 반다는 뭔가 깊이 생각하면서 말했다. "당신의 그런 광기 어린 태도는 미처 채우지 못한 악마적인 관능성에 지나지 않아요. 우리의 부자연스러운 생활 태도가 그런 질병을 만들어 내지요. 도덕적인 생각을 덜어 낸다면 당신은 완전히 제정신으로 돌아갈 거예요."

"그래요, 나를 그렇게 제정신으로 돌아오게 만들어 줘요." 나는 중얼거렸다. 나의 두 손은 그녀의 머리카락을 매만지고 은은하게 빛나는 모피를 더듬었다. 모피는 그녀의 일렁이는 가슴 위에서 나의 온 감각을 뒤흔들며 달빛에 반짝이는 파도처럼 솟았다 잠겼다 하고 있었다.

그리고 나는 그녀에게 키스했다. 아니다, 그녀가 내게 키스했다. 키스로 나를 죽일 것처럼 거칠고 무자비하게. 나는 정신이 혼란스러웠다. 분별력을 잃은 지 오래였다. 그러다가 나는 마침내 숨도 쉴 수 없는 지경이 되었다. 나는 거기서 헤어 나오려 발버둥 쳤다.

"왜 그러죠?" 반다가 물었다.

"고통스러워 견딜 수가 없어요."

"고통스럽다고요?" 그녀는 깔깔대며 짓궂게 웃음보를 터뜨렸다.

"웃고 싶으면 웃어요!" 나는 신음하듯 말했다. "하지만 당신은 모를 겁니다……"

그녀는 갑자기 심각한 표정이 되어 내 머리를 두 손으로 들어 올리더니 격하게 자기 가슴에 끌어안았다.

"반다!" 나는 더듬대며 말했다.

"그렇군요. 당신은 정말로 고통을 즐기나 보네요." 그렇게 말하고는 그녀는 다시 깔깔대며 웃기 시작했다. "잠깐만 기다려 봐요. 정신이 똑바로 들도록 해 줄게요."

"그래요, 더 이상 묻지 않을 겁니다." 내가 소리쳤다. "당신이 영원히 내 것이 되든 아니면 잠깐의 행복한 순간만 내 것이 되든, 나는 나의 행복을 마음껏 즐기고 싶어요. 지금 이 순간 당신은 내 것이고, 내 것이 되지 않는다면 차라리 당신을 잃는 편이 낫습니다."

"이제 제정신이 된 것 같군요." 그녀는 그렇게 말하고는 치명적인 입술로 내게 다시 키스했다. 나는 그녀의 담비 모피와 레이스를 열어젖혔다. 그녀의 맨젖가슴이 내 가슴에 닿아 부풀어 올랐다.

그리고 나는 정신을 잃었다.

의식을 되찾고 가장 먼저 떠오른 것은 내 손에서 피가 뚝뚝 떨어지던 장면이었다. 그리고 그녀는 그때 무감각하게 이렇게 물었다. "나를 할퀴었나요?"

"아니요. 당신을 물어뜯은 것 같아요."

참으로 묘하다. 새로운 인물이 등장함으로써 인생의 모든 관계가 얼마나 다른 모습을 띠게 되는가.

우리는 함께 멋진 나날을 보냈고, 산과 호수를 찾아갔으며, 함께 책을 읽었다. 그리고 나는 반다의 초상화를 완성했다.

우리는 서로를 사랑했고, 그녀의 매력적인 얼굴은 얼마나 환한 빛으로 넘쳤던가.

그때 그녀의 여자 친구 하나가 찾아왔다. 반다보다 나이도 좀 더 많고 경험도 많았으나 양심적이진 않아 보였다. 얼마 지나지 않아 여기저기서 그녀의 영향력이 나타나기 시작했다.

반다는 이맛살을 찌푸리고 좀 짜증스러운 듯이 나를 대했다.

그녀는 이제 더 이상 나를 사랑하지 않는 걸까?

거의 보름 전부터 견디기 힘든 이런 어색한 분위기가 계속되고 있다. 그 여자 친구가 그녀의 방에서 묵고 있기 때문에 우리만의 시간을 낼 수가 없다. 그 두 젊은 여자는 남자들에게 둘러싸여 있다. 나는 진지함과 우울한 성격 때문에 연인으로서는 빵점이다. 반다는 나를 마치 낯선 남자 대하듯 하고 있다.

오늘 산책 중에 그녀는 나와 함께 뒤에 처졌다. 나는 그녀가 일부러 그렇게 했음을 알고 쾌재를 불렀다. 그러나 그녀가 내게 한 말은?

"내 친구는 왜 내가 당신을 사랑하는 건지 도무지 모르겠대요. 걔는 당신이 특별히 멋있지도 매력이 있지도 않다고 생각해요. 그러면서 아침부터 한밤중까지 마음껏 놀 수 있는 도회지의 화려한 삶 얘기로 수다를 떨어요. 그곳에 가면 무슨 득을 볼 수 있는지, 또 어떤 멋진 남자들을 만날 수 있는지 그리고 어떻게 그 많은 고상하고 잘생긴 남자들을 거느리게 될지 등을 말했어요. 하지만 그게 다 무슨 상관이에요. 내가 사랑하는 사람은 당신뿐인데."

한순간 나는 숨을 쉴 수 없었다. 이어서 나는 말을 꺼냈다. "나는 결코 당신의 행복을 막아서고 싶지 않아요, 반다. 내 신경은 안 써도 돼요." 그러면서 나는 모자를 벗어 그녀에게 먼저 가라는 제스처를 했다. 그녀는 놀란 표정으로 나를 쳐다보았다. 그러나 그녀는 한 마디도 하지 않았다.

그러나 돌아오는 길에 나는 우연스럽게도 다시 그녀와 함께 하게 되었다. 그녀는 내 손을 슬쩍 잡으면서 나를 따스한 눈길로 바라보았다. 너무나도 좋은 징조였다. 그 바람에 지난 며칠간의 모든 고통이 한순간에 사라지고 모든 상처가 다 나은 것 같았다. 이제 다시금 내가 그녀를 얼마나 사랑하는지 분명히 알게 되었다.

"내 여자 친구가 당신에 대해 성토를 하더군요." 오늘 반다가 내게 말했다.

"내가 자기를 안 좋게 생각하고 있는 걸 눈치챈 모양이네요."

"왜 그 친구가 별로죠, 바보같이?" 반다는 큰 소리로 말하면서 두 손으로 내 귀를 잡아당겼다.

"그 여자는 위선적이니까요." 내가 말했다. "내가 존경하는 여자는 덕망이 있거나 아니면 아예 솔직하게 쾌락을 좇아 사는 사람이에요."

"나 같은 여자군요." 반다가 농담조로 대꾸했다. "하지만 보세요, 내 사랑. 여자가 그렇게 하기란 아주 힘든 거예요. 여자들은 남자들처럼 대놓고 관능을 추구할 수 없고, 정신적으로도 그들처럼 자유로울 수 없어요. 여자들의 사랑은 늘 관능과 정신적인 애착이 뒤섞여 있는 상태죠. 여자의 심리는 남자를 영원히 사로잡기를 원해요. 그러면서도 자기 자신은 늘 변덕에 내맡겨져 있지요. 그렇게 해서 마음에 균열이 생기고 행동이나 성격상으로도 자신의 생각과 달리 거짓과 위선을 행하게 되죠. 그러다 보면 성격도 망가지는 거예요."

"그건 분명 사실입니다." 내가 말했다. "사랑에 초월적인 성격을 부여하려다 보니 여자들은 자신도 모르게 거짓말을 하게 되는 거지요."

"하지만 세상이 그것을 원하기도 해요." 반다가 내 말을 가로막으며 말했다. "내 친구만 봐도 그래요. 걔는 리비프에 남편도 있고 애인도 있어요. 그런데도 여기 와서 또 다른 애인을 사귀었죠. 그 친구는 그들 모두를 속이고 있지만 그 남자들의 사랑을 받고 세상으로부터 존경까지 받고 있어요."

"어쨌든, 나는." 내가 큰 소리로 말했다. "더 이상 그녀가 당신을 끌어들이지 않았으면 좋겠어요. 그 친구는 당신을 무슨 상품처럼 생각하니까요."

"그게 안 될 이유가 뭐죠?" 그 아름다운 여인은 얼른 내 말을 가로막았다. "여자들은 누구나 할 것 없이 자기 매력을 이용해 뭔가를 얻으려는 본능과 성향이 있어요. 사랑이나 쾌락 같은 것 없이도 자신을 바친다는 것은 대단한 능력이지요. 자신의 매력을 뽐내면서도 냉정을 유지하여 이득을 챙기는 거예요."

"반다, 아니 어떻게 그런 말을?"

"안 될 게 뭐예요." 그녀가 말했다. "내가 지금 하는 얘기를 잘 새겨 둬요. 사랑하는 여자를 함부로 믿지 마세요. 여자의 본성은 당신이 생각하는 것보다 훨씬 더 많은 위험을 내포하고 있어요. 여자들은, 여자들을 옹호하고 숭배하는 남자들의 말처럼 그렇게 선하지도 않고, 여자들을 혐오하는 사람들의 말처럼 그렇게 악하지도 않아요. 여자의 특징은 바로 아무런 특징도 갖고 있지 않다는 데 있어요. 아무리 훌륭한 여자도 순식간에 타락의 구렁텅이에 빠질 수 있고, 천하기 그지없는 여자도 뜻밖에 훌륭하고 위대한 행동을 하여 자신을 업신여기던 사람들을 부끄럽게 만들 수 있어요. 어떤 여자도 완전히 선하거나 완전히 악하다고 할 수 없어요. 그러니 여자는 매 순간 사악하기 그지없는 생각을 할 수도 있고 또 더없이 성스러운 생각을 할 수도 있다는 말이지요. 아주 지저분한 생각을 할 수도 있고, 아주 순결한 생각을 할 수도 있어요. 생각뿐만 아니라 느낌과 행동도 마찬가지예요. 문명이 아무리 진보했어도 여자는 태초에 자연의 손에 의해 태어났을 때의 그 모습으로 남아 있어요. 여자는 야수 같은 성격을 갖고 있어요. 순간순간 기분에 따라 정숙할 수도 있고 부정할 수도 있으며, 선할 수도 있고 잔인할 수도 있지요. 모든 시대를 통해 도덕을 창조해 낸 것은 심오하고 진지한 문화였어요. 남자들은 아무리 이기적이고 사악하다 해도 늘 원칙을 따르지만, 여자들은 언제나 기분에 좌우돼요. 이것을 절대 잊지 마세요. 그리고 당신이 사랑한다고 해서 그 여자를 함부로 믿어서는 안 돼요."

그녀의 여자 친구가 떠났다. 마침내 그녀와 나만의 저녁을 다시 맞았다. 반다는 그동안 내게서 빼앗아 갔던 모든 사랑을 오늘 이 행복한 저녁을 위해 비축해 두었던 것 같다. 오늘따라 그녀는 다정하고 친밀하고 더없이 부드럽다.

그녀의 입술에 내 입술을 맞추고, 그녀의 품에 안겨 죽을 수 있다면, 이 얼마나 행복한 일인가. 그녀는 아주 편안한 자세로 내 가슴에 기대어 있고, 또 우리의 눈길이 환희에 취해 서로서로에게 빠져들 수 있으니.

이 여자가 내 것이라는 사실이, 완전히 내 것이라는 사실이 아직도 믿어지지 않고 이해할 수도 없다.

"그래도 한 가지는 그녀가 옳았어요." 반다는 미동도 않고 눈도 뜨지 않은 채 마치 잠결에 말을 꺼냈다.

"누가요?"

그녀는 아무 말도 하지 않았다.

"당신 친구요?"

그녀는 고개를 끄덕였다. "네, 걔 말이 맞아요. 당신은 남자가 아니에요. 당신은 몽상가이자 매력적인 애인일 뿐이에요. 당신은 훌륭한 노예가 될 수는 있어도 남편으로는 생각할 수 없어요."

나는 소스라치게 놀랐다.

"왜 그러죠? 당신 떨고 있군요?"

"그렇게 쉽게 당신을 잃을 수 있다는 생각에 떨리는군요." 내가 대답했다.

"그래서 이제 덜 행복하다 이 말인가요?" 그녀가 대꾸했다. "당신에 앞서 내가 전에 다른 남자의 소유였고, 당신 뒤로 내가 또 다른 남자의 소유가 될 것을 생각하면, 당신의 기쁨이 줄어드나요? 어떤 다른 남자와 행복을 공유하면 당신의 기쁨이 줄어들까요?"

"반다!"

"보세요." 그녀는 계속해서 말했다. "이런 방식이 있을 수도 있어요. 당신은 절대 나를 잃고 싶어 하지 않고, 나도 당신을 좋아해요. 당신은 정신적으로는 매력적이라 나도 영원히 당신과 살고 싶어요. 내가 당신 곁에 있을 수 있다면……"

"그 무슨 끔찍한 생각이죠!" 내가 버럭 소리를 질렀다. "당신 정말 섬뜩하군요."

"그래서 나를 덜 사랑하나요?"

"아니, 오히려 그 반대입니다."

반다는 왼팔을 짚고서 몸을 일으켜 세웠다. "내 생각으로는." 그녀가 말했다. "한 남자를 영원히 붙잡아 두려면 무엇보다 그 남자에게 충실해서는 안 돼요. 정숙한 여자가 매춘부처럼 그렇게 많은 이의 숭앙을 받은 적이 있던가요?"

"사실 사랑하는 여자의 불충은 고통스러운 자극이자 최고의 쾌락이지요."

"당신에게도 그럴까요?" 반다가 얼른 물었다.

"나한테도 그래요."

"내가 만약 당신에게 그런 즐거움을 준다면 어쩔래요?" 반다가 비아냥거렸다.

"그렇게 되면 나는 끔찍한 고통을 겪게 되겠지요. 하지만 그럴수록 당신을 더욱 사모하게 될 겁니다." 내가 대답했다. "당신은 나를 속여서는 안 돼요. 그리고 내게 이렇게 말할 수 있을 만큼 악마 같은 담대함을 갖고 있어야 해요. '나는 당신만을 사랑하고 싶지만 내 마음에 드는 남자라면 누구든 행복하게 해 주고 싶어요.'"

반다는 고개를 가로저었다. "나는 남 속이는 걸 혐오해요. 나는 정직한 사람이에요. 어떤 남자가 진실의 무게 아래 굴복하지 않겠어요? 내가 만일 당신에게 '이런 즐거운 육욕적인 생활, 이런 이교도적 생활 태도가 나의 이상이에요.'라고 말한다면 당신은 그걸 견뎌 낼 재간이 있겠어요?"

"자신 있어요. 당신이 내게 어떻게 하든 다 견뎌 낼 수 있어요. 당신만 잃지 않는다면. 내가 사실 당신에게 별 의미가 없다는 것을 난 잘 알고 있어요."

"하지만 제베린……"

"진심입니다." 내가 말했다. "정확히 말해서 왜 그러냐, 하……"

"당신이 왜 그러는지……" 그녀는 짓궂은 표정으로 미소를 지어 보였다. "내가 맞혀 볼까요?"

"당신의 노예가 되고 싶으니까요!" 내가 소리쳤다. "당신이 아무렇게나 다룰 수 있고, 또 당신에게 절대 짐이 되지 않는, 아무런 의지도 없는 무제한의 소유물이 되고 싶으니까. 당신이 생을 마음껏 즐기고 넘치는 호사 속에 파묻혀 즐거운 행복과 올림포스의 사랑을 만끽하는 동안 나는 당신의 시중을 들고 당신에게 신발을 신겨 주고 벗겨 주겠습니다."

"당신 말이 그렇게 틀린 건 아니에요." 반다가 대답했다. "내 노예의 입장에서만 당신은 내가 다른 남자들을 사랑하는 것을 견딜 수 있을 테니까요. 그리고 또 고대 세계의 그런 쾌락의 자유는 노예 없이는 생각할 수 없거든요. 오! 사람들이 자기 앞에 무릎을 꿇고 벌벌 떨고 있는 것을 보는 것, 신이 된 느낌이란 게 바로 이런 거겠죠. 나도 노예를 갖고 싶어요, 듣고 있어요, 제베린?"

"내가 당신의 노예 아닌가요?"

"자, 내 말을 들어 봐요." 반다는 흥분하여 내 손을 잡으며 말했다. "내가 당신을 사랑하는 동안엔 난 당신의 것이 되고 싶어요."

"한 달 동안 말인가요?"

"두 달이 될지도 몰라요."

"그다음에는 어떻게 되죠?"

"그땐 당신은 내 노예가 되는 거죠."

"그리고 당신은요?"

"나요? 그걸 왜 물어요? 난 여신이라니까요. 나는 올림포스산에서 가끔 살그머니, 아주 살그머니 남몰래 당신을 찾아 내려올 거예요."

"하지만 이게 다 뭐람." 반다는 양손으로 턱을 받치고 멍하니 먼 곳을 바라보며 말했다. "다 결코 실현될 수 없는 황금빛 망상일 뿐이야." 그녀는 알 수 없는 기묘하고 우울한 기분에 흠뻑 젖어 든 것 같았다. 그녀의 그런 모습은 여태껏 한 번도 보지 못했다.

"왜 실현될 수 없다고 생각하죠?" 내가 말을 꺼냈다.

"우리가 사는 곳에는 노예 제도라는 게 없으니까요."

"그러면 노예 제도가 아직 있는 곳으로 가면 돼요. 동양 쪽으로요. 터키나 이런 곳으로." 나는 신이 나서 말했다.

"진심으로 그렇게 하고 싶어요, 제베린?" 반다가 반문했다. 그녀의 눈동자가 활활 타올랐다.

"그래요, 진심으로 당신의 노예가 되고 싶어요." 내가 말을 이었다. "나는 나를 마음껏 부릴 수 있는 당신의 권한이 법으로 정당화되기를 원하고, 내 목숨을 당신 손에 맡기고 싶어요. 나는 살아 생전 당신을 피하거나 당신의 손에서 벗어나려는 행동을 하지 않을 겁니다. 오! 이 얼마나 큰 쾌락인가! 이 한 몸 오로지 당신 뜻에, 당신 기분에, 당신의 손짓 하나에 내맡길 수 있다면. 이 얼마나 큰 행복일까! 당신이 한번 은혜를 베풀어 당신의 노예가 그 입술에 키스하는 것을 허락한다면. 그의 생과 사가 달려 있는 그 입술에 말입니다!" 나는 털썩 무릎을 꿇고 뜨거운 나의 이마를 그녀의 무릎에 갖다 댔다.

"몸이 뜨겁군요, 제베린." 반다는 흥분해서 말했다. "그토록 정말 날 사랑하나요?" 그녀는 나를 가슴에 끌어안고는 키스 세례를 퍼부었다.

"그러니까 당신은 정말로?" 그녀는 주저하며 말을 꺼냈다.

"하느님과 나의 명예를 걸고 맹세할 수 있어요. 나는 언제 어디서든 당신의 노예입니다. 언제든 명령만 내려 주세요." 나는 내 자신을 주체할 수가 없어 소리를 질렀다.

"내가 만일 당신 말을 그대로 믿는다면 어쩔래요?" 반다가 소리쳤다.

"그렇게 해 줘요."

"그거야말로 참으로 매력적인 일일 것 같군요." 내 말을 받아 그녀가 말했다. "나를 사모하고 또 내가 진심으로 사랑하는 남자가 오로지 내게 온몸을 바치고 그 남자를 내 뜻대로, 내 기분대로 마음대로 다룰 수 있다면 말이에요. 그를 내 노예로 삼고, 그리고 나는……"

그녀는 묘한 눈빛으로 나를 바라보았다.

"나중에 가서 내가 정말 내 멋대로 행동해도 그건 다 당신 책임이에요. 벌써 나를 두려워하는 것 같군요. 하지만 나는 당신의 맹세를 받아 냈어요."

"맹세를 지키겠어요."

"어디 두고 볼게요." 그녀가 대꾸했다. "생각만 해도 벌써부터 즐겁군요. 그러니 하늘에 맹세컨대 그냥 상상으로만 내버려 둘 수는 없어요. 당신은 내 노예가 되는 거고, 그리고 나는…… 나는 '모피를 입은 비너스'가 되어 보는 거예요."

나는 마침내 그녀의 마음을 알고 이해한다고 생각했다. 그러나 이제 보니 처음부터 다시 시작해야 할 것 같다. 불과 얼마 전까지만 해도 그녀는 나의 상상을 얼마나 고깝게 생각했던가. 그런데 그랬던 여자가 이제는 그것을 그토록 진지하게 실행에 옮기려고 하다니.

그녀는 계약서를 하나 꾸몄다. 그녀가 원하는 기간 동안은 내가 의무적으로 그녀의 노예가 된다는 내용의 계약서였다. 그 계약을 나는 나의 맹세를 걸고 지켜야 한다.

그녀는 내 목에 팔을 두른 채 전례가 없는 그 믿기 힘든 문서를 내게 읽어 주고 있다. 문장 하나가 끝날 때마다 키스로 봉인을 하면서.

 "그런데 그 계약서는 내가 지켜야 할 의무만 담고 있군요." 내가 놀리는 투로 말했다.

 "당연하지요." 그녀가 아주 진지하게 대답했다. "당신은 이제 더 이상 내 애인이 아니니, 내가 당신에게 질 의무나 책임 같은 것은 없는 거예요. 이제부터는 내가 베푸는 호의를 은총으로 생각해야 해요. 당신에게 이제 더 이상 권리는 없어요. 그러니 어떤 권리도 주장해서는 안 돼요. 당신에 대한 내 권한에는 제한이 있을 수 없어요. 이봐요, 당신은 이제 개나 생명이 없는 물건보다 나을 게 없다는 것을 명심해 둬요. 당신은 내 것이고, 한 시간 정도 가지고 놀다가 부숴 버릴 수 있는 장난감이에요. 당신은 아무것도 아니고 나는 모든 것이에요. 무슨 말인지 알겠어요?"

 그녀는 깔깔대고 웃더니 내게 다시 키스를 했다. 온몸에 소름이 끼쳤다.

 "혹시 몇 가지 조건을 달면 안 될까요?" 내가 말을 꺼냈다.

 "조건이라고요?" 그녀는 이맛살을 찌푸렸다. "이런! 벌써 겁이 나는가 보군요. 아니면 후회하나요? 하지만 이젠 너무 늦었어요. 당신의 맹세까지 확보했으니까요. 그래도 들어 보기나 하죠."

 "무엇보다 우리 계약서에 당신이 절대 내게서 완전히 떠나지 않을 것이며, 또 당신의 그 어떤 애인의 거친 손에 나를 떠넘기지 않겠다는 조항을 넣었으면 합니다."

"하지만 제베린." 반다는 두 눈에 눈물을 머금고서 감동받은 목소리로 외쳤다. "나를 사랑하여 모든 것을 내 손에 맡긴 당신 같은 사람을 내가 어찌……" 그녀는 말을 더듬었다.

"아니에요! 아니에요!" 나는 그녀의 손에 마구 입을 맞추며 말했다. "당신이 그런 식으로 나를 구렁텅이에 빠뜨리리라고는 전혀 생각하지 않아요. 그런 추한 생각을 한 나를 용서해 줘요."

반다는 행복한 미소를 지으며 내 뺨에 자신의 뺨을 갖다 대고는 무언가 생각에 잠긴 것 같았다.

"당신이 잊은 게 있어요." 그녀가 드디어 짓궂은 어투로 속삭였다. "가장 중요한 거예요."

"무슨 조건 같은 거요?"

"그래요. 내가 언제나 모피를 입어야 한다는 것이죠." 반다가 큰 소리로 말했다. "하지만 이것만은 약속할게요. 내가 모피를 입는 것은 모피가 내게 잔인한 여자라는 느낌을 주기 때문이라는 거예요. 그리고 나는 당신을 정말로 잔인하게 대할 거예요. 알겠어요?"

"계약서에 서명을 할까요?" 내가 물었다.

"아직은 하지 마요." 반다가 말했다. "먼저 당신의 조건을 첨가해야 해요. 그런 다음 적당한 때와 장소를 기다려서 서명을 하도록 하죠."

"콘스탄티노플에서요?"

"아뇨. 그 점에 대해서 생각해 봤어요. 하지만 누구나 노예를 거느리고 있는 곳에서 노예를 소유한다는 게 무슨 가치가 있겠어요? 여기 이렇게 문명화되고 이성적이고 속된 세계에서 나 혼자만 노예를 소유하고 싶어요. 그것도 법이나 나의 권한이나 어떤 폭력이 아니라 오로지 내가 지닌 아름다움과 인간적 매력에 끌려 자기 발로 내 손아귀에 들어오는 그런 노예를 말이에요. 어때요, 매력적이지 않아요? 아무튼 아무도 우리를 알아보지 못하는 곳으로 떠나기로 해요. 그래야 당신은 세상 사람들 눈치 보지 않고 아무 거리낌 없이 내 하인 노릇을 할 수 있으니까요. 어쩌면 이탈리아의 로마나 나폴리가 좋겠군요."

우리는 반다의 소파에 앉아 있었다. 그녀는 담비 재킷을 입고 있었으며, 그녀의 머리카락은 풀어져 사자의 갈기처럼 등 뒤로 늘어져 있었다. 그리고 그녀는 내 입술에 매달려 내 몸속의 영혼을 빨아 대고 있었다. 현기증이 났고, 피가 들끓기 시작했으며, 그녀와 맞닿은 나의 심장은 격하게 방망이질 쳤다.

"당신의 손에 나의 모든 것을 내맡기고 싶어요, 반다." 나는 어떤 생각도 어떤 자유로운 결정도 할 수 없는 격정의 소용돌이 속에서 갑자기 외쳤다. "어떤 조건도 내걸지 않을 거고, 나에 대한 당신의 권한에 어떠한 제한도 가하지 않겠어요. 무조건 당신의 처분에 나 자신을 맡기겠어요." 이렇게 말을 하면서 나는 소파에서 내려와 그녀의 발치 앞에 엎드려 행복한 눈길로 그녀를 올려다보았다.

"당신 지금 정말로 멋져요." 그녀가 소리쳤다. "황홀경에 취해 반쯤 감은 당신의 눈을 보니 너무나 기분이 좋아 어쩔 줄 모르겠어요. 그러니 채찍에 맞아 죽어 갈 때의 그 눈길은 더 아름다울 거예요. 당신은 순교자의 눈을 가졌어요."

그렇지만 나 자신을 여자의 손아귀에 그렇게 완전히, 그렇게 아무 조건도 없이 내맡긴다는 것이 가끔 불안하기도 하다. 만약에 그녀가 나의 열정과 그녀의 권한을 부당하게 이용하면 어쩌나?

그렇게 되면 나는 어린 시절부터 상상 속에 그려 왔고 내 마음을 늘 달콤한 두려움으로 가득 채웠던 것을 직접 겪게 되는 것이다. 다 바보 같은 걱정이다! 그녀가 나와 함께하고 있는 이것은 짓궂은 장난일 뿐이다. 그 이상은 아니다. 그녀는 정녕 나를 사랑하고 있다. 그녀는 착하고 성격 또한 고상해서 신의를 저버릴 여자가 아니다. 하지만 이제 모든 것이 그녀의 손아귀에 있다. 원한다면 그녀는 할 수 있다. 이런 의심과 두려움 속에는 얼마나 매력이 깃들어 있는가!

이제 마농 레스코와 말뚝에 묶여서도 남의 소실이 된 그녀를 여전히 사모했던 그 불쌍한 기사의 마음을 알 것만 같다.

사랑은 미덕이나 이익 같은 것을 따지지 않는다. 사랑은 사랑하고 용서하고 모든 것을 참는다. 그것은 그렇게 할 수밖에 없기 때문이다. 우리의 판단이 우리를 이끄는 것도 아니며, 우리가 발견한 상대의 장점이나 결점이 우리로 하여금 몸을 바치게 하거나 아니면 뒤로 선뜻 물러서게 하는 것도 아니다. 우리를 이끄는 것은 달콤하고 멜랑콜리하고 신비로운 힘이다. 그때 우리는 생각하고 느끼고 원하기를 그친다. 우리는 그저 그 신비로운 힘에 이끌려 떠돌지만 어디로 가는지는 묻지 않는다.

산책길에서 오늘 처음으로 러시아 왕자의 모습을 보았다.

그는 운동으로 다져진 몸매와 잘생긴 얼굴 그리고 세련된 태도로 온통 사람들의 이목을 끌었다. 특히 숙녀들은 마치 야수를 만난 듯 그의 모습을 보고 놀라움을 금치 못했다. 그러나 그는 아무에게도 눈길을 주지 않으며 어두운 표정으로 가로수 길을 걸어갔다. 두 시종이 그의 뒤를 따랐다. 그중 하나는 흑인으로 붉은 공단 옷차림이었고 다른 하나는 체르케스크 사람으로 번쩍이는 갑옷 차림이었다. 그때 왕자는 돌연 반다를 발견하고는 꿰뚫는 듯한 차가운 눈빛을 그녀에게 고정시켰다. 그렇다. 고개까지 그녀 쪽으로 돌렸다. 그녀가 자기 곁을 지나가자 그는 그 자리에 멈추어 서서 그녀의 뒷모습을 바라보았다.

그리고 그녀는 — 그녀는 그저 반짝이는 푸른 눈으로 그를 삼키면서 — 그와 다시 한번 만날 수 있도록 할 수 있는 모든 것을 다 했다.

걸을 때나 몸을 움직일 때나 그를 바라볼 때의 그녀의 교태어린 몸놀림에 나는 목이 막히는 듯했다. 집으로 돌아오는 길에 나는 그 이야기를 꺼냈다. 그녀는 이맛살을 잔뜩 찌푸렸다.

"그게 어째서요?" 그녀가 말했다. "왕자는 내가 좋아하는 타

입이에요. 감탄사가 절로 나와요. 게다가 나는 자유의 몸이니 내가 원하는 대로 얼마든지 할 수 있어요."

"이젠 나를 사랑하지 않는군요." 나는 두려움에 더듬거리며 말했다.

"나는 당신만을 사랑해요." 그녀가 대답했다. "하지만 나는 왕자가 내게 구애하러 오게 만들 거예요."

"반다!"

"당신은 내 노예가 아닌가요?" 여인은 차분하게 말했다. "나는 비너스가 아니었던가요, 모피를 입은 북쪽의 잔인한 비너스가?"

나는 아무 말도 하지 않았다. 나는 그녀가 한 말에 완전히 박살이 난 듯한 느낌이었다. 그녀의 차가운 눈빛은 내 심장을 비수처럼 찌르고 있었다.

"왕자의 이름과 거처 그리고 그 밖의 모든 것들을 당장 가서 알아 가지고 오도록 해요, 알겠어요?" 그녀가 말했다.

"하지만……."

"토 달지 마요. 시키는 대로 하라니까!" 반다는 그녀에게 그런 면이 숨겨져 있으리라고는 전혀 상상도 못 했을 만큼의 엄격한 말투로 소리쳤다. "내 질문에 답할 수 있을 때까지는 내 앞에 나타날 생각도 마요."

오후가 되어서야 나는 필요한 정보를 반다에게 가져다줄 수 있었다. 그녀는 안락의자에 기대어 미소 띤 얼굴로 내 말을 들으며 나를 마치 하인처럼 자기 앞에 세워 두었다. 말을 듣고 나더니 그녀는 고개를 끄덕였다. 만족스러운 듯 보였다.

"내 발판을 가져와요." 그녀는 짤막하게 명령했다.

나는 그녀가 시키는 대로 했다. 나는 그녀 앞에 발판을 대령했고, 그녀는 그 위에 발을 올려놓았다. 그사이 나는 그녀 앞에 무릎을 꿇고 있었다.

"이게 어떤 식으로 끝날까요?" 잠시 사이를 두었다가 내가 침울하게 물었다.

그녀는 깔깔대며 짓궂게 웃었다. "아직 시작도 안 했어요."

"내가 생각했던 것보다 잔혹하군요." 내가 기분이 상해 말했다.

"제베린." 반다가 정색을 하고 말했다. "나는 아직 시작도 하지 않았어요, 전혀. 그런데도 벌써부터 내게 잔혹하다고 하다니. 그러니 내가 앞으로 당신의 환상을 실현시켜 주면 어떻게 되겠어요? 내가 즐겁고 자유롭게 살면서 내 주위에 한 무리의 애인을 거느리고 당신의 꿈대로 당신을 발길로 차고 채찍질을 한다면 말이에요."

"당신은 내 꿈을 너무 진지하게 받아들이는 것 같군요."

"너무 진지하게 받아들인다고요? 당신의 그 꿈을 현실로 옮기려는 순간 나는 그걸 농담으로 생각할 수가 없어요." 그녀가 받아쳤다. "당신도 알다시피 나는 놀이나 연극 같은 것을 아주 싫어해요. 이 일을 시작하자고 한 것도 당신이었잖아요. 이게 내 생각이었어요, 아니면 당신 생각이었어요? 내가 당신을 이쪽으로 유혹했어요, 아니면 당신이 내 상상력에 불을 지폈어요? 이젠 모든 게 다 장난이 아니에요."

"반다." 나는 다정한 목소리로 대답했다. "내 말을 차분히 들어 봐요. 우리는 서로를 굉장히 사랑하고 있어요. 우리는 행복하고요. 그런데 우리의 모든 미래를 변덕스러운 기분에 내맡길 건가요?"

"그건 더 이상 변덕이 아니에요!" 그녀가 소리쳤다.

"그럼 뭐죠?" 나는 소스라치게 놀라서 물었다.

"내 안에 잠들어 있던 거지요." 그녀는 생각에 잠긴 듯한 표정으로 차분하게 말했다. "아마도 그냥 두었으면 햇빛을 보지 못하고 그대로 있었겠지요. 그런데 당신이 그것을 일깨워서 풀어놓지 않았어요? 이제 그것이 엄청난 충동이 되어 나를 가득 채우고 거기서 내가 즐거움을 느끼고 또 어떻게 달리할 수도 없고 하고 싶지도 않은 지금에 와서, 다시 되돌리겠다고요? 그러고도 당신이 남자예요?"

"내 사랑, 사랑하는 반다!" 나는 그녀를 쓰다듬으며 키스를 했다.

"날 혼자 놔둬요. 당신은 남자가 아니에요."

"그렇다면 당신은!" 나는 불끈 화를 내며 말했다.

"나는 고집이 센 여자예요." 그녀가 말했다. "그건 당신도 알잖아요. 나는 상상은 잘하면서 실행은 못하는 당신하고는 달라요. 난 뭔가를 시작하면 끝장을 보는 성격이지요. 저항이 있으면 나는 더욱 굳건해져요. 나를 놔둬요!"

그녀는 나를 밀쳐 내고 벌떡 일어섰다.

"반다!" 나도 따라서 일어나 그녀와 얼굴을 마주하고 섰다.

"이젠 내가 어떤 사람인지 잘 알겠지요." 그녀는 말을 이었다. "다시 한번 경고하겠어요. 당신에겐 아직도 선택권이 있어요. 당신에게 내 노예가 되라고 강요하고 싶지 않아요."

"반다." 나는 감정이 복받쳐 대답했다. 눈에 눈물이 고였다. "당신은 내가 당신을 얼마나 사랑하는지 몰라요."

경멸하듯 그녀의 입술이 바르르 떨렸다.

"당신은 뭔가 착각하고 있어요. 당신은 본모습보다 더 나쁘게 보이게 행동하고 있어요. 당신의 천성은 더없이 선하고 고상하잖아요."

"내 천성을 당신이 어떻게 알죠?" 그녀는 내 말을 격하게 끊었다. "내 진짜 천성이 어떤지 당신은 앞으로 더 알아야 해요."

"반다!"

"자, 결정을 내려요. 무조건 복종할래요?"

"못 하겠다면?"

"그땐······."

그녀는 차갑고 비웃는 듯한 표정을 지으며 내게 다가오더니 내 앞에 와서 가슴에 팔짱을 끼고 섰다. 입가에는 사악한 미소가 감돌았다. 그녀의 모습은 바로 내가 상상하던 예의 그 잔인한 여자의 모습이었다. 그녀의 눈빛에는 선이나 자비 같은 기색이라고는 조금도 없었다. "좋아요." 이윽고 그녀가 말했다.

"당신은 화가 나서, 채찍으로 나를 때릴 것 같군요."

"오, 그렇지 않아요!" 그녀가 대답했다. "나는 당신을 가도록 놔둘 거예요. 당신은 자유의 몸이니까. 난 당신을 잡지 않아요."

"반다, 당신을 이토록 사랑하는 나를."

"그래요, 신사 양반. 나를 그토록 사모하는 당신을 말이에요." 그녀는 경멸 투로 소리쳤다. "하지만 겁쟁이에다 거짓말쟁이 그리고 자기가 한 말도 못 지키는 사람이죠. 어서 당장 내 앞에서 사라져요."

"반다!"

"이런!"

피가 심장 쪽으로 쏠리는 것 같았다. 나는 그녀의 발 앞에 무릎을 꿇고 울기 시작했다.

"게다가 눈물까지!" 그녀는 웃기 시작했다. 오! 그 웃음소리는 정말 끔찍했다. "자, 어서 가요. 당신을 두 번 다시 보고 싶지 않으니."

"아아!" 나는 정신이 나간 듯이 소리쳤다. "무슨 명령을 내리든 다 할게요. 나는 당신의 노예, 당신이 마음껏 가지고 놀 수 있는 노리갯감이 되겠어요. 다만 나를 쫓아 버리지만 마요. 그러면 나는 죽어요. 당신 없이는 나는 살 수 없어요." 나는 두 팔로 그녀의 무릎을 싸안고 그녀의 손에 키스를 해 댔다.

"그래요, 당신은 내 노예가 되어 채찍 맛을 봐야 해요. 당신은 남자가 못 되니까." 그녀는 차분한 어조로 말했다. 그녀는 너무나 침착하게 말했다. 화를 내지도 흥분하지도 않았다. 그것이 나의 마음에 가장 큰 상처를 주었다. "이제 당신이 어떤 사람인지 알겠어요. 발길질을 해 대는 사람을 숭배하는 개와 같은 성격의 소유자. 학대할수록 더욱 사모하지요. 이제 난 당신을 잘 알지만, 당신은 이제부터 내가 어떤 사람인지 알아야 할 것 같군요."

내가 풀이 죽어 무릎을 꿇고 있는 동안 그녀는 방 안을 이리저리 성큼성큼 걸어 다녔다. 나는 고개를 떨어뜨렸고, 두 눈에서는 눈물이 흘렀다.

"이리 와요." 반다는 소파에 앉으면서 나에게 명령했다. 나는 그녀의 손짓을 따라 그녀 앞에 가서 앉았다. 그녀는 어두운 눈빛으로 나를 쳐다보았다. 다음 순간 그녀의 눈은 갑자기 안쪽에서부터 불을 밝힌 것처럼 환하게 밝아졌다. 그녀는 미소를 지으며 나를 가슴에 끌어안더니 내 눈에서 흐르는 눈물에 키스를 하기 시작했다.

내가 처한 상황에서 우스꽝스러운 점은 내가 마치 릴리의 정원에 들어온 곰 같다는 것이다. 나는 도망칠 수 있는데도 도망칠 생각을 하지 않고, 그녀가 내게 자유를 주겠다는 말로 위협하기만 하면 모든 것을 다 참아 내고 있으니.

그녀가 다시 한번만 채찍을 손에 들어 준다면! 그녀가 나를 대할 때의 다정함 속에는 뭔가 섬뜩한 것이 들어 있다. 나는 마치 예쁜 고양이가 요리조리 가지고 놀다가 언제라도 찢어발길 수 있는 생쥐 같은 느낌이다. 생쥐 같은 내 가슴은 당장이라도 터질 것 같다.

그녀는 무슨 생각을 하고 있는 걸까? 나를 어떻게 할 셈인가?

그녀는 나와의 계약을, 나의 노예 일을 완전히 잊은 것 같다. 그건 다 변덕에서 나온 걸까? 그녀는 내가 저항하기를 그치는 순간, 그녀의 우월한 기분에 내가 허리를 굽히는 순간, 모든 계획을 포기해 버린 걸까?

지금 그녀는 나를 얼마나 착하게, 얼마나 다정하게, 얼마나 사랑으로 대해 주고 있는가. 우리는 함께 행복한 나날을 보내고 있다.

오늘 그녀는 내게 파우스트와 메피스토펠레스가 등장하는 대목 중 메피스토펠레스가 방랑하는 학자로 등장하는 장면을 읽어 달라고 했다. 그녀의 눈길은 묘한 만족감을 보이며 내게서 떨어질 줄 몰랐다.

"정말 모르겠어요." 내가 읽기를 끝내자 그녀가 말했다. "어떻게 그렇게 한 남자가 위대하고 멋진 생각을 그토록 멋지게 분명하고도 날카롭고 이지적으로 해석하여 읽으면서 동시에 그와 같은 몽상가가, 그처럼 신비스러운 슐레밀*이 될 수 있는지."

"만족했나 보군요." 나는 그녀의 손에 입을 맞추며 말했다.

그녀는 다정하게 내 이마를 쓰다듬어 주었다. "사랑해요, 제베린." 그녀가 속삭였다. "이 세상의 어떤 다른 남자도 더 이상 사랑할 수 없을 것 같아요. 아, 이제 우리 제정신을 찾아야죠, 그렇죠?"

나는 대답 대신 그녀를 품에 안았다. 마음 깊은 곳에서 우러나오는 우수 어린 행복감이 내 가슴을 가득 채웠고, 두 눈엔 눈물이 고였다. 눈물방울 하나가 그녀의 손에 떨어졌다.

"아니, 왜 울어요?" 그녀는 큰 소리로 말했다. "당신은 어린애예요."

마차로 동네를 한 바퀴 돌던 중 우리는 그 러시아 왕자와 마주쳤다. 그는 마차에 타고 있었다. 그는 내가 반다 옆에 앉아 있는 것을 보고 적이 놀라며 불쾌해하는 것 같았다. 그러면서 전기를 띤 듯한 잿빛 눈동자로 나를 꿰뚫어 버릴 기세였다. 그러나 그녀는 — 그 순간에 나는 그녀 앞에 무릎을 꿇고 그녀의 발에 키스라도 해 주고 싶었다 — 그를 눈치채지 못한 것 같았다. 그녀는 생명이 없는 대상, 이를테면 나무를 바라보듯 그의 모습을 무심하게 흘려보내더니 나를 쳐다보며 매혹적인 미소를 지었다.

오늘 그녀에게 잘 자라고 인사를 했을 때 그녀는 웬일인지 갑자기 좀 기분이 안 좋아 보였다. 뭐 신경 쓰이는 일이라도 있는 걸까?

"당신이 가니 섭섭해요." 내가 벌써 문간에 섰을 때 그녀가 말했다.

"내 시련의 힘든 시기를 앞당겨 끝내는 것은 오직 당신 손에 달려 있어요. 내게 고통을 그만 주세요." 나는 애원했다.

"이런 압박은 내게도 고통이라고 생각하지 않으세요?" 반다가 내 말에 끼어들었다.

"그러면 그 고통을 끝내 버리고 내 아내가 되어 줘요." 나는 그녀를 끌어안으며 큰 소리로 말했다.

"그건 절대 안 돼요, 제베린." 그녀는 부드러우면서도 확고함이 배어 있는 어조로 말했다.

"그건 왜죠?"

나는 마음속 가장 깊이 소스라치게 놀랐다.

"당신은 내 남편감이 못 돼요."

나는 그녀를 쳐다본 뒤, 여전히 그녀의 허리에 두르고 있던 팔을 천천히 거두고서 방을 나왔다. 그리고 그녀는, 그녀는 나를 불러 세우지 않았다.

밤새도록 잠을 이루지 못했다. 이런저런 많은 결심을 했다가 다시 내팽개쳤다. 아침에 나는 그녀에게 편지 한 통을 썼다. 우리의 관계가 끝났음을 알리는 내용이었다. 편지를 쓰는 동안 손이 떨렸고, 편지에 봉인을 하다가 손가락을 불에 데었다.

가정부에게 편지를 전해 주려고 계단을 올라가는데 무릎이 마구 후들거렸다.

그때 문이 열리더니 반다가 컬 클립을 머리에 잔뜩 꽂고서 머리를 내밀었다.

"머리 손질을 아직 다 못 했어요." 그녀는 미소 지으며 말했다. "거기 손에 든 게 뭐죠?"

"편지요."

"나한테 쓴 건가요?"

나는 고개를 끄덕였다.

"아! 나와의 관계를 끝내자는 거군요." 그녀는 조롱 조로 말했다.

"나는 당신 남편감이 못 된다고 어제 당신 입으로 분명하게 밝혔잖아요."

"그 말을 당신에게 다시 들려주고 싶어요." 그녀가 말했다.

"그러니까." 나는 온몸이 떨려서 목소리가 나오지 않았다. 나는 그녀에게 편지를 내밀었다.

"갖고 있도록 해요." 그녀는 나를 차가운 눈빛으로 쳐다보며 말했다. "혹시 잊었나 본데, 당신이 내 남편으로서 나를 만족시키느냐 아니냐는 이젠 더 이상 얘깃거리가 아니에요. 아무튼 노옛감으로는 괜찮을 것 같아요."

"부인!" 나는 화가 나서 소리를 버럭 질렀다.

"그래요, 앞으로는 나를 그렇게 부르도록 해요." 반다는 이루 말할 수 없이 경멸하는 태도로 고개를 바짝 치켜들고서 대답했다. "스물네 시간 내에 당신이 할 일을 다 끝내도록 해요. 모레 이탈리아로 떠날 테니까. 그리고 당신은 내 하인의 자격으로 함께 가는 거예요."

"반다……."

"앞으로는 내게 어떤 친숙한 표현도 쓰지 마." 그녀는 내 말을 단호하게 자르면서 말했다. "그리고 내가 부르거나 초인종을 울리기 전까지는 내 방에 함부로 들어오지도 말고, 또 내가 먼저 말을 건네기 전까지는 내게 말을 하면 안 돼. 당신은 이제부터는 제베린이 아니라 그레고르야."

나는 몸을 떨었다. 그것은 분노 때문이기도 했지만 — 유감스럽게도 이것은 부인할 수 없다 — 쾌감과 짜릿한 흥분 때문이기도 했다.

"하지만 당신은 내 사정을 잘 알고 있잖아요, 부인." 나는 황망하게 말을 꺼냈다. "나는 아직 아버지에게 의존하고 있는 형편인데, 아버지가 여행에 들어갈 그 많은 돈을 내게 줄 거라고는 생각지 않아요."

"그러니까 돈이 없다 이 말이군, 그레고르." 반다는 회심의 미소를 지으며 말했다. "그러면 더 좋아. 그렇게 되면 내게 완전히 종속되는 거니까. 명실공히 내 노예가 되는 거니까."

"혹시 이런 건 생각해 보지 않은 것 같군요." 나는 그녀의 말에 대해 반박하려 했다. "명예로운 신분으로 그런 일을 할 수는 없다는 걸."

"다 생각해 보았지." 그녀는 거의 명령조로 대답했다. "명예로운 신분이니 오히려 자신이 한 맹세와 말을 지켜야 한다고. 내가 어디로 가든 나를 따라다니며 무슨 명령이든 복종해야 한다고. 이제 그만 가 봐, 그레고르!"

나는 문 쪽으로 몸을 돌렸다.

"아직 아니야. 그 전에 내 손에 키스를 해 주고 가야지." 그러면서 그녀는 내게 입을 맞추라고 지극히 거만한 태도로 되는대로 손을 내밀었고, 나는 — 아마추어인 나는, 바보인 나는, 비참한 노예인 나는 — 온갖 애정을 다하여 그녀의 손을 뜨거운 열기와 흥분으로 바싹 마른 내 입술에 갖다 댔다.

그리고 자비로운 고개의 끄덕임. 그런 다음 나는 그녀에 대한 봉사에서 벗어났다.

그날 저녁 늦게까지 나는 방에 불을 밝히고 커다란 녹색 벽난로에 불을 지폈다. 많은 편지와 서류 들을 정리해야 했기 때문이다. 우리가 사는 곳에서 늘 그렇듯이 가을은 느닷없이 성큼 찾아왔다.

갑자기 그녀가 채찍의 손잡이로 창문을 두드렸다. 창문을 열고 보니 그녀는 담비 모피 장식을 한 재킷을 입고 담비 모피로 만든 크고 둥근 코사크 모자를 쓴 모습으로 서 있었다. 예카테리나 여제가 즐겨 입었던 차림이었다.

"채비는 다 마쳤겠지, 그레고르?" 그녀는 어둡고 엄한 목소리로 물었다.

"아직 다 안 됐습니다, 주인님." 내가 대답했다.

"그 표현이 좋군." 내 말을 듣고 그녀가 말했다. "이제부터는 나를 주인님이라고 불러, 알겠어? 내일 아침 아홉 시에 이곳을 떠날 거야. 읍내까지는 내 동행이자 친구이지만 기차에 타는 순간부터 넌 내 노예이자 하인이야. 자, 창문일랑 닫고 방문을 열어 봐."

나는 그녀가 시키는 대로 했다. 그녀는 방 안으로 들어오더니 양미간을 야릇하게 찌푸리며 물었다. "자, 내 모습이 어떤가?"

"당신은……"

"누가 너더러 그렇게 부르라고 했어?" 그녀는 채찍으로 나를 한 대 휘갈겼다.

"주인님은 너무나 아름다우십니다."

반다는 살짝 미소를 지으며 내 안락의자에 앉았다. "여기 와서 무릎을 꿇어. 여기 내 안락의자 옆에."

나는 시키는 대로 했다.

"내 손에 키스해."

나는 그녀의 차갑고 조그만 손을 잡고 키스했다.

"그다음엔 내 입술에."

나는 끓어오르는 격정에 사로잡혀 두 팔로 아름다우면서도 잔인한 여인을 끌어안고 그녀의 얼굴과 입술과 가슴에 뜨거운 키스를 퍼부었다. 그녀도 꿈을 꾸듯 눈을 감고서 나와 같이 뜨거운 격정으로 호응했다. 자정이 넘도록.

정확히 아침 아홉 시, 그녀가 지시한 대로 출발 채비는 모두 마쳤고, 우리는 편안한 마차에 몸을 실은 채 작은 카르파티아 온천을 떠났다. 그곳은 내 인생의 가장 흥미로운 드라마의 한 매듭이 지어진 곳으로, 그 매듭이 앞으로 어떻게 풀려 나갈지는 당시 아무도 알지 못했다.

그때까지만 해도 모든 것은 순조로웠다. 나는 반다의 옆자리에 앉았고, 그녀는 더없이 매력적이고도 재치 있게 마치 친구와 이야기를 하듯 나와 잡담을 나누었다. 이탈리아, 피셈스키*의 새 소설 그리고 바그너의 음악 등에 대해서. 그녀는 여행을 위해 아마존 스타일로 검은 천으로 된 드레스와 검은 모피 장식을 한, 같은 천의 짧은 재킷을 입고 있었다. 이 옷은 그녀의 날씬한 몸매에 착 달라붙어 그녀의 몸매를 돋보이게 해 주었다. 그리고 그 위에다 검은 모피를 걸치고 있었다. 그리스풍으로 쪽을 진 머리는 주위로 검은 베일이 둘러진 조그만 모피 모자 아래쪽에 드리워 있었다. 반다는 기분이 좋아 보였다. 내 입에 사탕을 넣어 주기도 하고, 내 머리카락을 매만져 주기도 하고, 내 넥타이를 풀어 작고 매력적인 리본을 만들어 주기도 하고, 내 무릎 위에 그녀의 모피를 덮어 주고 그 밑으로 내 손가락을 남몰래 꼭 쥐어 주기도 했다. 그리고 유대인 마부가 한동안 계속해서 고개를 끄덕이며 졸고 있으면 내게 키스를 해 주기도 했다. 그때 그녀의 차가운 입술은 가을에 낙엽 진 줄기와 노란 이파리들 틈에 외롭게 피어 있는, 꽃받침에는 첫서리에 조그만 얼음 다이아몬드가 매달려 있는 어린 장미의 신선하고도 싸늘한 향기를 머금고 있었다.

읍내에 도착했다. 우리는 기차역에 이르러 마차에서 내렸다. 반다는 모피를 벗어 매혹적인 미소를 지으며 내 팔에 걸어 주고는 차표를 사러 갔다.

다시 돌아온 그녀는 완전히 딴사람이 되어 있었다.

"이건 네 차표야, 그레고르." 그녀는 거드름 피우는 숙녀들이 하인들에게 쓸 때의 말투로 말했다.

"이건 삼등칸 차표잖아요." 내가 황당한 표정으로 대답했다.

"물론이지." 그녀는 계속해서 말했다. "그리고 잘 들어 둬. 너는 내가 먼저 기차에 오르고 나서 너를 더 이상 필요로 하지 않게 되었을 때 기차에 타도록 해. 기차가 역에 설 때마다 내 칸으로 쏜살같이 달려와서 내게 필요한 게 없는지 묻도록 해. 잊으면 안 돼. 그리고 이제 내 외투 이리 줘."

나는 하인과 같은 공손한 태도로 그녀가 외투 입는 것을 도와주었다. 그러고 나서 그녀는 나를 대동하고 빈 일등칸을 찾아다녔다. 그녀는 내 어깨를 짚고서 기차에 올랐고, 나는 그녀의 발을 곰의 털가죽으로 싸 준 다음 탕파 위에 올려놓았다.

이어서 그녀는 고갯짓으로 내게 가 보라고 했다. 나는 천천히 삼등칸에 올라탔다. 그곳은 아케론강*의 안개로 뒤덮인 림보처럼 역겨운 담배 연기로 가득 차 있었다. 그제야 나는 여유를 갖고 인간 존재의 수수께끼에 대해, 그리고 이 수수께끼들 중에서 가장 큰 수수께끼인 여자에 대해서 곰곰이 생각해 보았다.

기차가 멈추어 설 때마다 나는 뛰어내려 그녀가 타고 있는 일등칸으로 달려가 모자를 벗어 들고 그녀의 지시를 기다린다. 그녀는 때로는 한 잔의 커피를, 때로는 물 한 잔을, 또 어떤 때는 요깃거리를, 어떤 때는 손을 씻을 따스한 물이 담긴 대야를 요구한다. 그런 식으로 그녀의 지시는 계속된다. 그녀는 칸에 탄 몇몇의 멋진 신사들의 열띤 구애를 받는다. 나는 질투가 나서 죽을 지경이지만 그녀가 원하는 것을 즉시 대령하고 늦지 않게 삼등칸에 올라타기 위해 영양처럼 뛰어다녀야 한다.

그러는 사이 밤이 찾아온다. 나는 아무것도 먹지 못하고 잠도 자지 못한 채 폴란드 농부들, 유대인 장사꾼들 그리고 저속한 병사들과 답답한 공기를 같이 호흡해야 한다. 반면에 그녀가 타고 있는 일등칸의 계단으로 올라가 보면, 그녀는 쿠션을 베고 포근한 외투를 입은 채 몸을 쭉 뻗고 짐승 털가죽을 덮고서 누워 있다. 마치 동양의 여제 같다. 그리고 신사들은 벽에 기댄 채 인도의 신들처럼 똑바로 앉아서 숨도 제대로 쉬지 못하고 있다.

몇 가지 물건, 특히 호화로운 옷가지를 구입하기 위해 하루 동안 머문 빈에서도 그녀는 계속해서 나를 하인처럼 취급한다. 나는 존경의 표시로 그녀와 열 걸음 정도 떨어져 따라간다. 그녀가 내게 다정한 눈길 한번 주지 않고 물건들을 내게 건네주면, 나는 마치 나귀처럼 그것들을 짊어지고서 헐떡여야 한다.

다시 출발하기에 앞서 그녀는 내 옷가지를 모두 호텔의 급사에게 선물로 주어 버리고, 그녀가 주는 제복을 입으라 한다. 그녀가 색깔을 고른 크라쿠프식 의상이다. 붉은 소맷부리의 담청색 의상에다 공작 깃털로 장식한 사각의 붉은 모자까지 갖춘 차림이다. 어떻게 보면 이 옷이 내게 잘 어울리는 것 같다.

은빛 단추에는 그녀 집안의 문장이 새겨져 있다. 나는 노예처럼 팔리거나 영혼을 악마에게 판 듯한 기분이 든다.

나의 아름다운 악마는 지금 나를 빈에서 피렌체로 데려가고 있다. 리넨 옷을 입은 마조프세 농부와 머리에 기름때가 절절 흐르는 유대인 대신 이제는 곱슬머리의 인간들이 나와 동행하고 있다. 이들은 이탈리아 제1척탄병 연대의 멋진 하사관과 가난한 독일 화가다. 담배 연기에서 이제는 더 이상 양파 냄새가 나지 않고, 살라미 소시지와 치즈 냄새가 난다.

다시 밤이 되었다. 나무 의자에 고문대 위에 있듯 누워 있으려니 팔과 다리가 부서지는 것 같다. 그래도 이번엔 시적인 분위기가 있다. 사방에서 별들이 반짝이고, 상사는 벨베데레궁의 아폴론 같은 얼굴 생김새를 하고 있고, 독일 화가는 멋진 독일 민요를 부른다.

    그림자들은 어둠에 물들고
    하나둘 별들 깨어나면
    뜨거운 그리움의 물결이
    어둠을 헤치고 출렁이네.

    꿈결 속 바다를 헤치고
    쉼 없이 배 저어 나아가네,
    배 저어 나아가네, 내 영혼은
    당신의 영혼을 향하여.

그리고 나는 포근한 모피를 입은 채 여왕처럼 잠들어 있을 아름다운 여인의 모습을 그려 본다.

피렌체다! 소란스러움, 외치는 소리, 끈덕지게 달라붙는 짐꾼들과 마차꾼들. 반다는 마차를 하나 고르고는 짐꾼들은 손짓으로 돌려보낸다.

"내가 뭣 하러 하인을 데리고 다니는데?" 그녀가 말한다. "그레고르, 여기 표가 있으니까 가서 짐 좀 찾아와."

그녀가 모피 외투를 걸치고 조용히 마차에 앉아 있는 사이, 나는 무거운 트렁크들을 하나씩 날라 온다. 마지막 트렁크의 무게에 눌려 나는 잠시 균형을 잃는다. 그 순간 인상 좋고 지적으로 생긴 카라비니에르* 하나가 도와준다. 그녀는 깔깔대고 웃는다.

"그 가방은 꽤 무거울 거야. 내 모피 옷들이 모두 그 가방에 들어 있거든."

나는 이마에 흐르는 굵은 땀방울을 닦으며 마부 옆자리에 올라가 앉는다. 그녀는 호텔을 대고, 마부는 말을 몬다. 몇 분 뒤 우리는 불빛이 찬란한 입구에 와서 멈춘다.

"방이 있나요?" 그녀는 호텔 안내인에게 묻는다.

"예, 마담."

"방 두 개는 내게 주고, 하나는 내 하인에게 주세요. 다 난로가 있는 걸로요."

"고급 방이 두 개 있습니다, 마담. 둘 다 벽난로가 딸린 방입니다." 안내원이 급히 답한다. "하인이 쓸 방은 온방이 안 됩니다."

"방 좀 구경해도 될까요?"

그녀는 자신이 쓸 방을 살펴보고는 즉시 이렇게 말한다. "좋아요. 마음에 들어요. 어서 불을 지펴 줘요. 내 하인은 온방이 안 돼도 잘 잘 수 있어요."

나는 그녀의 얼굴을 그저 바라볼 뿐이다.

"가서 가방 가지고 올라와." 그녀는 내 눈길은 아랑곳하지 않고 명령한다. "나는 그사이에 화장 좀 하고 식당에 내려갈 테니. 너도 가서 저녁 좀 먹도록 해."

그녀가 옆방으로 간 사이 나는 트렁크들을 낑낑대며 위층으로 나르고, 엉터리 프랑스어로 내 '여주인'에 대해 캐묻는 호텔 안내원을 도와 그녀의 침실에 불을 지핀다. 그러면서 나는 한동안 속으로 부러움을 느끼며 파닥대는 벽난로의 불꽃과 희고 향기로운 캐노피 침대와 바닥에 깔린 양탄자를 바라본다. 그런 다음 나는 지치고 배가 고파 계단을 내려가 먹을 것을 부탁한다. 사람 좋게 생긴 호텔 종업원은 오스트리아 군대에서 근무한 적이 있다며 나와 독일어로 이야기를 나눠 보려고 온갖 노력을 다 하며 나를 식당으로 안내해 주고 시중을 들어 준다. 서른여섯 시간 만에 처음으로 신선한 음료를 마시고 포크에 따뜻한 음식을 얹으려는 순간 그녀가 식당 안으로 들어온다.

나는 자리에서 벌떡 일어난다.

"아니, 어떻게 내 하인이 식사하는 식당으로 나를 안내할 수 있어요?" 그녀는 화를 버럭 내며 종업원에게 호통을 치고는 몸을 돌려 나가 버린다.

어쨌거나 적어도 조용히 식사를 계속할 수 있던 것을 하늘에 감사한다. 식사를 마치고서 나는 네 계단을 더 올라가 내 방으로 간다. 그곳엔 이미 내 작은 트렁크가 들어와 있고 지저분한 기름 램프에 불이 켜져 있다. 폭이 좁은 방으로 벽난로도 창문도 없고 다만 조그만 통풍구가 하나 있을 뿐이다. 개도 얼어 죽을 것 같은 추위만 아니라면 베네치아의 피옴비 감옥을 연상시킬 만하다. 나도 모르게 웃음이 터져 크게 웃는다. 그 웃음소리가 크게 울려 나는 내 웃음소리에 소스라치게 놀란다.

그때 갑자기 문이 홱 열리더니 종업원이 들어와 이탈리아인 특유의 극적인 제스처를 해 가며 큰 소리로 말한다. "당장 아래층의 마담에게 가 봐야겠습니다!" 나는 모자를 집어 들고 몇 계단을 비틀대며 내려가 마침내 2층에 있는 그녀의 방문 앞에 이르러 문을 노크한다.

"들어와!"

나는 안으로 들어가 문을 닫고 문 쪽에 선다.

반다는 이미 편안한 차림을 하고 있었다. 그녀는 레이스가 달린 흰 모슬린 천의 실내복을 입고 붉은색 작은 비단 안락의자에 앉아 있다. 같은 천의 쿠션에 발을 올려놓고 모피 외투를 걸쳐 입고. 그것은 그녀가 전에 내 앞에 처음 사랑의 여신으로 나타났을 때 입었던 모피다.

기둥에 달린 촛대의 노란 불꽃과 커다란 거울에 비쳐 반사되는 불빛, 그리고 벽난로의 붉은 불꽃이 어우러져, 아름다운 여인의 녹색 벨벳 옷과 짙은 갈색의 담비 모피, 희고 매끄러운 피부, 그리고 타오르는 붉은 머리카락에 환상적인 분위기를 더하고 있다. 그녀는 환하면서도 얼음같이 찬 얼굴을 내 쪽으로 돌려 차가운 푸른 눈동자로 나를 바라본다.

"마음에 들었어, 그레고르." 그녀가 말을 꺼냈다.

나는 허리를 굽혔다.

"더 가까이 와."

나는 그녀가 시키는 대로 한다.

"좀 더 가까이." 그녀는 밑을 내려다보며 담비 모피를 쓰다듬는다. "모피를 입은 비너스가 노예를 맞는 거야. 내가 보기에 넌 그렇고 그런 몽상가가 아니야. 넌 적어도 네 꿈으로부터 그렇게 뒤처져 있지 않아. 너는 자신이 꾸는 꿈을 현실로 만들 수 있는 그런 남자야. 그 꿈을 실현하는 것이 아무리 터무니없다 해도. 고백하지만 나는 그게 좋아. 나는 감명받았어. 그게 바로 강한 면모지. 사람들은 강한 것을 존경해. 나는 이런 생각까지 해. 지금과 다른 상황에서였다면, 위대한 시대였다면, 지금 너의 약점처럼 보이는 것이 놀라운 힘으로 인정받았을 거야. 초창기의 황제들 치하였다면 넌 순교자가 되었을 거고, 종교 개혁 시대였다면 재세례파 교도가 되었을 거야. 그리고 프랑스 혁명기였다면 「라 마르세예즈」를 부르며 기요틴 위로 올라간 저 열광적인 지롱드 당원이 되었을 거야. 하지만 넌 내 노예야, 나의……"

그녀는 갑자기 벌떡 일어났다. 그 바람에 모피가 흘러내렸다. 그녀는 양팔에 살짝 힘을 주어 내 목을 감싸안았다.

"나의 사랑하는 노예, 제베린. 오! 널 얼마나 사랑하는지 몰라. 정말로 널 사모해. 크라쿠프풍 옷을 입으니 정말 멋지군. 오늘 밤 벽난로도 없는 위층의 그 형편없는 방에서 자려면 무척

추울 거야. 내가 모피 하나 줄까. 내 사랑, 여기 있는 이 큰 걸로…….”

그녀는 얼른 모피를 집어 들어 내 어깨 위에 걸치더니 내가 신경 쓸 겨를도 없이 완벽하게 모피를 입혀 주었다.

"아! 모피가 얼굴에 제법 잘 어울리는걸. 이제야 고상한 얼굴 표정이 더 살아나는군. 언젠가 노예 신분에서 벗어나게 되면 넌 담비 모피 장식을 한 벨벳 재킷을 입어야 해, 알겠어? 안 그러면 나도 모피 재킷을 다시는 입지 않을 거야."

그러고 나더니 그녀는 나를 어루만지고 키스를 하기 시작했다. 마침내 그녀는 나를 당겨 자신의 작은 벨벳 안락의자에 앉혔다.

"모피가 마음에 드는 것 같구나." 그녀가 말했다. "모피를 어서 이리 내놔, 어서. 그게 없으면 내 위엄을 다 잃거든."

나는 모피를 그녀에게 덮어 주었고, 반다는 오른팔을 소매에 집어넣었다.

"티치아노의 그림에서도 이렇게 포즈를 취하고 있어. 자, 농담은 그만두자고. 그렇게 시무룩한 표정 좀 짓지 마. 나까지 우울해지니까. 지금까지는 넌 내 하인이야. 사람들 눈에도 그렇게 보일 테고. 넌 아직 나의 노예는 아니야. 아직까지 계약서에 서명을 하지 않았으니. 넌 자유야. 언제든지 내게서 떠날 수 있어. 지금까지 맡은 역할을 훌륭하게 해 주었어. 나는 정말 만족하지만, 너는 질리지 않았어? 내가 역겹지 않아? 자, 어서 말해. 이건 명령이야."

"꼭 고백해야 하나요, 반다." 내가 말을 꺼냈다.

"그래, 고백해야 해."

"당신이 혹시 그 점을 이용한다 해도." 나는 말을 이었다. "나는 당신을 더욱더 깊이 사랑할 겁니다. 당신이 나를 학대하면 학대할수록 나는 더욱더 미친 듯이 당신을 사모하고 숭배할 겁니다. 지금까지 내게 한 당신의 행동은 나의 피에 불을 붙여 주고 온 감각을 도취시켰습니다." 나는 그녀를 내 몸 쪽으로 바짝 끌어당겨 그녀의 촉촉한 입술에 한참 동안 키스를 했다.

"당신은 아름다운 여인입니다." 나는 그녀를 바라보며 그렇게 소리치고는 열정에 휩싸여 그녀의 어깨에서 담비 모피를 벗겨 내고서 그녀의 목덜미에 입을 맞추었다.

"그러니까 내가 잔인해야 날 사랑한다는 얘기군." 반다가 말했다. "자, 어서 가. 이제 지긋지긋해! 내 말 안 들려?"

그녀는 내 따귀를 한 대 후려갈겼다. 눈에서 불빛이 번쩍였고 귀가 먹먹했다.

"모피 입는 것 좀 도와줘, 노예야."

나는 내가 할 수 있는 최선을 다해서 그녀를 도왔다.

"정말 서툴기 짝이 없군." 그녀가 소리쳤다. 그녀는 옷을 다 입자마자 내 얼굴을 한 대 후려쳤다. 나는 얼굴에서 피가 빠져나가는 듯한 느낌을 받았다.

"내가 너무 아프게 했나?" 그녀는 그렇게 물으면서 손으로 부드럽게 나를 어루만져 주었다.

"아닙니다, 아니에요." 나는 큰 소리로 말했다.

모피를 입은 비너스

"그렇다고 그렇게 하소연할 일도 아니지. 다 네가 원해서 하는 일이니까. 자, 내게 키스 한 번 더 해 줘."

나는 그녀를 양팔로 끌어안았고, 그녀의 입술은 내 입술에 달라붙어 내 입술을 빨았다. 커다란 검은 모피를 입은 그녀가 내 가슴에 안겨 있는 동안 나는 가슴 두근대는 묘한 느낌을 받았다. 맹수 한 마리가, 이를테면 암곰이 나를 끌어안고 있는 것 같은 기분이었다. 곰의 발톱이 당장이라도 내 살 속에 느껴질 것만 같았다. 그러나 이번만큼은 그 암곰은 나를 그냥 보내 주었다.

벅차오르는 희망을 가슴에 안고서 나는 누추한 하인 방으로 올라가 딱딱한 침대에 몸을 던졌다.

'인생은 참으로 아이러니한 것 같아.' 나는 생각했다. '방금 전까지만 해도 이 세상에서 가장 아름다운 여인인 비너스를 품에 안았었는데, 이번엔 중국인들이 말하는 지옥을 탐구할 기회를 맞고 있으니. 중국인들은 우리와 달리 저주받은 자들을 불길 속에 던지지 않고 악마들을 시켜 얼음 벌판으로 내쫓는다고 하지.

어쩌면 그들의 종교 창시자들도 난방이 없는 방에서 잠을 잤을 거야.'

그날 밤 나는 자다가 비명을 지르며 소스라치게 놀라 눈을 떴다. 얼음 벌판 꿈을 꾸었는데, 거기서 나는 길을 잃어 아무리 도망치려 해도 출구를 찾을 수 없었다. 갑자기 에스키모 하나가 순록이 끄는 썰매를 타고 다가왔다. 그는 내게 불을 지피지 않은 방을 보여 준 바로 그 종업원의 얼굴을 하고 있었다.

"여기서 뭘 찾고 계신가요, 신사 양반?" 그가 큰 소리로 말했다. "여기는 북극입니다."

잠시 뒤에 보니 그는 사라지고 없었고, 반다가 조그만 스케이트를 타고서 얼음 벌판을 달려왔다. 그녀의 하얀 공단 스커트가 바람에 펄럭이며 소리를 냈고, 그녀의 재킷과 모자의 흰 담비 모피는, 무엇보다 그녀의 얼굴은 흰 눈보다 더 하얗게 반짝였다. 그녀는 쏜살같이 내게 다가와 나를 끌어안고 키스를 하기 시작했다. 나는 갑자기 내 몸에서 뜨거운 피가 뚝뚝 떨어지는 것을 느꼈다.

"무슨 짓을 하는 거예요?" 나는 깜짝 놀라 물었다.

그녀는 웃었다. 이번에 다시 보니 그것은 반다가 아니라 커다란 백곰이었다. 곰은 앞발로 내 몸을 할퀴고 있었다.

나는 필사적으로 소리를 질렀다. 악마와 같은 그녀의 웃음소리가 여전히 들렸다. 그때 나는 눈을 뜨고 놀란 눈으로 방 안을 휘둘러보았다.

이른 아침, 나는 반다의 방문 앞에 가서 서 있었다. 종업원이 커피를 들고 오기에 커피를 넘겨받아 나의 아름다운 여주인에게 가지고 갔다. 그녀는 옷을 다 차려입은 상태였다. 우아하고 신선하고 화사해 보였다. 그녀는 다정하게 미소를 지어 보이며, 내가 정중하게 물러가려 하자 나를 불러 세웠다.

"얼른 아침 챙겨 먹어, 그레고르." 그녀가 말했다. "당장 집을 알아봐야겠어. 이 호텔에는 오래 묵지 않을 생각이야. 여기 있는 게 곤혹스러워. 내가 너와 좀 더 대화하고 있으면 사람들은 곧장 이렇게 말할 거야. '저 러시아 여자, 하인하고 내연의 관계인가 봐. 예카테리나 여제의 종족은 정말 씨가 지지 않는군.'"

반 시간 뒤 우리는 호텔을 떠났다. 반다는 러시아 모자에 일반 천으로 만든 원피스 차림이었고, 나는 크라쿠프풍 의상을 입고 있었다. 우리의 모습은 사람들의 눈길을 끌었다. 나는 그녀로부터 열 걸음쯤 뒤처져 걸어가며 부러 어두운 표정을 지었다. 하시라도 웃음이 터져 나올까 조심하면서. 길거리의 아름다운 집마다 어김없이 '가구 딸린 방'이라는 조그만 표지판이 눈에 띄었다. 그녀는 그때마다 내게 계단을 올라가 보게 했으며, 내가 돌아와 집이 그녀가 원하는 것과 비슷하다고 말해 주면 그제야 직접 집을 보러 올라갔다. 그렇게 하다 보니 나는 정오 무렵이 되자 마치 몰이사냥을 끝낸 사냥개처럼 완전히 기진맥진이었다.

우리는 이 집 저 집을 들어가 보고 다시 나오고 했지만 적당한 집을 찾지 못했다. 반다는 벌써 기분이 좋지 않아 보였다. 갑자기 그녀가 내게 말했다. "제베린, 맡은 바 역할을 해내는 당신의 그 성실성은 정말 매력적이에요. 게다가 우리 스스로가 짊어지기로 한 구속 역시 나를 몹시 흥분시켜요. 더 이상 견딜 수가 없어요. 당신이 너무 사랑스러워서 키스를 해야겠어요. 자, 이 집으로 들어가요."

"하지만 부인." 나는 그녀의 말에 이의를 걸었다.

"그레고르!" 그녀는 문이 열려 있는 가장 가까운 현관으로 들어가 어두운 계단을 몇 계단 올라가서는 뜨거운 사랑의 감정으로 나를 끌어안고 키스했다.

"아! 제베린, 당신은 너무 영리했어요. 내 노예가 되기엔 내가 생각했던 것보다 훨씬 위험스러워요. 당신은 날 견딜 수 없게 만들어요. 다시 한번 당신과 사랑에 빠질까 봐 두려워요."

"나를 더 이상 사랑하지 않나요?" 나는 깜짝 놀라서 물었다.

그녀는 그렇다고 진지하게 고개를 끄덕였다. 그러나 다음 순간 그녀는 다시 통통하고 달콤한 입술로 내게 키스했다.

우리는 호텔로 돌아왔다. 반다는 늦은 점심을 먹었고, 내게도 어서 뭘 먹으라고 했다.

그러나 뭐 말할 필요도 없겠지만 내 식사는 그녀처럼 그렇게 빨리 나오지 않았다. 내가 시킨 비프스테이크의 두 번째 조각을 막 입에 넣으려는데 호텔 종업원이 식당 안으로 들어오더니 예의 극적인 제스처를 써 가며 큰 소리로 말했다. "마담이 찾고 있습니다."

나는 늦은 아침 식사와 서둘러 고통스러운 작별을 하고서 지치고 굶주린 상태로 반다를 향해 발걸음을 재촉했다. 그녀는 어느새 거리에 나와 있었다.

"이 정도로 잔인할 줄은 몰랐어요, 주인님." 나는 나무라는 투로 말했다. "그렇게 고생을 시키고서 밥 한번 조용히 먹게 놔두지 않다니."

반다는 쾌활하게 웃었다. "벌써 다 먹었을 걸로 생각했어요."

그녀가 말했다. "인간은 어차피 고통받기 위해 태어난 거고, 당신은 특히 더 그러니까요. 게다가 순교자들은 비프스테이크 같은 것은 안 먹었어요."

나는 주린 배를 움켜쥐고서 투덜대며 그녀의 뒤를 따라갔다.

"시내에다 집을 얻을 생각은 포기했어요." 반다는 말을 이었다. "이곳에서는 외부로부터 완전히 차단된 상태에서 우리가 원하는 대로 살 수 있게끔 건물의 한 층 전체를 다 차지할 수가 없어요. 우리처럼 특이하고도 환상적인 관계를 실행하기 위해서는 모든 조건이 다 갖추어져야 해요. 빌라 하나를 통째로 빌려야겠어요. 자, 잠깐만, 당신 놀랄 거예요. 지금 가서 마음껏 먹고 피렌체 구경을 하도록 허락해 줄게요. 저녁이 되기 전에는 호텔로 돌아가지 않을 거예요. 필요하면 그때 가서 부를게요."

나는 대성당과 베키오 궁전, 란치 회랑을 둘러보았다. 그러고 나서는 아르노강가에 한참 동안 서 있었다. 나는 지난날 찬란했던 피렌체의 모습을 거듭해서 바라보았다. 구름 한 점 없는 푸른 하늘을 배경으로 둥근 돔과 탑들은 부드럽게 솟아 있었다. 그리고 나는 멋진 다리들을 바라보았다. 다리의 큰 아치 사이로는 아름다운 노란 강물이 출렁출렁 물결을 일으키며 흐르고 있었다. 그리고 늘씬한 사이프러스 나무들과 웅장한 건물과 궁전, 그리고 수도원들을 짊어진 채 도시를 에워싸고 있는 푸른 산등성이들을 바라보았다.

우리가 와 있는 곳은 완전히 다른 세계다. 밝고 감각적이고 웃는 세계다. 자연 풍경까지도 우리 고장과 같은 진지함이나 우울함의 요소는 전혀 갖고 있지 않다. 아무리 둘러보아도 연푸른 산등성이 곳곳에 흩어져 있는 마지막 하얀 빌라들에 이르기까지 햇살을 받아 밝은 빛으로 빛나지 않는 것은 없다. 사람들은 우리와 달리 심각하지 않고 우리보다 생각을 적게 하며 모두 행복해 보인다.

그래서 남쪽에서는 죽는 것조차 그렇게 힘들지 않다는 말이 있나 보다.

그러고 보니 이곳에서는 가시 없는 아름다움이나 고통 없는 사랑도 가능할 것 같다.

반다는 카시네 공원 건너편, 아르노강 좌안의 아름다운 산등성이에 자리 잡은 귀엽고 아담한 빌라를 발견하여 그곳에서 겨울 동안 묵기로 하고 세를 들었다. 그 빌라는 다정한 오솔길과 잔디밭, 화려한 동백꽃 밭이 있는 예쁜 정원으로 둘러싸여 있었다. 이층집인데, 이탈리아식으로 사각형으로 지어진 건물이다. 일종의 로지아식*으로, 건물의 한쪽 면에는 탁 트인 회랑이 있고, 그곳에는 고대의 석고상들이 줄지어 서 있다. 이쪽 벽면에서 정원으로 내려가는 돌계단이 있다. 회랑 쪽에서는 멋진 대리석 욕조가 있는 욕실로 통한다. 그리고 그 욕실에서 나선형 계단을 올라가면 여주인의 침실이 나온다.

반다는 2층을 혼자서 쓰기로 했다.

내게는 1층의 방 하나가 배정되었다. 아주 예쁜 방으로 벽난로까지 있다.

정원을 거닐다가 나는 둥근 언덕바지에 서 있는 조그만 신전을 하나 발견했다. 문은 잠겨 있었지만 틈새가 있었다. 틈새 구멍에 눈을 갖다 대니 하얀 받침대 위에 사랑의 여신상이 세워져 있는 것이 보였다. 나는 가벼운 전율을 느꼈다. 여신이 내게 미소를 짓는 것 같았다. '당신이세요? 여태껏 당신을 기다리고 있었어요.'

저녁이다. 예쁘장하게 생긴 하녀가 와서 내게 주인님의 호출 명령을 알린다. 나는 널찍한 대리석 계단을 따라 걸어 올라가 온갖 것들로 화려하게 장식된 살롱을 지나 그녀의 침실 문을 두드린다. 나는 가만히 노크한다. 곳곳에 펼쳐져 있는 화려한 장식들 때문에 기가 죽은 까닭이다. 나는 마치 예카테리나 여제의 침실 앞에 서 있는 듯한 느낌에 빠진다. 당장이라도 초록색 모피 잠옷을 입고 맨가슴에는 수가 놓인 붉은 리본을 달고 작은 머리에는 하얗게 분을 뿌린 모습으로 여제가 걸어 나올 것만 같다.

나는 다시 문을 두드린다. 반다가 조급하게 문을 열어젖힌다.

"왜 이렇게 늦었어요?"

"진작부터 문 앞에 서 있었어요. 노크 소리를 못 들으신 것 같군요." 나는 쑥스러워하며 말했다. 그녀는 문을 닫더니 내 팔짱을 끼고서 나를 그녀가 방금까지 앉아 있던 붉은 다마스크 소파 쪽으로 데리고 간다. 그녀의 방은 벽지, 커튼, 문간의 칸막이 커튼, 캐노피 침대 할 것 없이 모두 붉은 다마스크 천으로 되어 있었다. 천장에는 삼손과 델릴라의 모습이 멋지게 그려져 있다.

반다는 매혹적인 실내복 차림으로 나를 맞는다. 그 공단 가운은 그녀의 날씬한 몸매를 따라 팔과 가슴을 드러내 보이면서 그림처럼 쉽게 흘러내린다. 팔과 가슴은 녹색 벨벳으로 단을 댄 커다란 담비 모피로 부드럽게 대충 감싸져 있다. 검은 진주실로 느슨하게 묶은 그녀의 붉은 머리는 등을 거쳐 엉덩이까지 늘어져 있다.

'모피를 입은 비너스.' 나는 그렇게 속삭인다. 그 사이 그녀는 나를 가슴에 끌어당겨 키스로 질식시킬 기세다. 나는 아무 말도, 아무 생각도 할 수 없다. 모든 것은 꿈에도 생각해 보지 못한 행복의 바닷속으로 빨려 들어간다.

반다는 마침내 내 몸에서 살며시 멀어지더니 한 손으로 턱을 괴고서 나를 쳐다본다. 나는 그녀의 발 앞에 털썩 무릎을 꿇었고, 그녀는 나를 끌어당겨 내 머리카락을 쓰다듬어 주었다.

"아직도 나를 사랑하나요?" 그녀가 물었다. 그녀의 눈은 달콤한 열정에 사로잡혀 몽롱해 보였다.

"왜 그런 질문을 합니까!" 내가 소리쳤다.

"당신이 한 그 맹세 아직도 기억하고 있겠죠?" 그녀는 매력적인 미소를 지으며 말을 이었다. "자, 이제 모든 채비를 다 갖추었고, 모든 준비가 끝났어요. 당신에게 다시 한번 묻겠습니다. 나의 노예가 되겠다는 그 말은 정말 당신의 진심인가요?"

"진작부터 노예가 아니었던가요?" 나는 놀라는 표정으로 물었다.

"하지만 당신은 아직 문서에 서명을 하지 않았습니다."

"문서라. 도대체 무슨 문서죠?"

"아! 이제 보니 잊은 모양이군요." 그녀가 말했다. "그러면 그냥 두죠, 뭐."

"하지만 반다." 내가 말했다. "당신도 알겠지만, 내겐 당신에게 봉사하고 당신의 노예가 되는 것보다 더 큰 행복은 없어요. 그런 느낌을 위해 나의 모든 것을 당신 손에 맡기고 싶어요. 심지어 내 목숨까지도……."

"당신은 참으로 멋져요." 그녀가 속삭였다. "이렇게 열정적인 모습을 보이고, 이렇게 열정적으로 말할 때가. 아! 나는 전보다 더 깊이 당신에게 빠졌어요. 그런데 당신은 내가 당신을 부리고 당신을 엄하고 잔인하게 대해 주길 바라지요. 그렇게 하지 못할까 봐 두려워요."

"나는 걱정 안 해요." 나는 미소를 지으며 대답했다. "그 문서는 어디 있죠?"

"여기요." 그녀는 약간 쑥스러워하면서 가슴에서 문서를 꺼내 내게 내밀었다. "당신이 완전히 내 손아귀에 있다는 느낌이 들도록 문서 하나를 더 준비했어요. 당신이 스스로 목숨을 끊을 각오가 되어 있다는 내용을 담은 거예요. 내가 원한다면 당신을 죽일 수도 있는 거죠."

"이리 내 봐요."

내가 문서를 펼쳐서 읽는 사이, 반다는 잉크와 펜을 가져왔다. 그러고는 내 옆에 앉아서 팔을 내 목에 두르고 내 어깨 너머로 문서를 들여다보았다.

첫 번째 문서의 내용은 다음과 같았다.

반다 폰 두나예프 여사와 제베린 폰 쿠지엠스키 씨 간의 계약

제베린 폰 쿠지엠스키 씨는 오늘 부로 반다 폰 두나예프 여사의 신랑의 자격을 상실하며 애인으로서의 모든 권한을 포기한다. 남자와 고상한 신사로서의 명예를 걸고 앞으로는 두나예프 여사의 노예가 되는 의무를 지며, 두나예프 여사가 다시 자유를 돌려주지 않는 한 이 의무는 계속된다.

그는 두나예프 여사의 노예로서 그레고르라는 이름을 써야 하며, 그녀가 원하는 것이면 무엇이든 무조건 들어줘야 하고, 그녀의 모든 명령에 따라야 하며, 그녀를 대할 때에는 최대한 자신을 낮추어야 하며, 그녀가 베푸는 모든 은총의 표시를 최고의 은혜로 여겨야 한다.

두나예프 여사는 자신의 노예가 아주 경미한 실수나 잘못을 저질렀을 경우에도 얼마든지 처벌할 수 있으며, 자신의 기분에 따라 또는 심심풀이로 마음 내키는 대로 그를 학대하고 심지어 죽일 수 있는 권한까지 갖는다. 한마디로 그는 그녀의 무제한한 소유물이다.

두나예프 여사가 그를 노예의 신분에서 풀어 줄 경우, 제베린 폰 쿠지엠스키 씨는 자신이 노예로서 겪고 참았던 모든 것을 잊어야 하며, 어떤 경우에도 그리고 어떠한 식으로도 복수나 보복을 생각해서는 안 된다.
 반면 두나예프 여사는 그의 주인으로서 되도록이면 모피를 입을 것임을 약속한다. 특히 그녀의 노예에게 잔인하게 대할 때에.

계약서 아래에는 오늘 날짜가 적혀 있었다. 두 번째 문서는 단 몇 마디로 되어 있었다.

 지난 몇 년간 사는 게 부질없고 또 환멸이 나서 나는 나의 의지에 따라 이 무가치한 삶에 종지부를 찍기로 결심하였음.

끝까지 다 읽었을 때 나는 엄청난 두려움을 느꼈다. 아직 시간적 여유는 있었다. 지금이라도 되돌릴 수 있었다. 그러나 격정의 광기와 내 어깨에 편안하게 기대어 있는 그 아름다운 여인의 모습은 내 마음을 휩쓸어 갔다.
"여기 이걸 먼저 베껴 쓰세요." 두 번째 문서를 가리키며 반다가 말했다. "이건 완벽하게 당신 필체로 작성해야 해요. 계약서는 물론 그렇게 하지 않아도 되지만요."
 나는 스스로를 자살자로 칭한 그 짧은 문구를 얼른 내 필체로 적어서 반다에게 넘겨주었다. 그녀는 그것을 읽어 보더니 미소를 지으며 테이블 위에 올려놓았다.

"자, 여기에 서명할 용기가 있어요?" 그녀는 고개를 갸웃하고는 옅은 미소를 지으며 물었다.

나는 펜을 들었다.

"내가 먼저 할게요." 반다가 말했다. "당신, 손을 떨고 있어요. 당신의 행복이 그렇게도 두려운가 보죠?"

그녀는 계약서와 펜을 가져갔다. 나는 나 자신과 싸움을 하며 잠시 위를 올려다보았다. 그때 대개의 이탈리아나 네덜란드 화가들의 그림이 그렇듯이 천장에 그려진 그 그림에도 일절 역사적인 특성이 빠져 있다는 게 확연히 눈에 들어왔다. 그런데 역사를 벗어난 그러한 면이 그 그림에 묘한 인상을 주고 있었다. 그러한 면이 내게는 섬뜩하게 느껴졌다. 타오르는 불꽃처럼 붉은 머리카락에 풍만한 몸매의 여인 델릴라가 벌거벗은 몸에 검은 모피 외투를 걸치고 붉은 의자에 앉아 미소를 머금고서 블레셋 사람들에게 제압당해 결박되어 있는 삼손을 내려다보고 있다. 조롱의 빛을 잔뜩 품은 그녀의 그 교태 어린 미소야말로 잔인함의 극치다. 반쯤 감긴 그녀의 눈은 삼손의 눈길과 마주치고 있다. 그의 마지막 눈빛은 미친 듯한 사랑으로 델릴라의 눈에 가서 고정되어 있다. 그의 적들 중의 하나가 이미 그의 가슴에 올라타고서 벌겋게 달군 쇠로 그의 눈을 후벼 내려 하고 있기 때문이다.

"자." 반다가 큰 소리로 말했다. "뭘 그렇게 생각해요? 무슨 걱정거리라도 있어요? 서명을 한다고 해서 달라질 것은 아무것도 없어요. 아직도 날 몰라요, 내 사랑?"

나는 계약서를 들여다보았다. 거기엔 그녀의 이름이 크고 대담한 필체로 적혀 있었다. 나는 매혹적인 그녀의 눈동자를 다시 한번 바라보았다. 마침내 나는 펜을 들어 첫 번째 계약서에 재빨리 서명을 했다.

"떨고 있군요." 반다는 차분하게 말했다. "펜을 잡아 줄까요?"

말과 동시에 그녀는 살며시 내 손을 잡았다. 그렇게 해서 내 이름은 두 번째 계약서에도 적혔다. 반다는 두 개의 계약서를 다시 한번 훑어보고는 의자 옆에 있는 책상 서랍에 집어넣고 잠갔다.

"자, 그럼 당신의 여권과 가지고 있는 돈도 내놔요."

나는 지갑을 꺼내서 그녀에게 건네준다. 그녀는 지갑 안을 들여다보고 고개를 끄덕이더니 계약서 있는 곳에다 둔다. 그사이 나는 그녀 앞에 무릎을 꿇고 달콤한 꿈에 취해 머리를 그녀의 가슴에 기댄 채로 있다.

그때 그녀는 갑자기 나를 발로 걷어차더니 벌떡 일어나 초인종 줄을 당긴다. 그 소리에 젊고 날씬한 흑인 하녀 셋이 들어온다. 흑단으로 깎은 듯한 용모에 붉은 공단 옷을 입고 있다. 손에는 모두 밧줄을 하나씩 들고 있다.

나는 불현듯 상황을 깨닫고 자리에서 일어나려 했다. 그러나 반다는 내 앞에 굳건히 서서 이맛살을 찌푸린 채 차갑고 아름다운 얼굴과 조롱의 빛을 띤 눈으로 나를 바라보면서 마치 여왕이 명령을 내리는 듯한 자세로 손짓을 한다. 어찌 된 영문인지 채 깨닫기도 전에 흑인 하녀들이 나를 바닥에 쓰러뜨려 놓고는 손발을 꽁꽁 묶어 버린다. 양팔을 사형수처럼 등 뒤로 묶어 놓아서 나는 전혀 움직일 수가 없다.

"하이데, 채찍 이리 줘." 반다는 차가운 목소리로 명령한다.

흑인 하녀는 무릎을 꿇고 채찍을 여주인에게 건네준다.

"내 모피 외투 좀 벗겨 줘. 가로거치는군."

흑인 하녀는 그녀가 시키는 대로 했다.

"저 재킷을 가져와!" 반다는 계속해서 명령했다.

하이데는 얼른 가서 침대 위에 있던 흰담비 털로 단을 장식한 재킷을 가져왔다. 그러자 반다는 흉내 낼 수 없을 만큼 매력적인 두 번의 동작만으로 재킷을 몸에 걸쳤다.

"그 자식을 이쪽 기둥에 묶어."

흑인 하녀들은 나를 일으켜 세우더니 내 몸에 굵은 밧줄을 칭칭 동여매서는 큼직한 이탈리아 침대의 천개를 떠받들고 있는 육중한 기둥들 중 하나에 선 채로 묶어 놓는다.

그러더니 그들은 마치 땅이 삼켜 버리기라도 한 듯이 갑자기 사라졌다.

반다는 빠른 걸음으로 내게 다가온다. 하얀 공단 드레스의 긴 치맛자락이 그녀의 등 뒤로 은처럼, 달빛처럼 끌린다. 그녀의 머리카락은 재킷의 흰 모피 위에서 마치 불꽃처럼 타오른다. 그녀는 왼손을 옆구리에 찌르고 오른손에는 채찍을 들고서 내 앞에 서 있다. 이윽고 짧게 웃음을 터뜨린다.

"이제 우리 사이의 게임은 끝났어." 그녀는 심장이 없는 사람처럼 싸늘한 어투로 말했다. "이제부터 정말 심각하게 시작하는 거야, 이 바보야! 난 너 따위 인간을 조소하고 경멸해. 나같이 돼먹지 못하고 변덕스러운 여자한테 눈이 멀어 자신을 노리갯감으로 내놓다니! 넌 이제 내 애인이 아니야. 생사가 내 기분 여하에 달린 노예일 뿐이야.

너는 나를 제대로 알게 될 거야!

무엇보다도 넌 이제 채찍 맛을 제대로 보게 될 거야. 잘못한 게 없더라도 말이야. 그러니까 앞으로 멍청하게 대들거나 말을 안 듣거나 하는 식으로 행동하면 어떤 대접을 받는지 알게 될 거야."

그녀는 이어 거칠면서도 우아하게 모피로 장식한 소매를 걷어붙이고 내 등짝을 후려갈겼다.

나는 놀라 몸을 움찔했다. 채찍이 마치 칼처럼 내 살을 베어가는 듯했다.

"자, 어때?" 그녀가 외쳤다.

나는 침묵했다.

"조금만 기다려, 내 채찍 아래서 개처럼 깨갱대게 해 줄 테니까." 그녀는 위협과 동시에 매질을 시작했다.

끔찍한 채찍질이 나의 등과 팔과 목을 향해 연속적으로 세차게 떨어졌다. 나는 비명을 지르지 않으려 이빨을 꽉 물었다. 이번엔 채찍질이 얼굴을 향해 떨어졌다. 뜨거운 피가 흘러내렸다. 그러나 그녀는 웃으면서 계속해서 채찍질을 해 댔다.

"이제야 네 마음을 알겠군." 그러는 사이에 그녀가 소리쳤다.

"이렇게 한 인간을 마음껏 두드려 팰 수 있으니 정말 통쾌하군. 게다가 나를 사랑하는 남자를 말이야. 아직도 나를 사랑하나? 아냐? 오! 완전히 만신창이로 만들어 주지. 내리칠 때마다 통쾌해지니. 그래, 몸부림치고 비명을 지르며 신음해 봐! 인정사정 봐주지 않을 거야."

마침내 그녀는 지친 것 같다.

그녀는 채찍을 내던지고 안락의자에 가서 벌러덩 누워 초인종을 울린다.

흑인 하녀들이 들어온다.

"그를 풀어 줘."

그들이 밧줄을 풀자 나는 나무토막처럼 바닥에 쓰러진다. 검은 하녀들은 웃으면서 하얀 이를 드러낸다.

"다리의 밧줄도 풀어 줘."

그들은 시키는 대로 한다. 나는 일어설 수 있다.

"이리 와, 그레고르."

나는 그 아름다운 여인에게 다가간다. 잔인함과 조롱을 보여 준 오늘처럼 그녀가 그렇게 고혹적으로 보인 적은 없다.

"한 걸음 더 가까이." 반다가 명령한다. "무릎을 꿇고 내 발에 입을 맞춰."

그녀는 하얀 공단 드레스 자락 밖으로 발을 내민다. 뭘 모르는 바보인 나는 그녀의 발에 입술을 갖다 댄다.

"앞으로 한 달간은 나를 보지 못할 거야, 그레고르." 그녀는 진지한 표정으로 말한다. "우리 서로가 좀 낯설어져야겠어. 그래야 네가 나와의 새로운 관계를 더 쉽게 받아들일 수 있을 테니까. 이 기간 동안은 정원에서 일이나 하면서 내 명령을 기다려. 자, 어서 나가 봐, 노예!"

밤낮 똑같은 일상 속에서 힘겹게 일하는 가운데, 우울한 그리움 속에서, 내게 이 모든 고통을 가져온 여인을 향한 그리움 속에서 한 달의 시간이 흘러갔다. 그동안 나는 정원사에게 맡겨져 그를 도와 나무들 가지치기를 하고, 산울타리를 깎아 다듬고, 꽃들을 옮겨 심고, 화단을 파 엎고, 오솔길을 쓸기도 하며 그와 투박한 식사를 함께하고 불편한 잠자리까지 함께한다. 닭들과 함께 일어나 닭들과 함께 잠자리에 든다. 그리고 간간이 나의 여주인이 숭배자들에게 둘러싸여 즐겁게 시간을 보내고 있다는 이야기를 전해 듣는다. 한번은 그녀의 짓궂은 웃음소리가 정원까지 들려온 적도 있다.

나는 내가 어리석게 느껴진다. 이런 삶 때문에 어리석어진 것인가, 아니면 원래부터 어리석었나? 내일모레로 한 달이다. 이제 그녀는 나를 어떻게 할 것인가. 아니면 그녀는 나를 잊은 걸까? 죽는 날까지 산울타리나 깎아 다듬고 꽃다발이나 묶어야 하나?

서면 명령이 왔다.

이로써 노예 그레고르에게 나의 개인적인 시중을 들 것을 명함.

반다 두나예프

 이튿날 아침, 나는 두근대는 가슴으로 다마스크 커튼을 열고서 내 여신의 침실로 들어간다. 침실은 아직 기분 좋은 어슴푸레한 어둠에 싸여 있다.
 "그레고르?" 내가 벽난로 앞에 무릎을 꿇고 앉아 불을 지피는 사이 그녀가 묻는다. 사랑스러운 목소리의 그 음조에 나는 몸이 떨려 온다. 나는 그녀의 모습을 볼 수 없다. 그녀는 보이지 않게 캐노피 침대의 커튼 뒤에 누워 있다.
 "예, 주인님." 내가 대답한다.
 "몇 시야?"
 "아홉 시 좀 지났습니다."
 "아침 식사!"
 나는 얼른 아침 식사를 가져온다. 그런 다음 커피 쟁반을 받쳐 들고서 그녀의 침대 앞에 무릎을 꿇는다.
 "여기 아침 가져왔습니다, 주인님."
 반다는 커튼을 뒤로 젖힌다. 그리고 야릇하게도, 머리를 풀어 헤친 채 하얀 베개를 베고 누워 있는 그녀를 본다. 아름답기는 하지만, 그녀는 그 순간 내게 너무나 낯설어 보인다. 그리고 그 표정은 내가 사랑하던 표정이 아니다. 딱딱한 이 얼굴에는 피곤과 권태의 섬뜩한 표정이 서려 있다.
 아니면 전에는 내가 이 모든 것을 알아볼 만한 눈을 갖지 못했던 것일까?

그녀는 푸른 눈으로 나를 빤히 쳐다본다. 위협이나 동정이 아닌, 호기심이 어린 눈빛이다. 그러더니 덮고 있던 검은 모피 이불을 맨살이 드러난 어깨까지 느릿느릿하게 끌어 올린다.

그 순간 그녀의 모습은 너무나 매혹적이고 정신이 아찔할 정도다. 그 바람에 피가 머리와 심장으로 솟구치는 듯한 느낌이다. 손에 들고 있던 쟁반이 요동을 치기 시작한다. 그것을 본 그녀는 침대 옆 탁자 위에 놓여 있던 채찍을 움켜잡는다.

"이놈의 노예, 정말 형편없군." 그녀는 이맛살을 찌푸리며 말한다.

나는 시선을 아래로 떨어뜨리고서 할 수 있는 한 힘껏 쟁반을 잡고 있다. 그녀는 아침을 먹고 나자 하품을 하고 멋진 모피에 싸인 풍만한 몸으로 기지개를 켠다.

그녀가 초인종을 울렸다. 나는 방으로 들어선다.

"이 편지를 코르시니 왕자에게 전하도록 해."

나는 읍내로 나가 편지를 왕자에게 전달한다. 빛나는 검은 두 눈동자의 젊고 멋진 남자다. 나는 질투심에 찢어지는 듯한 마음으로 그의 대답을 그녀에게 전한다.

"어디 아픈가?" 그녀가 음흉한 눈길로 슬쩍 쳐다보며 묻는다. "안색이 아주 해쓱한데."

"아무것도 아닙니다, 주인님. 좀 빨리 걸었더니."

아침 식사 때 보니 그녀 옆에 그 왕자가 앉아 있다. 나는 그녀와 그의 시중을 들어야 한다. 그들은 농을 주고받으면서도 나 따위는 안중에도 없다. 나는 한순간 눈앞이 캄캄하다. 그때 마침 왕자에게 보르도를 따르고 있던 나는 포도주를 테이블보뿐만 아니라 그녀의 드레스에까지 흘린다.

"이런 멍청한!" 반다는 소리치며 내 따귀를 때린다. 왕자도 웃고 그녀도 따라 웃는다. 나는 피가 거꾸로 솟구친다.

아침 식사를 마치고서 그녀는 카시네 공원으로 간다. 그녀는 영국산 밤색 말이 끄는 조그만 마차를 직접 몬다. 나는 그녀 뒤편에 앉아 품위 있는 신사들이 인사라도 보내면 온갖 교태를 보이며 감사의 표시를 하는 그녀의 모습을 본다.

그녀가 마차에서 내리는 것을 도와줄 때 그녀는 내 팔에 살짝 기댄다. 그녀의 몸이 닿는 순간 내 온몸에는 전기가 흐르는 것 같다. 아! 얼마나 아름다운 여인인가. 나는 그녀를 전보다 더 사랑한다.

저녁 여섯 시 만찬에 몇몇 신사 숙녀가 모인다. 나는 시중을 든다. 이번엔 포도주를 테이블보에 쏟지 않는다.

열 번 얘기하는 것보다 따귀 한 대가 낫다. 가르쳐 주는 손이 여자의 작고 통통한 손일 경우에는 특히 빨리 알아듣는 법이다.

저녁 만찬을 끝낸 뒤 그녀는 페르골라 극장으로 간다. 흰담비 털로 된 커다란 칼라가 달린 검은 벨벳 드레스를 입고 머리에는 백장미로 만든 머리띠를 두르고 계단을 내려갈 때 그녀의 모습은 정말 눈이 부시는 것 같다. 나는 마차의 문을 열고 그녀가 마차에 오르는 것을 도와준다. 극장 앞에 이르러 나는 마부석에서 뛰어내리고, 그녀는 마차에서 내리면서 내 팔에 살짝 몸을 맡긴다. 그녀의 사랑스러운 무게에 내 팔은 얼마나 떨려 오던지. 나는 그녀에게 칸막이 객석의 문을 열어 주고 복도에서 기다린다. 공연은 네 시간 동안 계속된다. 공연 도중에 그녀는 자신을 찾아오는 찬미자들을 맞이하고, 나는 분노에 이를 악문다.

자정이 훨씬 넘었을 때 여주인의 초인종이 마지막으로 울린다.

"불 좀 지펴!" 그녀는 짤막하게 명령한다. 그리고 벽난로에 불이 타닥대며 타오르자, 이번엔 이렇게 명령한다.

"차를 대령해."

사모바르를 들고 돌아와 보니 그녀는 이미 겉옷을 벗고 흑인 하녀의 도움을 받아 흰 실내복으로 갈아입고 있다.

그런 다음 하이데는 방에서 나간다.

"모피 잠옷 좀 이리 줘." 반다는 그녀의 아름다운 팔다리로 기지개를 켜면서 말한다. 나는 안락의자에 걸쳐 있던 모피 잠옷을 집어서 그녀가 게으르게 천천히 소매를 꿸 동안 들고 있다. 그런 다음 그녀는 안락의자의 쿠션에 털썩 몸을 던진다.

"내 신발을 벗기고 벨벳 슬리퍼를 신겨 줘."

나는 꿇어앉아 그녀의 작은 신발을 벗기려는데 잘 벗겨지지 않는다. "빨리! 빨리!" 반다가 소리친다. "아프잖아! 잠깐 기다려 봐. 아직 길이 좀 덜 들었어." 그녀는 내게 채찍을 휘두른다. 그제야 나는 신발을 성공적으로 벗긴다.

"자, 이제 나가 봐!" 또 한 번의 발길질. 이제 나는 자러 갈 수 있다.

오늘 나는 그녀의 만찬 모임에 따라갔다. 현관에서 그녀는 내게 모피 외투를 벗겨 달라고 하고는 의기양양하게 거만한 미소를 지으며 불이 휘황찬란하게 밝혀져 있는 홀 안으로 들어갔다. 나는 한 시간 또 한 시간 시간이 흐르는 것을 바라보며 우울하고 단조로운 생각에 잠겼다. 이따금 문이 잠깐 열리면 음악 소리가 밖으로 흘러나온다. 제복을 입은 몇몇 하인들이 내게 말을 걸었지만 내가 이탈리아 말을 거의 할 줄 모르자 그들은 곧 그만두었다.

그러다가 나는 얼핏 잠이 들어, 내가 불타는 질투심에 사로잡혀 반다를 죽이고 사형 선고를 받는 꿈을 꾼다. 나는 단두대에 묶이고 칼날이 떨어진다. 그것을 목에 느낀다. 그러나 나는 여전히 살아 있다.

그때 사형 집행인이 내 얼굴을 때린다.

아니다, 그것은 사형 집행인이 아니라 반다다. 그녀는 내 앞에 화난 표정으로 서서 어서 모피 외투를 내놓으라고 한다. 나는 당장 그녀 옆으로 가서 그녀에게 모피 외투를 입혀 준다.

풍만한 몸매의 아름다운 여인에게 모피를 입혀 주고 그녀의 목과 멋진 팔다리가 귀하고 부드러운 모피 속으로 미끄러지듯 들어가는 것을 바라보며 느끼고, 출렁이는 그녀의 머리카락을 손으로 잡아 옷깃 밖으로 내놓는 것은 얼마나 큰 즐거움인가! 그리고 그녀가 모피 외투를 벗어 놓으면 사랑스러운 온기와 그녀의 향기로운 체취가 담비의 황금빛 털끝에 그대로 남아 있으니, 아, 정말 정신을 잃을 것만 같다!

마침내 손님도, 극장 구경도, 사교 모임도 없는 날이다. 나는 안도의 한숨을 쉰다. 반다는 회랑에 앉아서 책을 읽고 있다. 오늘은 내게 시킬 일이 없는 것 같다. 땅거미가 지고 은빛 저녁 안개가 번지자, 그녀는 안으로 들어간다. 나는 그녀의 저녁 식사 시중을 든다. 그녀는 혼자서 식사를 하면서도 나에게 한 번의 눈길도 주지 않고, 한 마디 말도 하지 않는다. 심지어 뺨조차 때리지 않는다.

아! 그녀의 손에 한 번만 맞아 보고 싶다.

눈에 눈물이 고인다. 이런 느낌이 든다. 그녀가 그동안 나를 실컷 학대했으므로 이제는 더 이상 나 같은 인간을 괴롭히고 학대할 만한 가치를 못 느끼는 것 같다.

그녀가 잠자리에 들기 전, 초인종이 다시 한번 나를 호출한다.

"오늘 밤은 내 방에서 자는 거야. 간밤에 끔찍한 꿈을 꾸어서 혼자 자는 게 무서워서 그래. 저기 안락의자에 있는 쿠션을 하나 가져다가 내 발치에 있는 곰 가죽을 깔고 누워."

이어서 반다는 천장에 달린 조그만 램프 하나만이 방을 비추도록 두고 나머지 불들은 다 끄고서 침대로 올라갔다. "괜히 부스럭거려서 날 깨우지 마."

 나는 그녀가 시키는 대로 가만히 있었지만, 한동안 잠을 이룰 수가 없었다. 아름다운 여인 쪽을 바라보았다. 그녀는 검은 모피 잠옷을 입고, 붉은 머리가 넘실대는 목 뒤로 팔을 두르고 누워 있었다. 여신처럼 아름다웠다. 나는 그녀의 우아한 가슴이 깊고 규칙적인 호흡에 따라 위로 솟는 소리를 들었다. 그녀가 조금이라도 몸을 뒤척일 때마다 나는 잠에서 깨어 혹시 나를 필요로 하는 건 아닐까 해서 귀를 기울였다.

 하지만 그녀는 나를 필요로 하지 않았다.

 그녀를 위해 내가 할 다른 일은 없었다. 나는 그녀에게 야간등이나 베개 밑에 숨겨 두는 권총 이상의 의미는 없었다.

 내가 미친 걸까, 아니면 그녀가 미친 걸까? 이 모든 것은 터무니없는 나의 상상력을 한번 무찔러 보려는 의도를 가진, 짓궂고 재간 있는 여인의 머리에서 나온 걸까? 아니면 이 여자는 정말로 자신과 다를 바 없이 생각하고 느끼고 의지를 지닌 인간들을 마치 벌레처럼 발로 으깨 버리는 데에서 악마와 같은 쾌감을 맛보는 네로와 같은 성격의 소유자인가?

 내가 겪은 일들이란!

 커피 쟁반을 들고 그녀의 침대 앞에 무릎을 꿇고 앉아 있을 때, 반다는 갑자기 내 어깨에 손을 얹더니 내 눈을 뚫어져라 쳐다보았다.

 "눈이 정말 아름답군요." 그녀는 나직이 말했다. "이렇게 고통을 겪으니 정말 더 그래요. 불행하다고 생각하세요?"

나는 머리를 숙인 채 아무 말도 하지 않았다.

"제베린! 아직도 날 사랑해요?" 그녀는 갑자기 격정에 사로잡혀 소리쳤다. "아직도 날 사랑할 수 있겠어요?" 그러더니 그녀는 나를 가슴에 끌어안았다. 그 바람에 쟁반이 뒤집어지면서 커피포트와 찻잔이 바닥에 떨어졌고 카펫 위에 커피가 쏟아졌다.

"반다, 나의 반다!" 나는 절규하며 그녀를 세차게 안고 그녀의 입술과 얼굴, 가슴에 키스를 퍼부었다. "그래요, 이게 내 불행입니다. 당신이 나를 학대할수록, 당신이 나를 자꾸만 배반할수록 더욱더 미칠 지경으로 당신을 사랑하게 된다는 거 말입니다. 오! 나는 고통과 사랑과 질투심 때문에 죽을 것만 같아요."

"하지만 나는 당신을 여태껏 한 번도 배반한 적 없어요, 제베린." 반다는 미소를 지으며 대답했다.

"없다고요? 반다! 말도 안 돼! 날 가지고 그렇게 장난치지 마요." 내가 소리쳤다. "당신 편지를 그 왕자에게 직접 갖다준 게 누군데……."

"그랬지요. 하지만 그건 조찬 초대장이었어요."

"우리가 피렌체에 온 뒤로 당신은 말입니다……."

"나는 당신을 위해 의리를 지켰어요." 반다가 대꾸했다. "내가 성스럽게 생각하는 모든 걸 다 걸고서 맹세할 수 있어요. 나는 당신의 상상력을 실현시켜 주기 위해 최선을 다했을 뿐이에요. 오로지 당신을 위해서.

"하지만 이제 나도 나를 좋아하는 애인을 구할 거예요. 그러지 않으면 일이 어중간하게 되니까요. 혹시라도 나중에 가서 내가 당신을 충분히 잔인하게 대해 주지 않았다고 불평을 할지도 모르니까요. 내 사랑하는 멋진 노예! 아니, 오늘은 다시 제베린이 되어 줘요. 오늘은 오로지 내가 사랑하는 사람이에요. 당신 옷을 남에게 주지 않았어요. 여기 옷장 속에 있을 테니 찾아서 입어 봐요. 우리가 진심으로 사랑을 나누었던 그 조그만 카르파티아 휴양지에서의 당신의 그 모습을 보고 싶어요. 그 뒤에 일어났던 일은 다 잊으세요. 오, 그래요, 이렇게 안아 주면 더 쉽게 잊을 수 있을 거예요. 나의 키스로 당신의 모든 걱정을 날려 버려 줄게요."

그녀는 마치 어린아이를 다루듯이 나를 어루만지고, 입을 맞추고, 쓰다듬기 시작했다. 마침내 그녀는 사랑스러운 미소를 지으며 내게 말했다. "자, 가서 옷을 차려입어요. 나도 그사이에 준비를 할 테니까요. 모피 재킷을 입을까요? 그래, 그래, 알겠어요. 자, 어서 가 봐요!"

다시 돌아와 보니 그녀는 하얀 공단 드레스에 붉은색의 흰담비 모피 장식 재킷을 입고, 머리에는 하얗게 분을 뿌리고, 이마에는 다이아몬드가 박힌 조그만 머리띠를 두르고서 방 한가운데에 서 있었다. 그 모습을 보자 섬뜩하게도 한순간 예카테리나 여제의 모습이 떠올랐다. 하지만 그녀는 내게 그런 생각에 잠길 여유를 주지 않았다. 그녀는 얼른 나를 당겨 소파에 앉혔고, 우리는 두 시간 동안 행복한 시간을 가졌다. 지금의 그녀는 엄하고 변덕스러운 주인마님이 아니라 마음씨 고운 숙녀요 다정한 애인이었다. 그녀는 내게 사진을 보여 주기도 하고 최근에 출간된 책들을 보여 주기도 했다. 그녀는 그 책들에 대해 아주 지적이고도 명확한 분석을 내놓으며 맛깔나게 이야기를 들려주었다. 그렇기 때문에 나는 너무나 황홀해서 몇 번이고 그녀의 손을 내 입술로 가져오지 않을 수 없었다. 그러고 나서 그녀는 내게 레르몬토프*의 시를 읽어 달라고 했다. 내가 한참 열을 내고 있을 때 그녀는 조그만 손을 다정스레 내 손 위에 얹고서 달콤한 표정을 지으며 부드러운 눈빛으로 내게 물었다. "지금 행복해요?"

"아직 아니에요."

그러자 그녀는 쿠션에 등을 기대고서 천천히 재킷의 단추를 풀었다.

그러나 나는 반쯤 드러난 그녀의 가슴을 얼른 흰담비 모피로 가렸다. "당신은 나를 미치게 만드는군요." 나는 더듬거리며 말했다.

"자, 이리 와요."

나는 어느새 그녀의 품에 안겨 있었고, 그녀는 내게 뱀과 같은 혀로 키스를 해 댔다. 그때 그녀는 다시 한번 속삭였다.

"행복해요?"

"이루 말할 수 없이요!" 내가 소리쳤다.

그녀는 갑자기 웃음을 터뜨렸다. 째지는 듯한 사악한 웃음이었다. 그 웃음소리를 듣자 소름이 좍 끼쳤다.

"전에는 아름다운 여인의 노예, 노리개가 되겠다고 꿈꾸더니 이제 와서는 자유인, 남자, 내 애인이 되겠다고? 이런 바보! 내가 손짓 한 번만 하면 넌 다시 내 노예야. 무릎 꿇어!"

나는 소파에서 내려가 그녀의 발치에 무릎을 꿇었다. 내 눈은 아직도 좀 미심쩍어하며 그녀의 눈에 가서 고정되어 있었다.

"아직 상황 파악을 못 했나 보군." 그녀는 팔짱을 낀 채로 나를 내려다보며 말했다. "넌 심심할 때 한두 시간 심심풀이로는 제격이야. 그런 눈으로 날 쳐다보지 마."

그녀는 나를 발로 걷어찼다.

"넌 내가 원하는 대로 사람이 될 수도 있고 물건이 될 수도 있고 짐승이 될 수도 있어." 그녀는 초인종 줄을 당겼다. 흑인 하녀들이 들어왔다.

"저 자식의 팔을 등 뒤로 묶어."

나는 무릎을 꿇은 채로 그들이 하는 대로 가만두었다. 이윽고 그들은 나를 정원 남쪽에 있는 포도밭으로 데리고 내려갔다. 포도밭 사이는 옥수수밭이었다. 아직 곳곳에는 깡마른 옥수숫대가 몇 대 서 있었다. 한쪽 구석에 쟁기가 하나 있었다.

흑인 하녀들은 나를 말뚝에 묶어 놓고는 금빛 머리핀으로 쿡쿡 찌르며 재미있어 했다. 그러나 얼마 있지 않아 반다가 나타났다. 머리에는 흰담비 모피로 만든 모자를 쓰고 양손은 재킷 주머니에 찌른 모습으로. 그녀는 흑인 하녀들에게 말뚝에서 나를 풀어 주라고 하더니 나의 양팔을 등 뒤로 묶고 목덜미에 멍에를 얹어서 쟁기에 붙들어 매라고 지시했다.

그런 다음 그 검은 악마들은 나를 밭으로 몰아댔다. 그중 하나는 쟁기를 잡고, 다른 하나는 끈으로 나를 당기고, 다른 하나는 채찍으로 나를 몰았다. 그리고 모피를 입은 비너스는 한쪽에 서서 구경했다.

이튿날 내가 저녁 식사 시중을 들고 있을 때 반다가 말한다. "당신 식사 도구도 가져와요. 오늘은 당신하고 같이 식사를 하고 싶어요." 내가 그녀의 맞은편 자리에 앉으려 하자 그녀가 말한다. "아니, 이쪽으로 와요. 내 옆으로 가까이."

그녀는 기분이 정말 좋은 것 같다. 내게 스푼으로 수프를 떠 주기도 하고 포크로 먹여 주기도 하며, 머리를 식탁에 대고서 마치 장난 좋아하는 고양이처럼 내게 아양을 떨기도 한다. 그때 불행이 다가온다. 나 대신에 음식 시중을 들던 하이데에게 내가 필요 이상의 눈길을 던진 것이다. 검은 대리석으로 깎아 만든 듯 거의 유럽 사람 같은 그녀의 고상한 얼굴 생김새와 멋지고 놀라운 가슴이 그때 비로소 눈에 띄었기 때문이다. 그 아름다운 검은 악마는 내가 자기에게 관심을 보이고 있음을 알고는 미소를 지으며 하얀 이를 드러내 보인다. 그녀가 방에서 나가기 무섭게 반다는 이글대는 분노로 펄쩍 뛴다.

"뭐야? 내 면전에서 다른 여자를 기웃거려! 어쩌면 나보다 그 계집이 더 마음에 들겠지. 그 계집애가 나보다 더 잔인하니까."

나는 깜짝 놀란다. 그런 모습은 처음이다. 그녀는 갑자기 입술까지 새파래져서는 온몸을 부르르 떤다. 모피를 입은 비너스가 자신이 부리는 노예를 질투하다니. 그녀는 고리에 걸려 있던 채찍을 낚아채더니 내 얼굴을 후려친다. 그러고 나서 그녀는 흑인 하녀들을 불러 나를 묶어 지하실로 끌고 가라고 명령한다. 그들은 나를 컴컴하고 축축한 흙방에, 그야말로 지하 감방에 집어 던진다. 이윽고 문이 쾅 하고 닫히고 빗장이 질러지고, 열쇠가 자물쇠에 꽂히며 노래한다. 나는 사로잡혀 매장된 것이다.

나는 이제 여기 이렇게 누워 있다. 얼마나 오래 걸릴지 모른다. 마치 도살장으로 끌려갈 송아지처럼 꽁꽁 묶인 채로 햇빛도 먹을 것도 마실 것도 없고 잠을 잘 수도 없는 축축한 짚 더미 위에 누워 있다. 내가 그 전에 얼어 죽지 않는다면 그 여자는 얼마든지 나를 굶겨 죽일 수도 있다. 추위에 몸이 떨려 온다. 아니면 열 때문인가? 이제 그 여자가 미워지기 시작한 것 같다.

피처럼 붉은 줄무늬가 바닥 위에서 어른거린다. 문틈으로 새어 드는 빛이다. 드디어 문이 열린다. 문지방에 나타난 것은 담비 모피를 걸친 반다다. 그녀는 횃불로 안쪽을 비추어 본다.

"아직 살아 있어요?" 그녀가 묻는다.

"당신, 날 죽이러 온 거요?" 나는 기운이 없는 쉰 목소리로 대답한다.

그녀는 성큼성큼 두 걸음을 내디뎌 내 곁으로 걸어와 무릎을 꿇고 내 머리를 자기 품에 올려놓는다.

"어디 아픈가요? 당신 눈은 정말 강렬하게 빛나는군요. 아직도 나를 사랑해요? 당신이 나를 사랑했으면 해요."

그녀는 짤막한 단도를 꺼낸다. 칼날이 내 눈앞에서 번쩍이는 순간 나는 움찔한다. 정말로 그녀가 나를 죽일 것만 같다. 그러나 그녀는 웃으면서 나를 결박하고 있던 밧줄을 자른다.

이제 그녀는 매일 저녁 식사가 끝나면 나를 불러서 책을 읽어 달라고 하고, 나와 함께 온갖 흥미로운 문제와 주제들에 대해 토론한다. 그런데 그녀는 완전히 변한 것 같다. 아마도 이전에 보여 준 야수 같은 성격과 나를 대했던 자신의 잔인한 모습을 좀 창피하게 생각하는 것 같다. 눈물이 날 만큼 감동적인 그녀의 부드러운 모습이 그녀의 분위기 전체를 바꾸어 놓고 있다. 그리고 작별을 하며 그녀가 내게 손을 내밀 때면, 그녀의 눈에서는 우리의 눈물을 자아내고 삶의 모든 고통과 온갖 죽음의 공포마저도 잊게 해 주는 초인적인 사랑과 자비의 힘이 느껴진다.

나는 그녀에게 『마농 레스코』를 읽어 주고 있다. 그녀는 소설과 우리와의 연관성을 느끼고 있지만 한 마디도 하지 않는다. 다만 그녀는 가끔 미소를 짓는다. 그러다가 그녀는 끝내 그 작은 책을 탁 하고 덮는다.

"그만 읽을까요, 부인?"

"그래요, 오늘은 됐어요. 오늘은 내가 직접 마농 레스코 역할을 해 볼 생각이에요. 카시네에서 만남이 있는데, 나의 사랑하는 기사, 당신도 함께 가요. 그렇게 해 줄 거죠?"

"명령만 내려 주십시오."

"나는 명령하지 않아요. 부탁할 뿐이에요." 그녀는 거역할 수 없는 매력을 풍기며 말한다. 그러더니 자리에서 일어나 두 손을 내 어깨 위에 올려놓고 나를 쳐다본다. "이 눈빛!" 그녀는 소리친다. "당신을 사랑해요, 제베린. 내가 얼마나 당신을 사랑하는지 당신은 모를 거예요."

"왜 모르겠어요." 나는 씁쓸하게 대답한다. "다른 남자와 밀회를 생각할 만큼 날 사랑하겠지요."

"내가 그렇게 하는 것은 다 당신을 자극하기 위해서예요." 그녀는 발랄하게 대답한다. "당신을 잃지 않으려면 내겐 애인이 있어야 해요. 난 당신을 잃고 싶지 않아요, 절대로. 듣고 있어요? 나는 당신만을 사랑하니까요. 오직 당신만을."

그녀는 열정적으로 내 입술에 매달렸다.

"오! 할 수만 있다면 키스로 내 영혼을 전부 당신에게 주고 싶어요. 자, 이제 가요."

그녀는 소박한 모양의 검은 반코트를 얼른 걸치고 머리에는 검은 양털 모자를 쓰고서 빠른 걸음으로 회랑을 지나 마차에 올라탔다.

"그레고르가 나를 태워다 줄 거야." 그녀는 마부에게 소리쳤다. 그러자 마부는 어리둥절해하며 물러났다.

나는 마부석에 올라탄 다음 말들을 향해 화풀이를 하듯이 채

모피를 입은 비너스 **151**

찍을 내리쳤다.

카시네에 이르렀을 때 반다는 큰 도로가 울창한 숲속 오솔길로 바뀌는 곳에서 내렸다. 밤이었다. 하늘에 떠가는 잿빛 구름 사이로 몇 개의 별만이 반짝였다. 아르노강가에는 검은 외투에 갱들이 쓰는 모자를 쓴 한 남자가 서서 누런 물결을 응시하고 있었다. 반다는 얼른 숲을 헤치고 그에게 다가가 그의 어깨를 톡톡 쳤다. 그가 그녀에게 몸을 돌려 손을 잡던 모습이 지금도 눈에 선하다. 그러더니 그들은 푸른 나무들 뒤로 사라졌다.

고통스러운 한 시간. 마침내 숲속에서 바스락거리는 소리가 나더니 두 사람이 다시 나타났다.

그 남자는 그녀를 마차까지 바래다준다. 가로등 불빛이 눈부시도록 환하게 너무나 젊고 부드럽고 몽환적인 얼굴을 밝혀 준다. 내가 한 번도 본 적 없는 얼굴이다. 불빛은 그녀의 긴 금빛 곱슬머리 위에서 노닌다.

그녀는 그에게 손을 내민다. 그러자 그는 그 손에 공손하게 입을 맞춘다. 이윽고 그녀는 내게 손짓을 하고, 마차는 순식간에 강물을 따라 푸른 벽지처럼 길게 늘어선 가로수들 사이로 내달린다.

정원 문에서 초인종이 울린다. 익숙한 얼굴이다. 카시네에서 보았던 그 남자다.

"누구시라고 전할까요?" 나는 프랑스어로 묻는다. 내 말을 듣고 그는 쑥스러운 듯 고개를 가로젓는다.

"혹시 독일어 좀 할 줄 아시나요?" 그가 머뭇대며 물었다.

"그럼요. 이름 좀 알려 주시겠어요?"

"아! 아직은 이름이라고 할 만한 것이 없어서요." 그는 당황해하며 대답한다. "당신 여주인께 그냥 카시네의 독일 화가가 뭣 좀 부탁드릴 게 있어서 왔다고만……. 저기 여주인이 나오셨네요."

반다는 발코니에 나와서 낯선 손님을 향해 고개를 끄덕였다.

"그레고르, 그 신사분을 내게로 모셔." 그녀는 나를 향해 소리쳤다.

나는 그 화가에게 손으로 계단을 가리켰다.

"됐습니다. 제가 직접 찾아갈게요. 고맙습니다. 정말 고맙습니다." 그 말과 함께 그는 계단을 뛰어 올라갔다. 나는 밑에 서서 그 불쌍한 독일인을 동정 어린 눈길로 바라보았다.

모피를 입은 비너스가 그녀의 머리카락의 붉은 올가미로 그의 영혼을 사로잡았다. 그는 그녀의 초상화를 그리다가 끝내 마음을 빼앗길 것이다.

햇살 좋은 겨울날이다. 늘어선 나무들의 잎사귀와 초원의 푸른 풀밭 위에는 황금빛 아지랑이가 아롱거린다. 회랑 발치의 동백꽃은 꽃망울이 터질 듯이 부풀어 있다.

반다는 베란다에 앉아 그림을 그리고, 독일인 화가는 마치 기도를 올리는 듯한 자세로 손을 모으고서 그녀의 맞은편에 서서 그녀를 바라보고 있다. 아니다, 그는 그녀의 얼굴을 바라보

모피를 입은 비너스

면서 그녀의 모습에 완전히 정신을 잃고 있다. 거의 황홀경에 빠진 것 같다.

그녀는 거기에 아랑곳하지 않고, 내게도 신경 쓰지 않는다. 나는 손에 삽을 들고 꽃밭을 매고 있는데, 이는 오로지 그녀 가까이 있기 위함이다. 그녀 가까이에 있으면 음악과 시를 느낄 수 있으니.

화가는 갔다. 좀 대단한 모험임을 뻔히 알면서도 나는 일을 감행하기로 한다. 나는 회랑 쪽으로 아주 가까이 가서 반다에게 묻는다. "그 화가를 사랑하나요, 주인마님?"

그녀는 화를 내지 않고 나를 쳐다보더니 고개를 가로젓는다. 그리고 그녀는 미소까지 지어 보인다.

"동정하기는 하지만 사랑하지는 않아요." 그녀는 대답한다. "이젠 아무도 사랑 안 해요. 전에는 내가 사랑할 수 있는 한 당신을 마음속 깊이 열정적으로 사랑했었지만 이젠 당신도 더 이상 사랑하지 않아요. 내 마음은 황량하고 죽었어요. 그 때문에 슬퍼요."

"반다!" 나는 짜릿한 감동에 휩싸여 소리쳤다.

"당신 역시 얼마 안 있어 나를 더 이상 사랑하지 않게 될 거예요." 그녀는 계속해서 말했다. "그 시점이 되면 내게 말해 줘요. 당신에게 자유를 돌려주게."

"그래도 나는 평생 당신의 노예로 있을 겁니다. 나는 당신을 사모하고 앞으로도 영원히 그럴 테니까요." 몇 번이고 내게 치명적이었던 예의 그 사랑의 광기에 사로잡혀 내가 소리쳤다.

반다는 내심 만족한 듯한 표정을 지으며 나를 바라보았다.
"잘 생각해 봐요." 그녀가 말했다. "나는 당신을 사랑했고 당신의 환상을 실현시켜 주려고 당신한테 잔인하게 대했어요. 당신을 생각하는 마음과 옛 감정이 아직 내 가슴에 남아서 바르르 떨고 있어요. 하지만 이런 감정마저 사라지고 나면, 나중에 가서 당신에게 자유를 돌려줄지 어쩔지, 당신을 정말로 잔인하고도 무자비하게, 그래요, 아주 거칠게 대하게 되지 않을지, 나를 여신처럼 떠받들며 사랑하는 사람을 끝없이 괴롭히고 학대하면서 내가 악마와 같은 쾌감을 느끼게 되지 않을지 알 수 없어요. 그 사람에게는 무관심하게 대하고 다른 남자를 사랑하면서 말이에요. 그 사람이 나를 사랑하다가 죽어 가는 것을 보며 내가 쾌감을 느낄지도 몰라요. 이걸 잘 생각해 둬요!"

"그 모든 것을 이미 오래전부터 생각해 왔어요." 나는 열이 올라 얼굴을 붉히며 대답했다. "나는 당신이 없으면 이 세상에 존재할 수도, 살아 있을 수도 없어요. 당신이 내게 자유를 주면 나는 죽어요. 나를 그냥 당신의 노예로 있게 해 줘요. 나를 죽이면 죽였지 내치지는 마세요."

"좋아요, 그러면 내 노예가 되어요." 그녀가 대답했다. "하지만 내가 더 이상 당신을 사랑하지 않는다는 것을 잊지 마요. 그러므로 당신의 사랑은 내겐 개의 사랑 이상의 가치가 없어요. 사람들은 개를 늘 걷어차죠."

나는 오늘 「메디치의 비너스」를 보러 갔다.

이른 시간이었다. 트리부나*의 팔각형 조그만 방은 마치 성소처럼 어스름한 빛으로 가득 차 있었다. 나는 말 없는 여신상 앞에서 두 손을 모아 쥔 채 경건한 마음으로 서 있었다.

그러나 나는 오래 서 있지 않았다.

미술관에는 아직 사람이 없었다. 흔한 영국 사람조차 없었다. 나는 무릎을 꿇고 그 사랑스럽고 날씬한 몸과 봉긋 부푼 가슴과 반쯤 감은 눈, 숫처녀 같은 육감적인 얼굴과 양쪽에 작은 뿔이라도 숨기고 있을 것 같은 뽀글거리는 곱슬머리를 올려다보았다.

주인마님의 호출 종소리.

정오다. 그러나 그녀는 아직 침대에 누워 있다. 양팔을 머리 뒤로 두르고서.

"목욕을 하려고 해." 그녀가 말한다. "와서 시중을 들어. 문을 닫아."

나는 그녀의 명령에 따랐다.

"이제 가서 아래층 문이 잠겼는지 확인해."

나는 그녀의 침실에서 욕실로 통하는 나선형 계단을 내려갔다. 다리가 후들거렸다. 그래서 나는 철제 난간을 잡고 내려가야 했다. 로지아와 정원으로 나가는 문이 잠겨 있음을 확인하고서 나는 돌아왔다. 반다는 이제 머리를 풀고 녹색의 벨벳 모피를 입고서 침대에 앉아 있다. 그녀가 몸을 움직일 때 나는 그녀가 모피만 걸치고 있음을 알았다. 그걸 보고 나는 깜짝 놀랐다. 왜 그랬는지 나도 모르지만 나는 마치 자신이 단두대를 향해 걸음을 옮기고 있음을 알면서도 막상 단두대를 보자 두려움을 느끼는 사형수처럼 깜짝 놀랐다.

"이리 와, 그레고르, 나를 안아서 들고 가."
"무슨 말씀인가요, 주인님?"
"나를 안고 가라니까. 무슨 말인지 몰라?"

나는 그녀를 들어 올렸다. 그녀는 내 팔에 안긴 채 양팔로 내 목을 감쌌다. 나는 그렇게 그녀를 안고서 한 계단 두 계단 천천히 걸어 내려갔다. 그녀의 머리카락이 가끔씩 내 뺨을 스쳤고, 그녀의 발은 살짝 내 무릎을 딛고 있었다. 그때 나는 아름다운 무게에 압도되어 그녀를 안고 쓰러질 것만 같은 느낌이 들었다.

욕실은 널찍하고 천장이 높은 원형 구조였다. 붉은 유리로 된 돔형 천장을 통해 부드럽고 차분한 빛이 들어왔다.

두 그루의 야자수가 널찍한 이파리로 붉은 벨벳 쿠션 소파 위에 푸른 지붕을 만들어 주고 있었다. 거기서부터 터키 양탄자가 깔린 계단이 중앙에 위치한 대리석 욕조까지 이어져 있었다.

"위층에 가면 내 침대 옆 탁자 위에 녹색 리본이 있어." 소파에 내려놓자 그녀가 말했다. "그걸 가져와. 채찍도 함께."

나는 급히 위층으로 올라가 그것들을 가져와 무릎을 꿇고 주인님의 손에 바쳤다. 그러자 그녀는 내게 무겁고 부드러운 그녀의 머리카락을 크고 둥글게 말아서 녹색 벨벳 리본으로 고정하라고 했다. 이어서 나는 목욕 준비를 했다. 내가 봐도 그 동작이 서툴기 짝이 없었다. 손과 발이 제대로 말을 듣지 않았기 때문이다. 붉은 벨벳 쿠션 위에 누워 있는 아름다운 여인에게로 자꾸만 눈길이 갔다. 그녀의 사랑스러운 몸매는 검은 모피 사이로 가끔 언뜻언뜻 보였다. 내가 의도한 것이 아니라 어떤 자력에 이끌렸던 것이다. 그때 나는 모든 성적 욕망은 오히려 반쯤 감추는 데서, 아니면 매력적으로 보여 주는 데서만 찾을 수 있음을 알았다. 그리고 마침내 욕조에 물이 다 차서 반다가 단번에 모피 외투를 벗어 던지고 내 앞에 마치 트리부나의 여신과 같은 모습으로 섰을 때, 나는 그런 느낌을 더욱더 생생하게 받았다.

이 순간, 아무것도 걸치지 않은 그녀의 아름다운 모습은 너무나 성스럽고 너무나 순결하여 전에 여신 앞에 그랬던 것처럼 무릎을 꿇고 그녀의 발에 경건하게 입을 맞추지 않을 수 없었다.

방금 전까지만 해도 거칠게 물결치던 나의 영혼은 갑작스레 잔잔해졌다. 그리고 반다 역시 이제는 더 이상 내게 어떤 잔인한 기색도 보이지 않았다.

그녀는 천천히 계단을 내려갔다. 그리고 나는 고통이나 열망이 전혀 없는 조용한 기쁨을 느끼며 그녀를 바라볼 수 있었다. 그녀는 수정 같은 물속으로 풍덩 잠겼다가 다시 올라왔다. 순간 그녀가 일으킨 물결은 마치 사랑에 취한 연인들처럼 그녀의 주변을 맴돌았다.

그림으로 그린 사과보다 진짜 사과가 더 아름답고, 돌로 만든 비너스보다 살아 있는 여인이 더 아름답다고 한 우리의 니힐리즘 미학자*의 말이 맞다.

그녀가 욕조에서 일어나 은빛 물방울과 장밋빛 햇살이 그녀의 몸을 타고 흘러내렸을 때 나는 할 말을 잃고 황홀감에 사로잡혔다. 나는 타월로 그녀의 몸을 감싸 주고 그녀의 아름다운 몸에 묻은 물기를 닦아 주었다. 그리고 그녀가 한쪽 발을 마치 발판 위에 올려놓듯 내 몸 위에 올려놓고서 큰 벨벳 외투를 걸친 채 쿠션 위에 누워 있었을 때, 그리고 탄력 있는 담비 모피가 마치 사랑을 탐하듯 대리석 같은 그녀의 몸에 달라붙었을 때, 그리고 몸을 받치고 있는 왼팔은 마치 잠든 한 마리 백조처럼 소매의 검은 모피 속에 누워 있고 그녀의 오른팔은 되는 대로 채찍을 매만지고 있었을 때, 나는 다시 한번 예의 그 조용한 행복감을 느꼈다.

내 눈길은 전혀 의도하지 않게 맞은편 벽에 걸려 있는 커다란 거울을 향했다. 순간 나는 깜짝 놀라 소리를 질렀다. 왜냐하면 황금의 틀 속에 마치 한 점의 그림처럼 우리의 모습이 담겨 있었기 때문이다. 그 그림은 너무나 눈부시게 아름답고, 너무나 기묘하며, 너무나 환상적이어서 나는 순간 그 선들과 색깔들이 안개처럼 흩어질 수밖에 없으리라는 생각에 깊은 슬픔에 젖었다.

"무슨 일이야?" 반다가 물었다.

나는 손가락으로 거울을 가리켰다.

모피를 입은 비너스

"아! 정말로 아름다워." 그녀가 큰 소리로 외쳤다. "이 순간을 붙잡을 수 없다는 게 아쉬워."

"안 될 게 뭐 있습니까?" 내가 말했다. "이 세상의 어떤 화가도, 아니 아무리 유명한 화가라도 당신의 모습을 붓으로 영원하게 만들 기회를 얻는다면 영광으로 생각하지 않을까요?"

"이렇게 비길 데 없는 아름다움을 말입니다." 나는 그녀를 열띤 표정으로 바라보면서 말을 이었다. "이 아름답게 생긴 얼굴, 푸른 불꽃이 타오르는 이 신비로운 눈, 이 악마와 같은 머리카락, 이 찬란한 몸매가 세상 사람들에게 잊힐 것을 생각하면 끔찍하기 이를 데 없습니다. 죽음과 사멸의 공포가 엄습해 옵니다. 그러니 예술가의 손이 당신의 사멸을 막아야 합니다. 다른 사람들처럼 당신도 아무런 흔적도 남기지 못한 채 이 세상을 영원히 떠나서는 안 됩니다. 당신이 먼지가 되어 사라지고 없어도 당신의 모습은 살아남아 있어야 합니다. 당신의 아름다움은 죽음을 상대로 승리를 거두어야 합니다!"

반다는 미소를 지었다.

"오늘날 이탈리아에 티치아노나 라파엘로 같은 화가가 없는 건 참 유감이야." 그녀가 말했다. "그래도 어쩌면 사랑이 천재를 대신할 수 있을지도 몰라. 누가 알겠어? 우리의 그 어린 독일 화가가 말이야." 그녀는 깊은 생각에 잠겼다.

"그래 맞아, 그가 나를 그려야 해. 사랑의 신이 그를 위해 색깔들을 섞게 해야겠어."

젊은 화가는 그녀의 빌라에 화실을 차렸다. 그녀는 완벽하게 그를 자신의 그물로 사로잡아 버린 것이다. 그는 바로 마돈나를, 붉은 머리카락과 푸른 눈의 마돈나를 그리기 시작했다! 이런 순혈의 여성을 가지고 동정녀의 모습을 만들어 내는 일은 독일의 이상주의만이 해낼 수 있다. 그 불쌍한 젊은이는 나보다 덩치만 좀 더 큰 당나귀에 불과하다. 불행스럽게도 우리의 티타니아는 당나귀 뿔을 너무나 일찍 찾아냈다.

이제 그녀는 우리를 비웃고 있다. 그녀는 웃고 있다. 그녀의 자신감에 넘치는 웃음소리가 그의 화실에 음악처럼 울려 퍼진다. 나는 그녀의 웃음소리를 아틀리에의 열린 창문 아래에 서서 질투 어린 마음으로 듣는다.

"미쳤나 보군. 나를, 아니! 나를 성모로 그려 놓다니, 도무지 말이 안 돼." 그녀는 그렇게 소리치더니 다시 웃기 시작했다. "잠깐만 기다려 봐요. 나를 그린 다른 그림을 보여 줄 테니. 내가 손수 그린 자화상인데, 그걸 보고 한번 그려 봐요."

햇살에 붉게 타오르며 그녀의 머리가 창문에 나타났다.

"그레고르!"

나는 재빨리 계단을 뛰어 올라가 회랑을 거쳐 화실로 갔다.

"이 사람을 욕실로 안내해." 반다는 그렇게 명령한 후, 자신은 살짝 사라졌다.

잠시 뒤 반다는 담비 모피만 걸친 채 손에는 채찍을 들고서 계단을 내려왔다. 그러고는 전에 그랬던 것처럼 벨벳 쿠션 위에 몸을 길게 뻗고 누웠다. 나는 그녀의 발치에 엎드렸고, 그녀는 내 몸 위에 발을 올렸다. 그러면서 오른손으로는 채찍을 만지작거렸다. "나를 똑바로 봐." 그녀는 말했다. "너의 그 깊고 열정적인 눈빛으로. 그렇게, 바로 그렇게, 좋아."

화가는 얼굴이 새파랗게 질렸다. 그는 아름답고 몽롱한 푸른 눈으로 그 장면을 삼켰다. 그의 입술은 열렸지만 아무 소리도 나오지 않았다.

"자, 이 그림 어때?"

"네, 그렇게 그려 드리겠습니다." 독일인이 말했다. 그러나 그것은 말이라고 할 수 없었다. 말은 말이되 병들어 죽어 가는 영혼의 신음, 울음소리에 가까웠다.

목탄 스케치가 끝났다. 그리고 머리와 몸의 윤곽도 그려졌다. 대담하게 몇 번의 붓질을 하자 벌써 그녀의 잔인한 표정이 드러나고, 푸른 눈에는 생기가 반짝인다.

반다는 가슴에 팔짱을 끼고 캔버스 앞에 서 있다.

"대부분의 베네치아 화가가 그랬던 것처럼, 이 그림이 초상화이면서 동시에 한 편의 이야기이게 할 생각입니다." 다시 새파랗게 얼굴이 질려 가지고 화가가 설명한다.

"그러면 작품 제목은 뭐라고 붙일 생각인가요?" 그녀가 묻는다. "그런데 왜 그러죠? 어디 아파요?"

"왠지 두려워서요." 당장이라도 집어삼킬 듯한 눈빛으로 모피를 입은 아름다운 여인을 바라보면서 그가 대답했다. "그건 그렇고 우리 그림에 대해 이야기해요."

"그래요, 그림에 대해 이야기하죠."

"나는 올림포스에서 인간의 세상으로 내려와 이 현대의 세계에서 추위에 떨며 자신의 고상한 몸을 큰 검은 모피로 가리고, 사랑하는 남자의 품에서 발을 덥히려는 사랑의 여신을 생각하고 있어요. 그리고 또 키스에 지치면 자기 노예를 채찍으로 때리고, 그를 발로 차면 차는 만큼 그에게서 더 열광적인 사랑을 받는 그런 아름다운 폭군 여인의 총아를 생각하고 있습니다. 그래서 나는 이 그림에 '모피를 입은 비너스'라는 이름을 붙이고 싶습니다."

그림을 그리는 화가의 속도는 느리다. 그러나 그럴수록 그의 열정은 더욱 격하게 커져만 간다. 화가가 결국 스스로 목숨을 끊을까 두렵다. 그녀는 그를 가지고 놀면서 그에게 수수께끼를 낸다. 그는 그 수수께끼를 풀지 못해 피가 끓는다. 그러나 그녀는 그러는 그를 보며 즐거워한다.

모델이 되어 앉아 있는 동안 그녀는 사탕을 쪽쪽 빨아 먹으며 사탕 껍질을 돌돌 말아 그에게 던지기도 한다.

"기분이 좋으신 것 같아 기쁩니다, 부인." 화가가 말한다. "하지만 내 그림에 필요한 그 표정이 완전히 사라지고 없군요."

"당신 그림에 필요한 그 표정이라고요?" 그녀는 미소를 지으며 대답한다. "그러면 잠깐만 기다려 봐요."

그녀는 자리에서 일어서더니 나를 채찍으로 한 대 후려갈긴다. 화가는 넋 나간 사람처럼 그녀를 쳐다본다. 그의 얼굴은 어린애처럼 놀란 빛이 역력하다. 혐오스러움과 찬미가 뒤섞인 표정이다.

  내게 채찍을 휘두르는 동안 반다의 얼굴은 점점 더 예의 그 잔인하고 조롱 어린 표정을 띠어 간다. 나를 어쩔 줄 모르게 환희로 물들이는 그 표정이다.

  "자, 지금 이게 당신 그림에 필요한 표정인가요?" 그녀는 소리친다. 화가는 그녀의 차가운 눈빛에 어쩔 줄 몰라 하며 눈길을 떨어뜨린다.

  "바로 그 표정입니다." 그가 어물어물 말한다. "하지만 지금은 당신을 그릴 수가 없습니다."

  "뭐라고요?" 반다가 조롱 조로 말한다. "혹시 도와드릴까요?"

  "예." 그 독일 화가는 미친 듯이 소리를 지른다. "나도 그렇게 채찍으로 때려 주십시오."

  "오! 기꺼이 그러지요." 그녀는 어깨를 으쓱하면서 대답한다. "때리면 진짜 때리는 거예요."

  "나를 죽도록 때려 주세요." 화가는 소리친다.

  "내가 밧줄로 묶어도 되겠죠?" 그녀는 미소를 지으며 묻는다.

  "예." 그는 신음 소리를 내며 대답한다.

  반다는 잠시 방에서 나갔다가 밧줄을 가지고 돌아왔다.

  "당신은 아름다운 폭군인 모피 입은 비너스에게 무조건 자신을 맡길 의향이 있어요?" 그녀는 이번에도 조롱 조로 말을 꺼냈다.

"나를 어서 묶어 주세요." 화가는 희미한 목소리로 대답했다. 반다는 그의 양손을 등 뒤로 묶은 다음 줄 하나를 양팔 사이로 빼서 그 줄로 몸통을 묶어 십자 창살에 단단히 고정시켰다. 그런 다음 그녀는 모피 외투를 뒤로 젖히고서 채찍을 들고 화가 앞으로 다가갔다.

그 장면은 형언할 수 없을 정도로 내게 엄청난 자극을 주었다. 그녀가 첫 채찍질을 하려고 웃으며 채찍을 뒤로 젖혔다가 휙 공기를 가르며 채찍을 내리치고 그 서슬에 그가 가볍게 움찔거리는 것을 보자 나는 심장이 두근대는 것을 느꼈다. 그다음 그녀는 반쯤 입을 벌려 붉은 입술 사이로 치아를 반짝이며 매질을 계속해 댔다. 마침내 그가 애절한 푸른 눈동자로 자비를 빌 때까지. 정말 뭐라고 표현할 수가 없었다.

그녀는 이제 혼자 앉아 있고, 그는 그녀의 머리를 그리고 있다.

그녀는 나에게 두꺼운 커튼이 쳐진 옆방에 가서 있으라 했다. 그곳에 숨어서 나는 모든 것을 볼 수 있다.

그녀는 지금 무엇을 하려는 걸까?

그녀는 그를 두려워하고 있나? 그녀는 그를 미치게 만들어 놓았다. 새로운 고문이 나를 기다리고 있는 것일까? 무릎이 덜덜 떨린다.

그들은 뭔가 이야기를 나누고 있다. 그가 목소리를 아주 낮추는 바람에 무슨 말을 하는 건지 알아들을 수가 없다. 그녀 역시 낮은 목소리로 대답한다. 이게 도대체 무슨 짓이람? 둘 사이에 무슨 밀약이라도 있는 걸까?

나는 엄청난 고통을 받고 있다. 심장이 터질 것만 같다.

이제 그는 그녀 앞에 무릎을 꿇고 그녀를 끌어안고 그녀의 가슴에 자기 머리를 갖다 댄다. 그러자 잔인한 그녀는 웃음을 터뜨린다. 이제 그녀가 큰 소리로 외치는 소리가 들려온다.

"아! 매맛을 다시 봐야겠군요."

"여인이여! 여신이시여! 당신은 심장도 없나요. 당신은 사랑할 줄도 모르나요?" 독일인이 소리친다. "사랑이 무엇인지, 그리움과 열정에 애태우는 것이 뭔지도 모른단 말인가요. 당신은 괴로움이 무엇인지 생각조차 할 수 없나요? 나에 대한 동정심 같은 것을 갖고 있지 않나요?"

"없어요!" 그녀는 거만하고 조롱하는 표정으로 대답한다. "채찍은 갖고 있지." 그녀는 모피 외투 주머니에서 얼른 채찍을 꺼내 손잡이 부분으로 그의 얼굴을 한 대 갈긴다. 그는 벌떡 일어나 뒤로 몇 걸음 물러선다.

"자, 이제 다시 그릴 수 있겠어요?" 그녀는 냉정하게 묻는다. 그 말에 그는 대답하지 않고 다시 이젤 앞으로 걸어가 붓과 팔레트를 잡는다.

그림은 성공적이다. 누구도 따라올 수 없을 만큼 실물과 유사함은 물론이고 이상적인 면까지 보여 준다. 색조가 아주 강렬하고, 초감각적이고, 악마적인 탓인 것 같다.

화가는 바로 자신이 느낀 모든 고통과 사모하는 마음과 모든 증오를 그림 속에다 그려 넣었다.

이제 그는 나의 초상화를 그리고 있다. 매일 그와 나는 몇 시간씩 단둘이 있다. 오늘 그는 갑자기 떨리는 목소리로 내게 이렇게 말한다.

"그녀를 사랑하시나요?"

"예."

"나도 그녀를 사랑합니다." 그의 두 눈에는 눈물이 그렁그렁했다. 그는 잠시 침묵하더니 다시 그림을 그리기 시작했다.

"내가 사는 독일에는 그런 여자가 사는 산이 있어요." 그는 혼잣말로 중얼거리듯 말한다. "그녀는 마녀예요."

그림이 완성되었다. 그녀는 그림에 대한 대가로 여왕들이나 줄 수 있을 만큼의 돈을 그에게 건네주려 했다.

"오! 이미 지불하셨습니다." 그는 고통스러운 미소를 지으며 사양했다.

그는 떠나기 전 그의 포트폴리오를 조심스레 열더니 내게 그 안을 들여다보게 해 주었다. 순간 나는 깜짝 놀랐다. 거울에 비친 것처럼 생생한 그녀의 얼굴이 나를 쳐다보고 있었다.

"이건 내가 가져갈 겁니다." 그가 말했다. "이건 내 거예요. 이것은 그녀도 못 빼앗아 가요. 대가를 톡톡히 치르고 얻은 거니까요."

"그 불쌍한 화가에게는 사실 많이 미안해." 그녀는 오늘 내게 말했다. "내가 그렇게 부덕(婦德)을 지키는 것은 바보짓인 것 같아. 그렇지 않아?"

나는 대답할 엄두가 나지 않았다.

"오, 내가 노예하고 이야기하고 있다는 사실을 잊었군. 외출해야겠어. 기분 전환 좀 하면서 다 잊어야지.

어서 가서 당장 마차를 불러!"

너무나 환상적인 옷차림을 처음 본다. 흰담비 모피로 테를 두른 러시아풍의 보라색 벨벳 앵클부츠, 모피의 가는 줄무늬와 꽃 모양의 모장으로 장식한 벨벳 드레스, 마찬가지로 흰담비 모피로 줄무늬를 넣어 장식을 한 몸에 꽉 끼는 외투, 다이아몬드 브로치로 고정시킨 백로 깃털이 달린 높은 예카테리나 여제풍의 흰담비 모피 모자, 등 뒤로 풀어놓은 붉은 머리. 이런 차림으로 그녀는 마부석에 올라 직접 말을 몰고, 나는 그녀의 뒷자리에 앉는다. 말들을 향해 채찍을 휘두르는 그녀의 모습! 마차는 쏜살같이 달려간다.

그녀는 오늘 남들의 이목을 끌고 싶어 하는 것 같다. 그리고 그 일을 그녀는 훌륭하게 해낸다. 오늘 그녀는 카시네의 암사자다. 마차에 탄 사람들이 그녀에게 인사를 건넨다. 보행로에는 사람들이 몇몇씩 짝을 지어 그녀 이야기를 한다. 하지만 그녀는 누구 하나 거들떠보지 않는다. 다만 좀 나이가 든 신사들의 인사에만 가볍게 목례로 답할 뿐이다.

그때 날렵하게 생긴 야성의 가라말을 타고 한 젊은이가 달려온다. 그는 반다를 보자 말의 속도를 늦춘다. 그는 이미 아주 가까이 다가왔다. 그는 멈추더니 그녀를 지나가게 한다. 이번엔 그녀 역시 그를 쳐다본다. 암사자가 수사자를. 둘의 눈빛이 마주친다. 그리고 그녀가 그의 옆을 스쳐 지나갈 때 그녀는 그가 지닌 마법의 힘에서 벗어날 수 없어 고개를 돌려 그를 바라본다.

놀라움과 황홀함이 뒤섞인 표정으로 그를 삼킬 듯 바라보는 그녀의 눈길을 보자, 나는 심장이 멎는 것만 같다. 그러나 그는 그럴 만한 자격이 있다.

하느님 앞에 맹세하지만, 그는 대단한 미남이다. 아니, 그 이상이다. 살아 있는 사람들 중에 나는 그런 미남을 본 적이 없다. 그는 대리석상으로 다듬어진 모습으로 벨베데레에 서 있다. 그와 똑같이 몸매는 날씬하지만 강철 같은 근육에, 그와 똑같은 얼굴, 그와 똑같이 찰랑대는 머리를 하고서. 그의 아름다움을 더해 주는 것은 바로 그가 민수염의 말끔한 얼굴이라는 점이다. 엉덩이가 홀쭉하지 않았더라면 혹시 남장을 한 여자가 아닌가 하고 생각할 수도 있다. 입가에 어린 묘한 표정, 치아를 살짝 드러내 주며 그 아름다운 얼굴에 잠시 뭔가 잔인한 인상을 주는 사자 같은 입술…….

마르시아스*의 가죽을 벗기고 있는 아폴론이라고나 할까.

그는 목이 긴 검은 장화에, 몸에 꽉 끼는 흰 가죽 바지와 아스트라한 직물*로 단을 대고 풍부하게 술 장식을 한 이탈리아 기병 장교풍의 검고 짧은 모피 재킷을 입고 있다. 검은 곱슬머리에는 붉은 터키모자를 쓰고 있다.

이제 나도 남자가 지닌 에로스를 이해할 것만 같다. 그리고 알키비아데스 앞에서 자신의 품위를 지킨 소크라테스가 존경스럽다.

 나의 암사자가 그렇게 흥분한 모습을 나는 여태껏 한 번도 본 적이 없다. 빌라의 계단 앞에 이르러 마차에서 뛰어내릴 때 그녀의 뺨은 붉게 상기되어 있었다. 그리고 그녀는 계단을 뛰어 올라가며 내게 명령조로 어서 따라오라는 손짓을 보냈다.

 방 안에서 이리저리 서성대면서 그녀는 놀랄 정도로 빠르게 속사포처럼 말을 쏘아 댔다.

 "카시네에서 보았던 그 남자가 누군지 오늘 중으로 알아보도록 해. 당장. 아, 멋진 남자야. 그 사람 봤지? 어때? 말 좀 해 봐!"
 "아주 멋지더군요." 나는 건성으로 대답했다.
 "너무나 멋있어." 그녀는 말을 멈추며 의자 등받이에 몸을 기댔다. "숨이 멎을 지경이야."
 "그 사람이 어떤 인상을 주었는지 이해할 만합니다." 내가 대답했다. 나의 상상력은 나를 다시 거친 소용돌이 속으로 끌고 들어갔다. "나도 정신이 없더군요. 그리고 이런 생각이 들더군요……"
 "네 생각이라는 게 말이야." 그녀는 깔깔대고 웃었다. "그 남자가 내 애인이라는 것 그리고 그가 너를 채찍으로 때리는 거겠지. 그리고 네가 그에게 채찍으로 맞으면서 즐기는 거겠지. 자, 어서 가 봐, 어서."

 저녁이 되기 전에 나는 그녀가 요구한 정보를 알아냈다.
 집에 돌아와 보니 반다는 화려하게 차려입었던 옷차림 그대로였다. 그녀는 얼굴을 두 손에 묻고 머리카락은 마치 붉은 사자의 갈기처럼 헝클어진 모습으로 의자에 앉아 있었다.

"이름이 뭐야?" 그녀는 섬뜩할 정도로 차분한 목소리로 물었다.

"알렉시스 파파도폴리스라고 하더군요."

"음, 그리스 사람이군."

나는 고개를 끄덕였다.

"나이가 아주 어리던가?"

"주인님 또래인 거 같습니다. 사람들 말로는 파리에서 교육을 받았고 무신론자라고 하더군요. 칸디아에서 터키군에 대항해 싸우기도 했답니다. 거기서 민족적 증오심과 잔인성 그리고 용맹성으로 명성을 떨쳤다는군요."

"한마디로 남자군." 그녀는 눈동자를 반짝이며 소리쳤다.

"지금은 피렌체에 살고 있고요." 나는 말을 이었다. "사람들 말로 엄청난 부자라고 합니다."

"그건 물은 적 없어." 그녀는 대뜸 내 말을 가로막았다.

"위험한 남자야. 그 사람이 두렵지 않나? 나는 그 사람이 두려워. 부인은 있나?"

"없습니다."

"애인은?"

"애인도 없어요."

"어느 극장엘 가지?"

"오늘 저녁에는 니콜리니 극장에 갈 거라고 하더군요. 천재적인 버지니아 마리니와 살비니가 주연인데, 이들은 이탈리아 뿐만 아니라 전 유럽에서 가장 유명한 현존 배우들이죠."

"가서 특별 관람석 표 한 장 구하도록 해, 어서! 어서!" 그녀가 명령했다.

"하지만 주인님……."

"채찍 맛을 보고 싶어서 그래?"

"넌 1층에서 기다리고 있어." 내가 칸막이 관람석의 난간 위에 오페라글라스와 팸플릿을 올려놓고 그녀에게 막 발 받침대를 괴어 주고 있을 때 그녀가 말했다.

나는 질투와 분노 때문에 쓰러질 것만 같아 벽에 몸을 기대지 않을 수 없었다. 아니다, 분노는 적절한 표현이 될 수 없다. 죽음에 대한 공포가 맞다.

나는 푸른 물결무늬 드레스를 입고 맨어깨에는 큰 흰담비 외투를 걸친 채 칸막이 관람석에 앉아 그와 마주하고 있는 그녀의 모습을 본다. 나는 두 사람이 서로를 뚫어지게 쳐다보는 것을 본다. 그들 두 사람에겐 오늘 골도니의 「파멜라」나 살비니, 마리니, 관객, 심지어 온 세상까지도 사라지고 없다. 그리고 나, 나는 지금 이 순간에 무엇인가?

오늘 그녀는 그리스 대사의 저택에서 열리는 무도회에 참석한다. 거기서 그를 만나리라는 것을 그녀는 알고 있을까?

이번에도 그녀는 지난번처럼 멋진 차림이었다. 묵직한 옅은 녹색 비단 드레스는 몸에 착 달라붙어 여신 같은 그녀의 몸매를 잘 드러내 주고 팔과 가슴은 드러나 있다. 단 하나로 쪽을 지어 올린 불타는 머리에는 하얀 수련이 피어 있고, 거기에서부터 갈대의 푸른 이파리가 느슨하게 땋은 머리와 섞이면서 목까지 드리워져 있다. 그녀에게서 흥분이나 몸서리치는 열기의 흔적은 더 이상 찾아볼 수 없다. 그녀는 차분하다. 너무나 차분해서 내 피가 굳어 버릴 것만 같다. 그녀의 눈빛에 내 심장마저도 차가워지는 것 같다. 그녀는 피곤한 듯 우아하게 느릿느릿 계단을 올라가면서 값비싼 옷이 바닥에 끌려도 아무렇지도 않은 듯한 표정으로 홀 안으로 들어간다. 수백 개의 양초에서 나오는 연기가 홀 안을 은빛 안개로 가득 채우고 있다.

잠시 나는 그녀의 뒷모습을 멍하니 쳐다본다. 그러다가 나는 그녀의 모피를 집어 든다. 나도 모르는 사이에 모피가 내 손에서 떨어져 있었다. 모피는 그녀의 어깨 체온으로 아직 따스하다. 나는 그 따스한 부위에 입을 맞춘다. 그러자 눈에 눈물이 고인다.

그가 나타난다.

검은담비 모피로 장식을 한 검은 벨벳 재킷 차림이다. 사람들의 목숨과 영혼을 가지고 노는 멋지게 생긴 당당한 폭군이다. 그는 현관에 서서 거만한 표정으로 주위를 둘러보다가 나를 발견하고는 한동안 섬뜩한 눈빛으로 노려본다.

그의 얼음같이 차가운 눈길을 보자 나는 예의 그 끔찍한 죽음과 같은 불안에 다시 사로잡힌다. 이 남자가 그녀의 넋을 빼앗고 그녀를 사로잡아 완전히 자기 손아귀에 넣을지도 모른다는, 죽음과도 같은 불안이다. 그리고 나는 야성적인 그의 모습에 수치심과 시기, 질투심을 느낀다.

그에 비해 나는 괴팍스럽고 연약하기 짝이 없는, 머리뿐인 인간에 지나지 않는다. 그리고 가장 수치스러운 것은 그를 미워하고 싶지만 그럴 수 없다는 것이다. 그는 하고많은 하인들 중에서 하필이면 왜 나를 찾아낸 것일까?

그는 감히 흉내 낼 수 없는 고상한 고갯짓으로 내게 가까이 오라고 한다. 나는 그의 고갯짓에 따른다. 그렇게 하기는 싫지만.

"내 외투 좀 받아." 그는 조용히 명령한다.

나는 격분하여 온몸을 부르르 떤다. 하지만 그가 시키는 대로 한다. 노예처럼 공손하게.

나는 열병에 걸린 듯 환각에 시달리면서 밤새도록 현관에서 기다리고 있다. 기묘한 모습들이 내 마음의 눈앞에 떠돈다. 두 사람이 서로 만나는 모습이, 그들의 첫 오랜 눈길이 보인다. 그의 품에 안겨 홀을 누비고 있는 그녀의 모습이 보인다. 황홀함에 취해, 눈을 반쯤 감고 그의 가슴에 기대어 있는 그녀의 모습이 보인다. 그가 사랑의 성전에 노예가 아닌 주인으로 의자에 앉아 있고, 그녀가 그의 발치에 있는 모습이 보인다. 내가 무릎을 꿇고 그의 시중을 드는 모습이 보인다. 내가 손에 쟁반을 들고 비틀대자 채찍을 집어 드는 그의 모습이 보인다. 하인들은 모두들 그에 대한 이야기뿐이다.

그는 여자 같은 남자다. 그는 자신이 아름답다는 것을 알고 있으며 거기에 걸맞게 행동한다. 그는 하루에도 네댓 번씩 요염한 옷으로 갈아입는다. 마치 허영에 물든 매춘부 같다.

파리에서 그는 처음엔 여자 옷을 입고 나타났는데, 그때 신사들이 그에게 구애 편지 세례를 퍼부었다. 예술적 재능과 열정 모두 뛰어난 한 이탈리아 가수는 그의 집으로 쳐들어가 자신의 청혼을 들어주지 않으면 자살을 하겠다고 위협까지 했다.

"유감입니다." 그는 미소를 지으며 대답했다. "나도 당신의 청을 들어주고 싶어요. 하지만 나로서는 당신의 사형 선고를 집행하는 수밖에는 없겠네요. 왜냐하면 나는 남자이니까요."

홀이 이미 휑하니 비었지만 그녀는 떠날 마음이 전혀 없는 것 같다.

어느새 블라인드 틈으로 아침 햇살이 비쳐 들고 있다.

마침내 그녀의 무거운 드레스가 바닥에 끌리며 사각대는 소리가 들린다. 그녀의 드레스는 그녀의 뒤편에서 마치 푸른 파도처럼 물결친다. 그녀는 그와 이야기를 나누며 한 걸음 두 걸음 다가온다.

그녀의 눈에는 나 같은 인간은 더 이상 이 세상에 존재하지도 않는 것 같다. 그녀는 내게 명령을 내리는 수고조차 할 의향이 없는 것 같다.

"옷 입는 걸 도와드려." 그가 명령한다. 그러면서도 당연히 그는 그녀를 거들어 줄 생각은 전혀 없다.

 내가 그녀에게 모피를 입혀 주고 있는 동안, 그는 팔짱을 낀 채 한쪽 편에 서 있다. 반면 내가 무릎을 꿇고서 그녀에게 목이 긴 모피 신발을 신겨 주고 있을 때, 그녀는 그의 어깨에 살짝 기대며 묻는다.

 "그 암사자는 그 뒤로 어떻게 됐나요?"

 "자기가 선택하여 함께 살고 있는 수사자가 다른 수사자의 공격을 받게 되면 말입니다." 그리스인은 말했다. "암사자는 조용히 엎드려서 그 싸움을 지켜보지요. 자기 짝이 굴복해도 도와줄 생각을 하지 않아요. 상대 수사자의 발톱 아래 자기 짝이 피를 흘리며 죽어 가도 무심히 바라볼 뿐이지요. 그러다가 승리를 한 더 강한 쪽을 따라가는 겁니다. 그게 바로 여성의 본성이지요."

 순간 나의 암사자는 기묘한 표정으로 나를 흘깃 쳐다보았다.

 두려움이 느껴졌다. 하지만 까닭을 알 수 없었다.

 붉은 새벽빛이 나와 그녀, 그리고 그 사내를 핏빛으로 물들였다.

 그녀는 곧장 잠자리에 들지 않고 무도회 의상만 벗고서 머리를 풀고는 내게 불을 지피라고 명령했다. 그러고는 벽난로 앞에 앉아 타오르는 불꽃을 응시했다.

 "혹시 더 도와드릴 일이 있나요, 주인님?" 내가 물었다. 마지막 말을 할 때는 목소리가 잘 나오지 않았다.

반다는 고개를 가로저었다.

나는 방을 나와 회랑을 지나 정원으로 내려가는 계단에 앉았다. 아르노강에서 가벼운 북풍이 상큼하고 촉촉한 기운을 담아 왔다. 멀리 푸른 언덕들이 장밋빛 안개에 싸여 있었고, 황금빛 향기가 도시와 성당의 둥근 지붕 위로 떠돌았다.

연푸른 하늘에는 몇 개의 별들이 아직도 바르르 떨고 있었다.

나는 외투를 열고 뜨거운 이마를 대리석에 기댔다. 지금까지의 모든 일이 마치 어린애들의 장난처럼 여겨졌다. 그러나 이제부터는 장난이 아니었다. 사태가 심각해지기 시작한 것이다.

나는 파국을 예상하고 있었고, 파국이 눈앞에 와 있음을 느꼈다. 손으로라도 잡을 수 있을 정도였다. 그러나 나는 파국을 맞이할 용기가 없었다. 나는 기력이 없었다. 솔직히 말해 내게 찾아올지도 모를 고통이나 번뇌, 어쩌면 내게 임박한 가혹한 학대가 나를 경악게 한 것은 아니었다.

지금 나는 두려움만 느끼고 있다. 내가 미치도록 사랑하는 그녀를 잃을지 모른다는 두려움이다. 그러나 그 두려움이 너무나 강력하고 파괴적이어서 나는 갑자기 어린애처럼 훌쩍거리기 시작했다.

그녀는 하루 종일 방에 틀어박혀 있었다. 흑인 하녀가 그녀의 시중을 들었다. 파란 하늘에 저녁 별이 반짝일 무렵 나는 그녀가 정원을 가로질러 가는 모습을 보았다. 멀리서 조심스레

모피를 입은 비너스 **177**

그녀의 모습을 좇으니 그녀는 비너스의 신전으로 들어가는 것이었다. 나는 그녀의 뒤를 살금살금 따라가 문틈으로 안을 들여다보았다.

그녀는 성스러운 여신상 앞에 마치 기도를 올리듯 손을 모으고서 서 있었다. 그리고 사랑의 별의 성스러운 빛이 푸른 빛살을 그녀의 머리 위에 비추었다.

밤새도록 침대에서 나는 그녀를 잃을지도 모른다는 불안과 절망에 심하게 시달렸다. 불안과 고통이 나를 영웅으로, 난봉꾼으로 만들었다. 나는 복도의 한 성화 밑에 걸려 있던 조그만 붉은 기름 램프에 불을 켜서 손으로 불빛을 가려 가며 그녀의 침실로 들어갔다.

암사자는 쫓기고 쫓기다 지쳐 마침내 죽은 듯이 쿠션 위에서 잠들어 있었다. 그녀는 두 주먹을 불끈 쥐고 똑바로 누워 힘겹게 숨을 쉬고 있었다. 꿈에 시달리고 있는 것 같았다. 나는 램프에서 서서히 손을 떼어 온전한 붉은 불빛으로 그녀의 얼굴을 비추어 보았다.

하지만 그녀는 깨어나지 않았다.

나는 램프를 바닥에 살며시 내려놓고서 반다의 침대 앞에 무릎을 꿇고 불타는 듯한 그녀의 부드러운 팔에 머리를 기댔다.

그녀는 움찔하기는 했지만 이번에도 깨어나지 않았다. 그토록 끔찍한 고통으로 몸이 뻣뻣이 굳은 채 한밤중에 내가 얼마나 오래 그런 자세로 있었는지는 나도 모른다.

끝내 나는 격하게 몸을 떨었다. 그리고 비로소 울 수 있었다.

눈물이 그녀의 팔에 흘렀다. 그녀는 몇 번을 움찔거리더니 마침내 벌떡 일어나 눈을 비비며 나를 쳐다보았다.

"제베린." 그녀가 소리쳤다. 화가 난 것이 아니라 놀란 목소리였다.

나는 대답을 할 수 없었다.

"제베린." 그녀는 나직이 말을 이었다. "왜 그래요? 어디 아파요?"

그녀의 목소리에서 동정과 자비와 사랑이 진하게 느껴졌다. 마치 그녀가 내 가슴을 불에 달구어진 부젓가락으로 쿡 찌르는 것만 같아 나는 훌쩍이며 울기 시작했다.

"제베린!" 그녀는 다시 말을 꺼냈다. "가엾고 불행한 친구!" 그녀의 손은 부드럽게 내 머리카락을 어루만졌다. "미안해요, 당신에게 정말 미안해요. 하지만 당신을 어떻게 도와줄 수가 없어요. 아무리 해도 당신을 치유할 방도가 없어요."

"오! 반다, 정말 그렇게 해야만 하나요?" 고통에 사무친 목소리로 내가 말했다.

"그게 무슨 말이죠, 제베린? 무슨 얘기를 하는 거죠?"

"이제 나를 눈곱만큼도 사랑하지 않나요?" 나는 말을 이었다. "이제는 내게 약간의 동정심도 느끼지 않나요? 이국의 그 아름다운 남자가 당신을 온통 차지해 버렸나요?"

"나는 거짓말을 할 줄 몰라요." 잠시 사이를 두고 그녀가 부드럽게 대답했다. "그는 내게 알 수 없는 인상을 남겼어요. 그 인상 때문에 나도 고통받고 떨고 있어요. 그런 인상을 나는 시

모피를 입은 비너스 **179**

인들의 작품이나 무대에서나 접했을 뿐 그냥 상상력의 산물 정도로만 여겨 왔어요. 오! 그 사람은 사자 같은 남자예요. 강하고 아름답고 자존심도 세고, 그렇지만 부드럽지요. 북쪽에 사는 우리 남자들처럼 거칠지 않아요. 당신에게는 참 미안해요. 내 말을 믿어요, 제베린. 하지만 나는 그 사람을 반드시 소유하고 싶어요. 내가 지금 무슨 말을 하는 거죠? 그가 나를 원한다면 나는 그의 아내가 되고 싶어요."

"지금까지 어디 하나 흠잡을 데 없이 지켜 왔던 당신의 명예를 생각해 봐요, 반다." 나는 큰 소리로 말했다. "이제 내가 당신에게 아무런 의미가 없다 해도."

"나도 그걸 생각하고 있어요." 그녀가 대답했다. "나도 될 수 있는 한 강해지고 싶어요. 하지만 나는 말이에요." 그녀는 부끄러운 듯 얼굴을 쿠션에 파묻었다. "나는 그의 아내가 되고 싶어요. 그가 나를 원하기만 한다면."

"반다!" 나는 소리를 질렀다. 다시 죽음의 공포에 사로잡혀서 나는 숨이 막혀 정신을 잃을 것 같았다. "당신은 그의 아내가 되어 영원히 그의 것이 되고 싶어 하는군요. 오! 나를 차 버리지 마요! 그 사람은 당신을 사랑하지 않는다니까요."

"누가 그런 소리를 해?" 그녀는 노여움에 버럭 소리를 질렀다.

"그는 당신을 사랑하지 않아요." 나는 격정적으로 말을 이었다. "하지만 나는 당신을 사랑해요. 당신을 사모해요. 나는 당신의 노예입니다. 나는 당신의 발에 밟히고 싶어요. 나는 당신을 내 품에 안고 인생길을 헤쳐 나가고 싶습니다."

"누가 그래, 그 사람이 날 사랑하지 않는다고!" 그녀는 격하게 내 말을 가로막았다.

"오! 내 사람이 되어 줘요." 나는 애원했다. "내 사람이 되어 줘요! 당신이 없으면 나는 더 이상 존재할 수도, 살아갈 수도 없어요. 불쌍히 여겨 줘요, 반다, 제발 자비를 베풀어 줘요!"

그녀는 나를 빤히 쳐다보았다. 또다시 그 차갑고 냉정한 눈빛이다. 예의 그 사악한 미소다.

"그 사람이 나를 사랑하지 않는다고 말하는 건가." 그녀는 조롱 조로 말했다. "그래, 좋아. 그렇게 해서 스스로를 위안해 보라고." 그렇게 말하면서 그녀는 다른 쪽을 향하더니 경멸하듯 내게서 등을 돌렸다.

"맙소사, 당신은 도대체 피와 살도 없는 여자인가요? 당신은 나처럼 심장도 갖고 있지 않은가요!" 그렇게 소리치는 동안 내 가슴은 격하게 벌름거렸다.

"네가 잘 알 텐데." 그녀는 빈정대는 투로 대답했다. "나는 돌로 된 여자라고. '모피를 입은 비너스' 네 이상형이지. 어서 무릎을 꿇고 내게 기도를 올려."

"반다!" 나는 애원했다. "자비를 베풀어 주세요!"

그녀는 웃기 시작했다. 나는 쿠션에 얼굴을 묻고 눈물을 흘렸다. 눈물로 고통이 누그러졌다.

한참 동안 침묵이 흘렀다. 이윽고 반다가 천천히 자리에서 일어났다.

"넌 나를 지루하게 만들어." 그녀가 말을 꺼냈다.

"반다!"

"난 졸려. 잠 좀 자게 내버려둬."

"자비를 베풀어 주세요." 나는 애원했다. "나를 차 버리지 마요. 이 세상에 나만큼 당신을 사랑하는 사람은 없을 거예요."

"잠 좀 자게 내버려두라니까." 그녀는 내게서 등을 돌렸다.

나는 자리에서 벌떡 일어나 그녀의 침대 옆에 걸려 있던 단도를 칼집에서 꺼내 내 가슴을 겨누었다.

"당신이 보는 앞에서 목숨을 끊겠어요." 나는 중얼거리듯 흐릿하게 말했다.

"할 테면 해 봐." 반다는 전혀 무관심한 투로 대답했다. "어쨌든 잠 좀 자게 나 좀 놔둬."

그러더니 그녀는 크게 소리를 내며 하품을 했다. "너무 졸려."

나는 잠시 돌처럼 굳은 듯 그 자리에 서 있었다. 그러다가 나는 이윽고 웃기 시작했다. 그러다가 다시 큰 소리로 울기 시작했다. 마침내 나는 단도를 나의 허리띠에 꽂고는 다시 그녀 앞에 무릎을 꿇었다.

"반다, 제발 내 말 좀 들어 봐요. 잠시만이라도." 나는 빌었다.

"난 자고 싶어! 내 말 안 들려?" 그녀는 화를 버럭 내며 자리에서 벌떡 일어나 나를 발로 걷어찼다. "내가 네 주인이라는 사실을 잊은 거야?" 내가 그 자리에서 전혀 움직이지 않자 그녀는 채찍을 들어 나를 때렸다. 나는 자리에서 일어났다. 그녀는 다시 한번 나를 때렸다. 이번에는 얼굴이었다.

"이 인간, 노예 자식!"

나는 하늘을 향해 불끈 주먹을 쥐어 보이며, 갑작스레 마음을 다잡고서 그녀의 침실에서 빠져나왔다. 그녀는 채찍을 내던지고서 큰 소리로 깔깔대며 웃기 시작했다. 연극을 하는 듯한 내 태도가 상당히 우스꽝스러웠을 것임은 충분히 상상하고도 남는다.

나를 잔인하게 대하더니 이제 와서는 그동안 노예처럼 바친 나의 모든 헌신과, 그동안 겪은 나의 모든 수모에 대한 대가로 고작 나에 대한 신의를 저버리고 배반이나 하려 하는 이 냉혈의 여인으로부터 벗어나기로 결심했다. 나는 얼마 안 되는 나의 소지품들을 보자기에 싸 놓고서 다음과 같은 편지를 그녀에게 썼다.

사랑하는 부인!

나는 당신을 미친 듯이 사랑했고, 어느 여자에게 이 세상의 어느 남자도 한 적이 없는 그런 태도로 당신에게 헌신했습니다. 그러나 당신은 더없이 신성한 나의 감정을 악용하여 나를 상대로 뻔뻔스럽기 짝이 없는 장난을 쳤습니다. 당신이 그저 잔인하게 그리고 무자비하게만 나왔어도 나는 당신을 사랑했을 것입니다. 하지만 이제 당신은 천박해지기 시작했습니다. 나는 이제 더 이상 당신에게 짓밟히고 채찍이나 맞는 노예가 아닙니다. 당신 스스로 내게 자유를 되돌려주었습니다. 그래서 이제 나는 증오할 뿐이며 또 경멸할 따름인 그 여인을 떠납니다.

제베린 폰 쿠지엠스키

나는 이 글을 흑인 하녀에게 건네주고 될 수 있는 한 서둘러 그곳에서 도망쳤다. 나는 가쁜 숨을 몰아쉬며 기차역에 도착했다. 그때 나는 가슴에 날카로운 통증을 느낀다. 나는 멈추어 서서 울기 시작한다. 오! 얼마나 치욕적인 일인가. 도망치고 싶지만 도망칠 수 없으니. 나는 발길을 돌린다. 어디로? 그녀에게로. 내가 혐오하면서도 사모하는 그녀에게로.

나는 다시 생각해 본다. 돌아갈 수는 없는 일이다. 돌아가서는 안 된다.

하지만 어떻게 피렌체를 떠날 수 있겠나? 내 수중에 돈이 없다는, 단 한 푼도 없다는 사실이 떠올랐다. 그렇다면 걸어서 가야 한다. 첩이 주는 빵을 먹느니 차라리 정직하게 구걸을 하는 편이 낫다.

그러나 나는 떠날 수 없다.

그녀에게 언약을 하고 맹세를 하지 않았던가. 나는 돌아가야 한다. 그녀는 나를 맹세로부터 풀어 줄 거야.

몇 걸음 성큼성큼 걸어가다가 나는 다시 발걸음을 멈춘다. 나는 그녀에게 약속을 하고 맹세를 한 몸. 그녀가 원하는 한 나는 그녀의 노예라고. 그녀가 내게 직접 자유를 허락할 때까지는. 그래도 나는 자살할 수는 있다.

나는 카시네 공원을 가로질러 아르노강으로 내려간다. 그 누런 물결이 단조롭게 철썩대며 몇 그루 외로운 버드나무를 씻겨 주는 그 맨 아래쪽까지. 그곳에 앉아 나는 지금까지의 생을 다시 한번 되새겨 본다. 내 인생의 모든 장면들을 떠올려 본다. 그러고 보니 너무나 비참하기 짝이 없다. 몇 안 되는 기쁨, 한없이 늘어선 그렇고 그런 일들과 무가치한 것들, 그 사이에 수없이 흩뿌려진 고통과 번뇌, 불안, 실망, 좌절된 희망, 원한, 걱정과 슬픔 들.

나는 어머니를 생각했다. 내가 그토록 사랑했건만 끔찍한 병에 걸려 서서히 죽어 가는 것을 지켜볼 수밖에 없었던 어머니였다. 그리고 생의 술잔에 입술도 대 보지 못한 채 행복과 기쁨의 기대로 가득했던 인생의 꽃피는 청춘기에 죽은 내 형을 생각했다. 세상을 뜬 나의 유모와 내 어린 시절의 동무들, 나와 함께 노력하고 공부했던 친구들, 이제는 차갑고 무심한 죽은 땅속에 묻혀 있는 그들 모두를 생각했다. 자기 짝이 아닌 내게 구구 하며 인사를 보냈던 멧비둘기를 생각했다. 모두 돌아갔다. 먼지에서 먼지로.

나는 큰 소리로 웃어 젖히고서 강물 속으로 미끄러지듯 들어간다. 그러나 그 순간 나는 누런 물결 위로 늘어져 있는 버드나무 가지를 꽉 붙잡는다. 그리고 나는 나를 비참하게 만들었던 그 여자를 내 눈앞에 떠올린다. 그녀는 햇빛에 반사되어 투명해진 모습으로 수면 위를 떠다닌다. 머리와 목 주위에는 붉은 불꽃이 인다. 그녀는 나를 쳐다보며 미소를 짓는다.

    나는 다시 돌아왔다. 몸에서 물방울을 떨어뜨리며, 온통 젖은 몸으로 그리고 수치심과 열로 달아오른 얼굴로. 흑인 하녀는 이미 내 편지를 전달했다. 나는 이제 끝장이다. 내게 모욕을 당한, 심장도 없는 여인의 손아귀에 있다.

    그래, 그녀의 손에 죽자. 내 손으로 직접 할 수 없으니. 더 이상 살고 싶지도 않다.

    집 주위를 빙빙 돌다 보니, 그녀는 난간에 기댄 채 회랑에 서 있다. 그녀의 얼굴에는 햇살이 가득하고, 그녀의 푸른 눈은 반짝인다.

    "아직 살아 있어?" 그녀는 움직이지 않은 채 말한다. 나는 머리를 가슴에 떨어뜨리고서 아무 말도 하지 않고 서 있다.

    "내 단도를 돌려줘." 그녀는 이어 말한다. "네게는 아무 쓸모없는 물건이야. 넌 스스로 목숨을 끊을 만한 용기도 없는 인간이니까."

    "내 수중에 없습니다." 나는 추위서 몸을 떨면서 대답했다.

    그녀는 거만하고 조롱 섞인 눈길로 나를 훑어본다.

    "아르노강에서 잃어버렸어?" 그녀는 어깨를 으쓱한다. "그건 상관없어. 그런데 왜 안 떠난 거야?"

    나는 나 자신도, 그리고 그녀도 알아들을 수 없는 무슨 말을 중얼거린다.

    "그래! 돈이 없어서 그랬군." 그녀는 소리쳤다. "자!" 그러더니 그녀는 말할 수 없이 경멸적인 제스처를 해 가며 내게 그녀의 지갑을 던졌다.

나는 지갑을 줍지 않았다.

우리는 한참 동안 아무 말도 하지 않았다.

"떠나기 싫다는 얘긴가?"

"떠날 수 없습니다."

반다는 카시네에 갈 때 나를 데려가지 않는다. 극장에 갈 때도 그렇다. 손님들도 직접 맞이하고, 흑인 하녀가 그녀의 시중을 든다. 아무도 내 안부를 묻지 않는다. 나는 주인을 잃어버린 짐승처럼 불안스레 정원을 맴돈다.

나는 덤불숲에 누워 낟알 하나를 놓고 싸우는 참새들을 구경하고 있다.

그때 갑자기 여자의 드레스 스치는 소리가 들린다.

반다가 다가온다. 검은 비단 드레스를 입고 정숙하게 목까지 단추를 채우고서. 그녀와 함께 그 그리스 남자도 온다. 그들은 열띤 대화를 나누고 있다. 하지만 한 마디도 알아들을 수가 없다. 이번엔 그가 발을 쾅쾅 구른다. 그 바람에 조약돌이 사방으로 흩어진다. 그러더니 그는 승마용 채찍으로 허공을 가른다. 반다는 움찔 놀란다.

혹시라도 그가 때릴까 봐 두려워하는 걸까?

벌써 그런 사이까지 되었나?

그는 그녀를 떠났다. 그녀는 그를 부르지만 그는 듣지 않는다. 듣고 싶어 하지 않는다.

반다는 슬프게 고개를 가로젓고는 가까운 돌 벤치에 앉는다. 그녀는 오랫동안 생각에 잠겨 있다. 나는 그녀의 모습을 깨소금 맛으로 바라보고 있다가 마침내 용기를 내서 히죽대며 그녀 쪽으로 걸어간다. 그녀는 벌떡 일어나 온몸을 떤다.

"그냥 축하 인사나 드리려고 온 겁니다." 허리를 굽혀 인사를 하며 내가 말한다. "보니까, 부인. 마침내 당신의 주인님을 찾으셨군요."

"그래, 다 하느님 덕분이야!" 그녀는 소리친다. "노예를 새로 쓸 생각은 없어. 노예는 이제 충분하니까. 이제 주인이 필요해. 여자는 주인이 있어야 해. 그래서 그 주인을 숭배해야 하는 거야."

"그러니까 당신은 그 사람을 숭배한다는 말이군요, 반다!" 나는 소리를 버럭 질렀다. "그 야수 같은 남자를 말입니다."

"이 세상에 태어나서 여태껏 그렇게 사랑한 남자는 없었어."

"반다!" 나는 두 주먹을 불끈 쥐었다. 그러나 어느새 내 눈에서는 눈물이 흘렀고, 열정의 소용돌이가 나를 휘감았다. 그것은 달콤한 광기 같은 것이었다. "좋아요, 그 남자를 택하세요. 신랑으로 삼아요. 그가 당신의 주인이 된다면 나는 살아 있는 동안 당신의 노예로 남겠어요."

"그래도 내 노예로 남겠다고?" 그녀가 말했다. "그거 정말 재미있겠군. 하지만 그 사람이 그걸 용납하지 않을 것 같은데?"

"그가 말인가요?"

"그래, 그는 벌써부터 너를 질투하고 있거든!" 그녀는 큰 소리로 말했다. "그가 너를 말이야! 그 사람은 내게 너를 당장 해고하라고 했어. 그리고 그에게 네가 누구인지 이야기해 주니까……"

"그에게 이야기를 했다고요?" 나는 깜짝 놀라며 그 말을 반복했다.

"다 이야기해 주었어." 그녀가 대답했다. "우리와 관련된 이야기를 다 들려주었지. 너의 그 기묘한 성격까지 말이야. 모든 것을. 그랬더니 그는 웃기는커녕 화를 버럭 내면서 발을 구르더군."

"그러면서 당신을 때릴 기세가 아니던가요?"

반다는 바닥을 내려다보며 침묵했다.

"알겠어요, 알겠어." 나는 조롱과 쓸쓸함이 섞인 어투로 말했다. "당신은 그를 두려워하고 있어요, 반다!" 나는 그녀의 발밑에 무릎을 꿇고서 얼른 그녀의 무릎을 감싸 쥐었다. "당신에게 아무것도 원하지 않겠어요. 아무것도. 다만 언제나 당신 곁에 있게 해 주세요! 당신의 노예로! 나는 당신의 개가 되고 싶어요."

"네가 나를 지겹게 만들고 있다는 걸 알아?" 반다는 냉담하게 말했다.

나는 벌떡 일어났다. 내 안의 모든 것이 부글부글 끓어올랐다.

"이제 당신은 더 이상 잔인하지 않아요. 지금의 당신은 천박할 뿐입니다!" 나는 낱말 하나하나에 힘을 주어 또박또박 말했다.

"그 말은 이미 네 편지에서도 했던 거야." 거만하게 어깨를 으쓱하며 반다가 말했다. "머리가 좋은 사람은 똑같은 말을 반복하지 않아."

"나를 대하는 당신의 태도." 나는 소리를 버럭 질렀다. "그걸 뭐라고 부를 건가요?"

"너를 혼낼 수 있어." 그녀는 조롱 섞인 목소리로 말했다. "이번에는 채찍보다 몇 가지 이유로 대답해 주고 싶어. 너는 나를 비난할 권리가 없어. 나는 너한테 언제나 솔직하지 않았어? 너한테 벌써 여러 번 경고를 하지 않았어? 나는 너를 진심으로, 아니 열정적으로 사랑하지 않았어? 내게 너의 모든 것을 맡기고 내 앞에 무릎을 꿇는 것은 위험하다는 사실을 네게 비밀에 부쳤었나? 아니, 내가 오히려 한 남자의 지배를 받고 싶어 한다는 것을 비밀에 부친 적이 있었나? 그런데도 너는 내 노리갯감이 되고 싶어 했어, 내 노예가 말이야! 잔인하고 거만한 여자의 발길질과 채찍 맛을 보는 게 네겐 최고의 기쁨이었지. 자, 이제 뭘 원하는 거야?

내 안에는 위험스러운 소질들이 잠들어 있었어. 그런데 그것들을 깨워 놓은 게 바로 너야. 지금 내가 너를 괴롭히고 학대하면서 쾌감을 느낀다면 그것은 오로지 네 책임이야. 나를 지금의 나로 만들어 놓은 것은 너니까. 나를 비난하려 들다니, 넌 아직도 남자답지 못하고 유약한 형편없는 인간이야."

"그래요, 다 내 책임입니다." 나는 말했다. "하지만 그 대가를 충분히 치르지 않았나요? 그러니 이제 그만하고 이 잔인한 놀이를 끝내기로 해요."

"나도 그러길 원해." 그녀는 기묘하고 사악한 눈빛을 띠며 대답했다.

"반다!" 나는 격하게 소리쳤다. "나를 극단으로 몰아가지 마요. 나도 다시 남자로 돌아왔어요."

"짚불에 불과해." 그녀가 대답했다. "한순간 요란하게 타올랐다가 이내 꺼지고 마는 짚불 말이야. 나를 협박할 수 있다고 생각하는 모양인데 그러다가 너만 우스워질 뿐이야. 내가 너를 처음 보았을 때의 그 모습처럼 네가 진지하고 사려 깊고 엄격함을 갖춘 남자였다면 나는 너만을 사랑하며 너의 아내가 되었을 거야. 여자란 무릇 우러러볼 만한 남자를 원하거든. 자진해서 여자의 발밑에 목이나 갖다 대는 너 같은 남자야 실컷 가지고 놀다가 싫증이 나면 내동댕이치는 노리갯감에 불과해."

"나 좀 내동댕이쳐 주실래요." 나는 비꼬는 투로 말했다. "어떤 노리갯감은 위험스럽지요."

"나한테 싸움 걸지 마." 반다는 큰 소리로 말했다. 그녀의 눈빛은 반짝이기 시작했고, 뺨은 붉게 물들었다.

"내가 당신을 가질 수 없다면." 나는 분노로 목이 멘 목소리로 이어 말했다. "아무도 당신을 가져서는 안 돼요."

"어떤 연극에 나오는 대사지?" 그녀는 조롱 조로 말했다. 그러더니 그녀는 내 가슴을 움켜잡았다. "싸움 걸지 말랬지?" 그녀는 말을 이었다. "나는 원래 잔인한 여자가 아니야. 하지만 내가 얼마나 잔인해질지는 나 자신도 몰라. 일단 잔인해지면 그 뒤로 내게 한계가 있는지 없는지도 몰라."

"그 남자를 당신의 애인, 당신의 남편으로 삼는 것 이상의 잔인한 짓을 내게 할 수 있을까요?" 점점 더 분노로 이글거리며 내가 대답했다.

"너를 그의 노예로 삼을 수도 있어." 그녀가 잽싸게 대꾸했다. "넌 이미 내 손아귀에 있는 게 아닌가? 내 손에 계약서도 있을 텐데? 넌 내가 이런 식으로 해도 정말 즐거워할 거야. 내가 그 사람에게 너를 묶으라 하고 이렇게 말해도 말이야. '자, 이 친구를 당신 하고 싶은 대로 하세요.'라고."

"이 여편네가! 당신 미쳤어?" 나는 소리를 질렀다.

"나는 정신이 온전해." 그녀는 태연스레 말했다. "이제 마지막으로 경고하겠어. 더 이상 대들지 마. 여기까지 왔는데 한 걸음 더 나아가는 것은 아무것도 아니지. 나는 너한테 증오심 같은 것을 느끼고 있어. 당장이라도 네가 그 사람 손에 죽도록 채찍질당하는 꼴을 보고 싶어. 그래도 내가 참고 있는 거야. 그래도……"

나는 더 이상 참을 수가 없어 그녀의 손목을 움켜쥐고서 힘껏 그녀를 바닥에 밀쳐 내 앞에 꿇어앉혔다.

"제베린!" 그녀는 소리쳤다. 그녀의 얼굴에는 분노와 놀라움이 서렸다.

"그놈의 마누라가 되는 날엔 난 널 죽여 버릴 거야." 나는 협박했다. 그 말을 내뱉는 내 목소리는 잠겼고 둔탁했다. "넌 내 거야. 널 내줄 수 없어. 난 너를 너무나 사랑해." 그러면서 나는 그녀를 꽉 붙잡아 내 쪽으로 꼭 끌어안았다. 그리고 오른손으로는 아직 내 허리띠에 꽂혀 있던 단도를 움켜잡았다.

반다는 크고 차분하고 신비스러운 눈동자로 나를 빤히 올려다보았다.

"그렇게 하는 모습이 마음에 들어요." 그녀는 침착하게 말했다. "이제야 당신은 남자예요. 이 순간 내가 아직 당신을 사랑하고 있음을 알 것 같아요."

"반다." 나는 너무나 기쁜 나머지 눈물을 흘렸다. 나는 그녀에게 허리를 구부려 그녀의 매혹적인 얼굴에 키스를 퍼부었다. 그녀는 갑자기 짓궂게 큰 웃음을 터뜨리며 소리쳤다.

"이것으로 당신의 이상형을 맛볼 만큼 실컷 맛보았나요? 나한테 만족했어요?"

"뭐라고?" 나는 더듬거렸다. "그러면 지금까지 당신의 진심이 아니었다는 말인가."

"이건 내 진심이에요." 그녀는 밝은 목소리로 말을 이었다. "당신을, 당신만을 사랑한다는 거. 그런데 당신, 어리고 착한 바보는 그 모든 게 장난이고 놀이였다는 걸 눈치채지 못했어요. 당신의 얼굴을 양손으로 잡고서 당신에게 막 키스를 퍼부어 주고 싶을 때 당신에게 채찍질을 한다는 게 얼마나 힘든 일이었는지 당신은 전혀 눈치채지 못했어요. 이제 그걸로 충분하죠,

그렇죠? 나는 내가 맡은 잔인한 역할을 당신이 기대했던 것보다 훨씬 잘 수행했다고 생각해요. 자, 이제 당신은 귀엽고 착하고 영리하면서도 조금은 매력적인 마누라를 갖는 것에 만족하겠죠, 아닌가요? 이제는 아주 정상적으로 살고 싶어요."

"내 아내가 되겠다는 말이군요!" 나는 행복감에 넘쳐 소리쳤다.

"그래요. 당신의 아내가 되겠어요, 내 사랑하는 남편님." 반다는 내 손에 키스를 하면서 속삭였다.

나는 그녀를 일으켜 세워 내 가슴에 끌어안았다.

"자, 이제 당신은 더 이상 나의 노예 그레고르가 아니에요." 그녀가 말했다. "이제 당신은 다시 사랑하는 나의 제베린, 내 남편이에요."

"그러면 그 남자는? 그 사람을 사랑하지 않는다는 말인가요?" 나는 흥분해서 물었다.

"어떻게 내가 그런 야만인을 사랑할 걸로 생각하세요? 당신은 완전히 넘어갔었어요. 그래서 당신이 사실 걱정되었어요."

"당신 때문에 하마터면 목숨을 끊을 뻔했어요."

"정말요?" 그녀는 소리쳤다. "아! 당신이 아르노강 안으로 걸어 들어갔었다는 생각만 해도 나는 몸이 떨려요."

"그래도 당신이 나를 구해 주었잖아요." 나는 다정한 목소리로 말했다. "당신은 물 위에 떠서 미소를 지었어요. 당신의 미소가 나를 삶 속으로 다시 불러냈어요."

정말 묘한 느낌이다. 지금 그녀를 내 품에 안고 있다니. 그녀는 내 품에 안겨서 아무 말도 하지 않고 나의 키스에 미소만 보낼 뿐이다. 나는 마치 열병에 걸린 듯한 몽상에서 갑자기 깨어난 것만 같다. 아니면 배가 난파를 당하는 바람에 며칠 동안 금세라도 삼킬 듯이 덤벼드는 파도와 싸우다가 마침내 파도에 쓸려 뭍에 다다른 사람 같다.

"당신이 불행을 겪었던 이 피렌체가 나는 싫어요." 내가 잘 자라는 인사를 할 때 그녀가 말했다. "당장 이곳을 떠나고 싶어요. 내일 당장이라도. 나 대신 편지 좀 몇 통 써 줄래요? 당신이 그 일을 하는 동안 나는 시내에 가서 작별 인사 좀 하고 올게요. 괜찮겠죠?"

"그야 물론이죠. 내 사랑하는, 착하고 아름다운 아내여."

그녀는 다음 날 이른 아침에 내 방문을 두드리며 내게 잘 잤느냐는 인사를 건넸다. 다정한 그녀의 모습은 정말 내 가슴을 두근거리게 했다. 그녀에게 그렇게 다정한 면이 있으리라고는 전혀 생각해 보지 못했다.

그녀가 외출한 지 네 시간이 넘었다. 나는 그녀가 부탁한 편지들을 이미 다 끝내 놓고 회랑에 앉아 그녀의 마차가 보일까 하여 자꾸만 길 쪽을 바라본다. 마음 한쪽 구석이 불안하다. 사실 그렇게 의심하거나 두려워할 이유는 전혀 없지만 자꾸만 뭔가 불안하여 거기서 헤어 나올 수가 없다. 어쩌면 지난날의 고통이 그대로 남아 아직까지 내 영혼에 그림자를 던지고 있는 건지도 모른다.

그녀가 돌아왔다. 행복감과 만족감으로 환한 얼굴을 하고.

"모든 일이 원한 대로 잘되었나 보군요." 나는 그녀의 손에 다정하게 입을 맞추며 물었다.

"그래요, 내 사랑." 그녀가 대답했다. "오늘 밤에 떠날 거예요. 트렁크 꾸리는 것 좀 도와줘요."

저녁 무렵 그녀는 내게 직접 마차를 몰고 우체국에 가서 그녀의 편지를 부치고 오라고 부탁했다. 나는 그녀의 마차를 몰고 갔다가 한 시간 뒤에 돌아왔다.

"주인님이 찾으세요." 넓은 대리석 계단을 올라가고 있는 내게 흑인 하녀가 미소 띤 얼굴로 말한다.

"누가 왔었나?"

"아무도 안 왔었어요." 그녀는 그렇게 대답하고는 한 마리 검은 고양이처럼 계단 위에 쭈그리며 앉는다.

나는 천천히 홀을 지나 그녀의 침실 문 앞에 와서 섰다.

왜 이리 가슴이 뛰는 걸까? 나는 이렇게 행복한데.

나는 살며시 문을 열며 문간의 커튼을 젖힌다. 반다는 안락의자에 앉아 있다. 내가 들어온 것을 알지 못하는 것 같다. 굴곡이 잘 드러나도록 그녀의 멋진 몸매에 착 달라붙으면서 그녀의 훌륭한 가슴과 두 팔을 잘 보여 주는 은회색 드레스를 입은 그녀의 모습은 얼마나 아름다운가. 그녀의 머리카락은 위로 틀어 올려져 검은 리본으로 묶여 있었다. 벽난로에서는 불이 활활 타고 있고, 램프는 붉은빛을 던져 방 전체가 피로 물든 것처럼 보였다.

"반다!" 마침내 내가 입을 뗀다.

"오, 제베린!" 그녀는 기뻐하며 소리친다. "얼마나 기다렸는지 아세요?" 그녀는 벌떡 일어나 나를 끌어안는다. 그녀는 다시 푹신한 쿠션 사이에 앉더니 나를 자기 쪽으로 끌어당기려 한다. 그러나 나는 슬며시 그녀의 발 쪽으로 내려앉으며 머리를 그녀의 품에 묻는다.

"있잖아요, 난 오늘 정말 당신에게 반했어요." 그녀는 그렇게 속삭이며 내 이마 위에 흩어져 있던 머리카락 몇 올을 쓸어 올리고 내 눈에 입을 맞춘다.

"당신의 눈은 정말로 아름다워요. 내 마음을 사로잡은 것은 바로 그 눈이에요. 오늘따라 그 눈이 나를 정말 취하게 만드는군요. 나는 쓰러질 것만 같아요." 그녀는 매력적인 팔다리를 쭉 뻗고는 붉은 속눈썹 사이로 나를 다정스레 바라본다.

"그런데 당신은 말이에요, 당신은 차가워요. 당신은 나를 나무토막처럼 생각해요. 잠깐만 기다려 봐요. 사랑의 불로 당신을 자극할 테니!" 그녀는 그렇게 외치더니 다시 내 입술에 매달려 온갖 애무를 다 한다.

"내게서 이젠 매력을 못 느끼나 봐요. 아무래도 다시 잔인하게 나가야 할 것 같군요. 오늘은 당신한테 너무 친절했던 것 같아요. 이것 보세요, 바보님. 잠시 채찍질을 좀 해야겠어요."

"하지만 내 사랑……"

"나는 그렇게 하고 싶은걸요."

"반다!"

"자, 몸을 묶을게요." 그녀는 그렇게 말하면서 즐겁게 방 안을 이리저리 뛰어다녔다. "나는 당신이 정말 사랑에 빠진 모습을 보고 싶어요, 알겠어요? 여기 밧줄도 있어요. 아직도 제대로 해낼 수 있을까?"

그러더니 그녀는 먼저 내 발을 묶고 이어서 두 손을 등 뒤로 돌려 묶었다. 그러고 나서는 무슨 범법자를 다루듯이 내 양팔에 오랏줄을 칭칭 동여맸다.

"자." 그녀는 유쾌하게 말했다. "그래도 몸을 움직일 수 있어요?"

"아뇨."

"그럼 됐어요."

이어서 그녀는 튼튼한 밧줄 하나로 갈고리 모양을 만들어 내 머리에 씌운 후 내 허리 있는 데까지 내려 꽉 조이더니 나를 기둥에 묶었다.

순간 나는 묘한 전율을 느꼈다.

"처형이라도 당하는 듯한 느낌이네요." 내가 나직이 말했다.

"오늘 한번 제대로 채찍 맛을 보게 될 거예요!" 반다가 소리쳤다.

"하지만 당신은 모피 재킷을 입도록 해요." 내가 말했다. "부탁이에요."

"그 정도의 기쁨이야 얼마든지 드릴 수 있지요." 그녀는 그렇게 대답하고는 재킷을 꺼내 와 미소 띤 얼굴로 입었다. 이윽고 그녀는 팔짱을 끼고서 내 앞에 서서 실눈을 뜨고서 나를 쳐다보았다.

"디오니시우스의 황소 이야기에 대해 들어 본 적이 있나요?" 그녀가 물었다.

"기억이 가물가물하군요. 그런데 그게 어쨌다는 거죠?"

"아첨 잘하는 한 신하가 그 시라쿠사의 폭군을 위해 새로운 고문 기구를 고안해 냈어요. 말하자면 쇠로 만든 황소인데, 그 안에다 사형 선고를 받은 사람을 집어넣고 활활 불을 지피는 거지요. 쇠로 된 황소가 달구어지기 시작하고 그 안의 사형수가 고통을 못 이겨 절규하면 그 사람의 목소리가 꼭 황소가 울부짖는 소리처럼 들린다는 거예요.

디오니시우스는 그 장치를 고안해 낸 사내를 향해 미소를 짓더니 당장 그 자리에서 그 도구를 시험해 보기 위해 그 사내를 가장 먼저 쇠로 만든 황소 안에 집어넣으라고 명했어요.

이 이야기는 참으로 교훈적이에요.

내게 이기심, 당돌함, 잔인함 같은 속성을 주입해 준 사람은 바로 당신이었어요. 그러니 당신이 마땅히 그 첫 희생자가 되어야 해요. 나는 정말 지금 쾌감을 느끼고 있어요. 나와 다름없이 생각도 하고 느낄 줄도 알고 욕망도 있는 사람을, 아니 정신과 육체 면에서는 오히려 나보다 강한 사람을 내 손아귀에 쥐고 학대할 수 있다니 말이에요. 특히 나를 사랑하는 남자를 말이에요. 아직도 나를 사랑하세요?"

"미칠 만큼요."

"그거 잘됐네요." 그녀가 대답했다. "그럴수록 당신은 내가 지금부터 당신을 상대로 하는 일에서 더 많은 쾌감을 맛볼 수 있어요."

"왜 그러는 거죠?" 내가 물었다. "알 수가 없군요. 오늘 당신 눈은 정말로 잔인함 같은 기운으로 번뜩여요. 당신은 묘한 아름다움을 풍기고 있어요. 완전 '모피를 입은 비너스' 같군요."

반다는 대답 대신 양팔로 내 목을 감고서 내게 키스했다. 순간 다시 터질 듯한 열정의 광기가 나를 사로잡았다.

"자, 채찍은 어디 있죠?" 내가 물었다.

반다는 웃으면서 두 걸음 뒤로 물러섰다.

"정말로 흠씬 두들겨 맞고 싶어요?" 그녀는 거만하게 머리를 뒤로 젖히면서 소리쳤다.

"그래요."

일순간에 반다의 얼굴은 완전히 변했다. 마치 분노로 일그러진 듯했다. 한순간 그녀는 추해 보이기까지 했다.

"자, 채찍으로 저자를 후려쳐요!" 그녀는 큰 소리로 외쳤다.

그 순간 잘생긴 그 그리스 남자가 그녀의 침대 커튼을 젖히고서 검은 곱슬머리를 내밀었다. 나는 처음엔 도무지 말이 나오지 않아 멍하니 있었다. 상황이 너무 우스꽝스러웠다. 동시에 내가 처한 처지가 그렇게 절망적으로 서글프거나 굴욕적이지만 않았다면 나는 그 상황을 그냥 크게 웃어넘겼을 수도 있다.

이어 내 상상력을 초월하는 일들이 벌어졌다. 나의 연적은 승마용 장화에 몸에 꽉 끼는 바지와 벨벳 재킷 차림으로 침대

쪽에서 걸어왔다. 나의 시선이 운동으로 단련된 그의 몸에 가서 고정되었을 때 내 등줄기에는 식은땀이 흘렀다.

"정말로 잔인하시군요." 그 남자는 반다를 쳐다보며 말했다.

"단지 쾌락을 추구할 뿐이에요." 그녀는 익살스럽게 대답했다. "쾌락만이 우리의 인생을 가치 있게 해 줘요. 쾌락을 추구하는 사람은 생과 쉽게 작별하지 않아요. 반면에 고통과 궁핍에 시달리는 사람은 죽음을 마치 친구처럼 받아들이지요. 그러나 쾌락을 추구하고자 하는 사람은 생을 밝게 받아들여야 해요. 고대 그리스 사람들이 그랬듯이 말이에요. 남을 희생해서라도 쾌락을 즐기는 일을 주저해서는 안 돼요. 결코 동정심을 가져서도 안 돼요. 남들을 자기 마차에, 자기 쟁기에 마치 짐승처럼 붙들어 매야 해요. 자기와 다를 것 없이 느낄 줄 알고 즐기고 싶어 하는 인간들을 자신의 쾌락을 위해 자신의 노예로 만들고 이용할 줄 알아야 해요. 일말의 후회의 감정도 없이요. 그러다가 그들이 죽는 건 아닌지 하는 따위는 신경 쓸 필요도 없어요. 여기서 한 가지 염두에 두어야 할 것이 있어요. 즉 내가 그들을 손아귀에 넣듯이 만약 그들이 나를 그렇게 할 수 있다면 그들 역시 나와 똑같은 식으로 행동할 것이며 나 역시 그들의 쾌락을 위해 나의 땀과 나의 피와 나의 영혼을 바쳐야 한다는 것이죠. 이게 바로 고대 그리스 사람들의 세계였어요. 쾌락과 잔인함, 자유와 예속은 늘 함께 있었던 것이지요. 올림포스산의 신들처럼 살기를 원하는 사람들은, 물고기 연못에 던져 버릴 수 있는 노예들과 그들이 연회를 즐기는 동안 싸움을 할 검투사들이 있어야 해요. 그리고 어쩌다 자기들한테 피가 튀어도 괘념할 필요가 없어요."

그녀의 말을 듣는 순간 나는 정신이 번쩍 들었다.

"이거 당장 풀지 못해!" 나는 화가 치밀어 소리쳤다.

"넌 내 노예가, 내 소유물이 아니던가?" 반다가 대답했다. "꼭 계약서를 보여 줘야 하나?"

"당장 풀지 못해!" 나는 큰 소리로 위협했다. "안 그러면……." 나는 밧줄을 당겨 보았다.

"혹시 저 사람이 밧줄을 푸는 건 아닐까요?" 그녀가 물었다. "나를 죽이겠다고 위협하는데요."

"신경 쓸 거 없어요." 그리스 남자는 내 밧줄을 확인하며 말했다.

"사람 살리라고 소리칠 거야." 내가 다시 말을 꺼냈다.

"들어줄 사람 아무도 없을 텐데." 반다가 대꾸했다. "그리고 아무도 날 방해하지 못해. 네 그 신성한 감정을 다시 이용해서 너를 가지고 한번 질펀하게 즐기는 것을 말이야." 그녀는 그렇게 말을 이었다. 그녀는 내가 쓴 편지 구절을 악마처럼 조롱하는 투로 다시 반복했다.

"지금 이 순간 내가 그냥 잔인하고 무자비하다고 생각해, 아니면 천박해지고 있다고 생각해? 아직도 나를 사랑해, 아니면 나를 미워해? 나를 경멸하나, 이제? 채찍 여기 있어요." 그녀는 그리스 남자에게 채찍을 건넸다. 그러자 그는 내 쪽으로 성큼성큼 걸어왔다.

"하지 마!" 나는 분노로 부들부들 몸을 떨며 소리쳤다. "당신은 그럴 자격 없어."

"내가 모피를 안 입어서 그러는가 보군요." 그리스 남자는 능청스러운 미소를 지으며 침대에 놓여 있던 자신의 짧은 담비 외투를 집어 들었다.

"당신은 정말 멋져요!" 반다는 그렇게 소리치면서 그에게 키스를 하고서 모피를 입혀 주었다.

"정말 때려도 될까요?" 그가 물었다.

"당신 원하는 대로 다 해도 돼요." 반다가 대답했다.

"이런 짐승 같은 놈!" 나는 격분하여 내뱉었다.

그리스 남자는 차가운 호랑이 같은 눈빛으로 나를 쏘아보며 채찍을 시험해 보았다. 채찍을 뒤로 젖혔다가 휙 하고 공기를 가를 때 그의 근육이 불거졌다. 나는 마르시아스처럼 꽁꽁 묶인 채 아폴론이 내 가죽을 벗기려는 모습을 지켜봐야 했다.

나의 눈길은 방 안을 두리번거리다가 천장에 가서 멈추었다. 거기엔 삼손이 델릴라의 발치에서 블레셋 사람들에 의해 눈이 파내지는 장면이 있었다. 그 순간에 그 그림은 내겐 하나의 상징처럼 여겨졌다. 남자가 여자에게 갖는 열정과 욕망과 사랑의 영원한 비유 같았다. '우리는 누구나 결국에 가서는 삼손처럼 되는 거다.' 나는 생각했다. '결국에 가서는 싫든 좋든 자기가 사랑하는 여자에게 배반당하기 마련이다. 그 여자가 무명 코르셋을 입었든, 아니면 담비 모피를 입었든 간에.'

"자, 잘 봐요." 그리스 남자가 소리쳤다. "이자를 내가 어떻게 길들이는지." 그는 이를 악물었고, 얼굴에는 피에 굶주린 듯한 표정이 감돌았다. 그를 처음 본 순간 나를 기겁하게 만들었던 그 표정이다. 이어서 그는 나를 때리기 시작했다. 너무나 무자비하고 무서웠다. 그가 때릴 때마다 나는 몸을 움찔하며 고통에 온몸을 떨었다. 눈물이 뺨을 타고 흘러내렸다. 그동안 반다는 모피 재킷을 입고 안락의자에 앉아 턱을 괴고서 호기심 가득한 사악한 눈빛으로 구경하며 배꼽을 잡고 웃었다.

사랑했던 여인이 보는 앞에서 자신의 사랑을 빼앗아 간 연적에게 두들겨 맞는 느낌은 도저히 글로 표현할 수가 없다. 굴욕감과 절망감에 나는 거의 미칠 지경이었다.

가장 굴욕적이었던 것은 무엇보다 내가 아폴론에게 매질을 당하고 나의 비너스의 잔인한 웃음소리를 들어야 하는 비참한 상황 속에서 처음에는 환상적이고 극히 감각적인 짜릿한 맛을 느꼈다는 사실이다. 그러나 한 대 두 대 계속되는 아폴론의 매질은 내게서 시적인 낭만을 몰아내 버렸다. 그러다 마침내 나는 옴짝달싹할 수 없는 분노 속에서 이를 악물고서 나 자신과 육욕에 치우친 나의 상상력과 여자와 사랑을 향해 저주를 퍼붓기 시작했다.

돌연 나는 끔찍할 정도로 분명하게 홀로페르네스와 아가멤논 이후로 눈먼 열정과 욕망이 남자들을 어디로 이끌었는지를 깨달았다. 그것은 바로 배반하는 여자의 덫, 그물 속이고, 고난과 예속과 죽음이다.

나는 꼭 꿈에서 깨어난 것 같았다.

채찍을 맞은 곳에서는 어느새 피가 흘렀다. 나는 사람의 발에 밟힌 지렁이처럼 꿈틀댔다. 그러나 그는 인정사정없이 매질을 계속해서 해 댔고, 그녀는 인정머리 없이 계속해서 깔깔대고 웃었다. 그러면서 그녀는 트렁크를 챙기고 여행용 모피를 입더니 여전히 깔깔대며 그의 팔에 안겨 계단을 내려가 마차에 올랐다.

잠시 사위가 조용했다.

나는 숨도 쉬지 않고 엿들었다.

그제야 마차의 문이 쾅 하고 닫히는 소리가 났고 말들은 마차를 끌기 시작했다. 한동안 마차 굴러가는 소리가 들렸다. 모든 것이 끝났다.

한순간 나는 복수를 하고 그를 죽일까도 생각해 보았다. 그러나 나는 그 가증스러운 계약서에 매인 몸이었다. 나는 약속을 지키고 이를 악무는 수밖에 다른 수가 없었다.

내 인생의 그 잔혹한 재앙을 겪고 나서 내가 가장 먼저 하고 싶었던 것은, 힘들고 거친 일과 위험스러운 모험, 결핍된 삶을 직접 체험하는 것이었다. 군인이 되어 아시아나 알제리로 가고 싶었지만, 늙고 병들어 있던 아버지가 나를 찾았다.

그래서 나는 조용히 고향으로 돌아와 이 년 동안 아버지의 잔일을 도와주고 농장을 관리했다. 그러면서 나는 내가 이전에 전혀 몰랐던 것을 알게 되었다. 그것은 마치 한 잔의 시원한 물처럼 내게 원기를 북돋아 주었는데, 바로 일하고 의무를 수행하는 것이었다. 아버지가 세상을 뜨자, 나는 농장의 주인이 되었다. 그 밖에 변한 것은 아무것도 없었다. 나는 스스로에게 차꼬를 채우고서 아주 정상적인 삶을 살고 있다. 마치 돌아가신 아버지가 내 등 뒤에 서서 크고 현명한 눈으로 나를 지켜보기라도 하는 것처럼.

그러던 어느 날 한 통의 편지와 함께 상자 하나를 받았다.

나는 반다의 필체를 알아보았다.

야릇한 감정을 느끼며 나는 편지를 뜯어 읽어 보았다.

당신께!

피렌체에서의 그날 밤으로부터 삼 년이 흐른 지금에 와서 나는 감히 당신께 당신을 진정으로 사랑했었다고 다시 한번 고백하고 싶어요. 그러나 그때 당신은 당신의 그 환상에 젖은 헌신적 태도와 미친 듯한 열정으로 내 사랑을 질식시켜 버렸지요. 당신이 나의 노예가 된 순간부터 당신이 결코 내 남편이 될 수 없음을 느꼈어요. 그러나 내가 당신의 이상을 실현시켜 주고, 내가 즐기면서 당신의 그 병을 고쳐 주는 것도 좋은 일이라고 생각했어요.

나는 내가 필요로 하는 강한 남자를 발견하여 그 사람과 함께 이 우스꽝스러운 세상에서 누릴 수 있는 대로 행복한 삶을 살았어요.

그러나 모든 인간사가 다 그렇듯이 내 행복은 얼마 가지 못했어요. 일 년 전에 그는 결투에서 목숨을 잃었고, 그 뒤 나는 파리로 와서 아스파시아처럼 살고 있어요.

　당신은 어떤가요? 당신의 생은 결코 햇살이 부족하지는 않을 것 같아요. 당신의 그 상상력이 이제 더 이상 당신을 지배하지 않고, 처음 당신을 보았을 때 나를 매료했던 당신의 그 속성들, 그러니까 명료한 사고, 선한 마음씨 그리고 무엇보다 도덕적 진실성이 두드러진다면 말이에요.

　나의 채찍질 덕분에 당신이 건강해졌기를 바랄게요. 좀 잔인하기는 했지만, 그 요법이 효과는 만점이거든요. 그 시절과 당신을 뜨겁게 사랑했던 한 여인을 기리는 뜻에서 여기 그 가여운 독일 화가가 그린 내 초상화를 당신께 보내 드립니다.

　　　　　　　　　　　　　　　모피를 입은 비너스

나는 빙그레 웃었다. 생각에 잠기자, 흰담비 모피 장식의 벨벳 재킷을 입은 아름다운 여인이 손에는 채찍을 들고 내 눈앞에 나타났다. 나는 내가 그토록 미친 듯이 사랑했던 그 여인에게 미소를 보냈고, 지난날 나를 그토록 황홀케 했던 그 모피 재킷에게 미소를 보냈으며, 채찍에게 미소를 보냈다. 그리고 끝으로 내 고통에게 미소를 보냈다. 그리고 나는 속으로 중얼거렸다. '그 요법은 잔인했지만, 효과는 만점이었어. 중요한 것은 내가 다시 건강해졌다는 거야.'

　"그러면 이 이야기의 가르침은 뭐죠?" 나는 원고를 책상에 내려놓으며 제베린에게 말했다.

"내가 멍청이였다는 거죠." 그는 내 쪽을 바라보지 않은 채 큰 소리로 말했다. 그는 좀 쑥스러워하는 것 같았다. "그 여자를 채찍으로 한번 때려 줄 것을!"

"그런 특이한 요법은 말입니다." 내가 대답했다. "당신 하녀들한테나 써먹으면 될 것 같은데요."

"오! 그것들은 이미 거기에 이골이 났어요." 그가 선뜻 대답했다. "하지만 굉장히 예민하고 신경질적인 우리의 요조숙녀들에게 그 방법을 쓰면 효과가 어떨지 한번 생각해 보세요."

"거기서 얻을 수 있는 교훈은 뭐죠?"

"그 교훈은 말이오, 여자란, 자연이 창조해 낸 바대로, 그리고 현재 남자들이 키우는 바대로 남자의 적이라는 것이지요. 남자의 노예나 폭군이 될 수는 있어도 결코 동료가 될 수는 없어요. 여자가 남자의 동료가 되려면 권리 면에서 남자와 동등하고 또 교육과 일을 통해 남자와 동등해져야 해요.

지금으로서는 망치냐 아니면 모루냐 하는 양자택일의 선택밖에는 없어요. 내 스스로 여자의 노예가 되겠다고 나섰으니 난 참 바보였어요. 알겠어요?

그러므로 이 이야기의 가르침은, 남에게 채찍질을 당하겠다고 나선 자는 맞아도 싸다는 거지요.

당신도 보아서 알겠지만, 채찍질은 내게 큰 도움이 됐어요. 장밋빛의 그 환상적인 안개는 이제 다 사라지고 없어요. 이젠 아무도 바라나시의 성스러운 원숭이들이나 플라톤의 수탉을

놓고 내게 이것들이 하느님의 모습이라고 사기를 치지 못해요."

부록
자허마조흐의 두 개의 계약서

파니 폰 피스토르와 레오폴트 폰 자허마조흐 사이의 계약

레오폴트 폰 자허마조흐는 파니 폰 피스토르 여사의 노예가 되어 그녀의 모든 지시와 명령을 여섯 달 동안 무조건 따를 것임을 맹세한다.

반면에 피스토르 여사는 불명예스러운 것을 그에게 요구해서는 안 된다(인간으로서나 시민으로서의 그의 명예를 손상시키는 행위). 나아가 그녀는 그에게 매일 여섯 시간씩 일을 할 수 있는 시간을 보장해야 하며, 그의 편지나 서류를 보아서는 안 된다. 과실이나 태만, 불손 등의 죄를 저지를 경우, 여주인(파니 폰 피스토르)은 그녀의 노예(레오폴트 폰 자허마조흐)를 그녀의 뜻과 판단에 따라 벌할 수 있다. 간단히 말해서, 그녀의 종인 그레고르는 노예로서 여주인을 공손하게 받들어야 하며, 그녀가 내리는 어떠한 호의도 기쁜 선물이라 여기며 받아야 한다.

또한 그녀에게 사랑을 요구하거나 애인으로서의 권리를 행사하려 해서는 안 된다. 반면에 파니 폰 피스토르는 되도록 자주 모피를 입을 것을 약속한다. 특히 잔인한 행동을 할 때 그렇게 한다.

여섯 달의 기간이 끝나면 양측은 그간의 노예 관계를 없었던 것으로 간주하고, 그에 대한 어떠한 진지한 암시도 하지 않는다. 그간에 일어났던 모든 일은 잊기로 하고 예전의 애정 관계로 돌아간다. (추후 다시 삭제됨.)

이 여섯 달의 기간은 꼭 연속적으로 지속될 필요는 없다. 이 기간은 중간에 중단될 수도 있고 끝날 수도 있으며 여주인의 뜻에 따라 다시 시작될 수도 있다.

본 계약의 확인을 위하여 당사자들이 서명함.
1869년 12월 8일 자로 개시함.

파니 폰 피스토르 바그다노프
레오폴트 폰 자허마조흐

자허마조흐와 반다 폰 두나예프 사이의 계약

나의 노예 앞!

내가 귀하를 노예로 받아들여 내 곁에 둠에 있어 조건은 다음과 같다.

어떤 상황을 막론하고 자신을 무조건 버린다.

귀하는 내 의지 외에는 어떤 의지도 갖지 못한다.

귀하는 내 손아귀에 든 눈먼 도구로서 어떤 거역도 없이 내 명령을 모두 이행해야 한다. 귀하가 나의 노예임을 망각하고 어떠한 일에 있어서든지 무조건 복종을 하지 않을 경우, 나는 귀하를 완전히 내 임의로 처벌하고 징계할 권리를 갖는다. 이때 귀하는 어떤 불평불만도 해서는 안 된다.

내가 귀하에게 허락하는 모든 즐거움과 행복은 내가 내리는 은총이라 생각하고 그 자체로 감사하게 받아들여야 한다. 반면에 나는 귀하에게 어떤 책임이나 의무도 지지 않는다.

귀하는 아들도 형제도 친구도 될 수 없으며 다만 먼지 구덩이에 묻힌 노예에 지나지 않는다.

귀하의 몸이 내 것이듯이 귀하의 마음도 내 것이다. 그로 인해 귀하가 고통을 겪는다 해도 귀하는 귀하의 감정을 나의 지배하에 두어야 한다.

나는 귀하에게 극한의 잔인함을 구사할 수 있으며, 그 와중에 귀하를 불구로 만든다 해도 귀하는 어떤 불평도 없이 그것을 감수해야 한다. 귀하는 나를 위해 노예처럼 일해야 하며, 내가 호화로움을 누리며 귀하를 굶주리게 하고 발로 밟는다 해도 귀하는 귀하를 밟은 내 발에 어떤 불평도 없이 입을 맞추어야 한다.

나는 언제라도 귀하를 내쫓을 수 있지만 귀하는 나의 허락 없이는 절대 내게서 떠날 수 없다. 귀하가 내게서 도주할 경우 온갖 생각 가능한 고통을 통해 죽음에 이르기까지 귀하를 고문할 수 있는 권한이 나에게 있음을 귀하는 인정해야 한다.

나 외에 귀하는 아무것도 소유하지 않으며 귀하에게는 나만이 모든 것이다. 나는 귀하의 삶이요, 미래요, 행복이요, 불행이요, 고통이자 기쁨이다.

좋은 일이든 나쁜 일이든, 귀하는 내가 요구하는 것이면 무엇이든 수행해야 한다. 내가 귀하에게 범죄를 저지를 것을 요구하면 귀하는 내 뜻을 받아들여 범죄자가 되어야 한다.

귀하의 명예는 내게 귀속된다. 귀하의 피, 귀하의 정신, 귀하의 노동력도 마찬가지다. 나는 귀하의 생과 사를 관장하는 주인이다.

나의 지배가 더 이상 참기 어렵게 느껴지고 속박의 사슬이 너무나 무거워지면 귀하는 스스로 목숨을 끊을 수밖에 없다. 귀하에게 자유를 되돌려줄 용의가 내겐 없으므로.

나는 나의 명예를 걸고 반다 폰 두나예프 여사가 원하는 대로 한 치의 오차도 없이 그녀의 노예가 되는 의무를 지겠으며 그녀가 내게 원하는 모든 것에 대해 어떤 저항도 없이 그대로 따를 것임을 맹세함.

레오폴트 폰 자허마조흐 박사

주

12 **델릴라** 구약 성경 『사시기』(『사사기』 16장)에 등장하는 인물로, 블레셋 사람들의 사주를 받아 삼손이 가진 힘의 비밀을 알아내기 위해 그를 유혹한 여인이다.

12 **롤라 몬테즈** 롤라 몬테즈(1821~1861)는 유명한 댄서이자 배우로 매혹적인 무대 공연과 스캔들로 유명했다.

15 **후펠란트** 크리스토프 빌헬름 후펠란트(1762~1836)는 독일의 의사이자 의학 이론가다. 특히 자연 요법과 예방의학 방면에서 이름을 떨쳤다.

15 **크니게** 아돌프 크니게(1752~1796)는 독일의 작가이자 사회학자로, 예절과 매너에 관한 저서가 유명하다.

15 **사모바르** 러시아 전래의 특유한 주전자.

23 **마농 레스코** 사랑과 비극을 다룬 아베 프레보의 소설로, 주인공 마농의 복잡한 사랑 이야기를 그리고 있다.

33 **안키세스** 트로이의 왕자이며 아프로디테와의 사랑 이야기로 유명하다.

34 **아스파시아** 고대 그리스의 지혜로운 여성으로, 소크라테스 및 페리클레스와의 관계로 유명하다.

34	**프리네** 고대 그리스의 고급 창부로, 미와 지혜로 많은 남성들을 매료시킨 인물이다.
37	**질 블라스 이야기** 알랭 르사주의 풍자적 소설로, 주인공의 다양한 모험을 통해 인간 본성과 사회적 부조리를 탐구하는 작품이다.
37	**라 퓌셀** 앙리 드 라 뤼스가 쓴 소설로, 잔 다르크의 삶과 전투를 통해 주인공이 중세 프랑스의 역사적 사건을 탐구하는 이야기를 담고 있다.
57	**메살리나** 고대 로마의 유명한 여성으로, 성적인 방탕과 권력 남용의 대명사로 통한다. 로마 황제 클라우디스의 셋째 아내였다.
58	**카토** 고대 로마의 정치가이자 철학자로, 도덕적 엄격성과 공화주의 원칙을 강조한 인물이다.
59	**제르바니카** 리비프에 있는 유대인 거리.
61	**퐁파두르** 프랑스 왕 루이 15세의 애첩.
61	**루크레치아 보르자** 음모와 살인, 정치적 스캔들로 가득 찬 삶을 살았던 이탈리아 여인. 바티칸의 마녀로 불렸다.
63	**크레비용** 18세기 프랑스의 극작가이자 소설가. 로맨스와 감정을 강조한 작품을 많이 썼다.
63	**빌란트** 크리스토프 마르틴 빌란트(1733-1813)는 독일의 고전주의 작가다.
63	**포르나리나** 라파엘로의 연인 마르가리타 루티. 라파엘로의 작품에서 모델로 자주 등장했다.
65	**이시스 여신** 고대 이집트에서 숭배되던 최고의 여신.
66	**리부사** 보헤미아의 전설적 여왕.
66	**아그네스** 13세기 헝가리 왕국의 여왕으로, 통치 기간 동안 정치적 혼란과 외세의 침략을 막아 냈다.
66	**마고 여왕** 프랑스 왕가의 공주로, 앙리 4세와 결혼하여 정치적 동맹을 형성한 인물.

66 **이자보** 프랑스의 샤를 6세의 아내이자 샤를 7세의 어머니로, 정치적 혼란 속에서 왕국을 지키기 위해 노력한 중요한 역사적 인물이다.

66 **록셀란** 오스만 제국의 술레이만 1세의 황후로, 정치적 영향력과 문화적 기여로 유명한 인물.

72 **디오니시우스** 기원전 5세기경 고대 시라쿠사에서 잔혹한 독재로 유명했던 통치자로, 권력을 유지하기 위해 폭력과 공포를 사용했다.

103 **슐레밀** 독일 작가 아델베르트 폰 샤미소의 『그림자를 판 사나이』에 등장하는, 악마에게 영혼을 판 인물.

109 **피셈스키** 19세기 러시아의 소설가이자 극작가로, 주로 사회적 주제를 다루었다.

111 **아케론강** 그리스 신화에서 죽은 사람을 저승으로 인도하는 강.

114 **카라비니에르** 이탈리아 헌병.

125 **로지아식** 이탈리아 건축에서 한쪽 벽이 없이 트인 방이나 홀을 이르는 말.

146 **레르몬토프** 19세기 러시아의 대표적인 시인으로, 깊은 감성과 사회 비판이 담긴 시를 썼다.

156 **트리부나** 우피치 미술관에 있는, 메디치가의 보물이 전시된 팔각형의 방.

159 **니힐리즘 미학자** 니체를 말하는 것으로 보인다.

169 **마르시아스** 프리기아 지방의 신으로, 아폴론과의 악기 연주 대결에서 패하여 나무에 묶여 가죽이 벗기는 형벌을 받았다.

169 **아스트라한 직물** 러시아의 아스트라한 지방과 중근동 지방에서 나는 새끼 양의 털가죽, 또는 그것을 본떠 짠 직물.

해설

『모피를 입은 비너스』 세계로의 안내

김재혁(고려대 독문과 명예 교수)

1

독일의 골목길을 걷다 보면 만나는 거리 풍경 중에 '모피를 입은 비너스'라는 섹스 숍이 눈에 띄기도 하지만, 독일의 한 가죽 박물관에서 '가죽은 우리를 즐겁게 해'라는 제목으로 가죽 전시회를 하면서 『모피를 입은 비너스』에 대한 특별 강연을 열기도 하는 것을 보면 『모피를 입은 비너스』의 작가 레오폴트 폰 자허마조흐의 흔적이 현재에도 곳곳에 남아 있음을 감지하게 된다. 여기서 자허마조흐가 좋아하던 두 가지 물건이 등장한다. 하나는 모피고 다른 하나는 가죽 채찍이다. 모피가 갖는 의미에 대해서는 특별한 주목을 요한다. 모피는 고대의 그림에서도 보이듯이 권력자의 힘과 지위를 나타내는 상징으로 쓰여 왔다. 그러한 가죽 모피를 입은 사람은 그에 해당하는 짐승의 거침과 우아함을 동시에 가진 것으로 추앙받는다. 그러므로 군인과 일반인 사이에서도 착용하는 모피의 종류에 따라 그 지위가 구별된다. 아주 먼 이국에서 수입해 온 흰담비나 검은담비 모피를 입은 사람은 그것으로 자신이 아주 높은 신분의 사람임을 증명한다.『모피를 입은 비너스』에서 여주인공이 담비 모피를 입고 출현하는 것도 이런 차원으로 볼 수 있다. 아우크스부르크 의회에서 일반 평민들은 염소나 양의 모피 이외에는 입지 못하도록 결정한 것은 당시 신분 사회의 일면을 뚜렷하게 보여 주는 것이다. 따라서 모피를 입은 높은 신분의 우아한 여인의 발치에 무릎을 꿇고 있는 남자가 그 여인에게 채찍을 휘둘러 주기를 바라는 것은 그야말로 성적 자학의 극치다. 그것은 또한 아름다움과 잔인함의 극치이자 굴종에서 오는 쾌락의 극치다.

자허마조흐는 일반적으로 남과 여의 두 축 사이에서 교묘하게 줄타기를 하면서 그 야릇한 관계를 상징적 표현을 빌려 설명하려 한다. 위의 모피와 가죽 채찍이 그것이고 또 괴테의 말에서 빌려 온 '망치와 모루'가 그것이다. 성을 많이 노래한 아르투어 슈니츨러가 그렇듯이 자허마조흐의 작품 세계 역시 그의 삶과 긴밀하게 연결되어 있다. 그의 작품에서 특이해 보이는 것도 그의 실생활에서 물증을 찾을 수 있다는 말이다.

『모피를 입은 비너스』의 여주인공 반다의 실제 모델은 젊은 미망인 파니 폰 피스토르다. 실제로 그는 그녀와 함께 이탈리아 베네치아로 여행한 적이 있는데, 그때 그는 그레고르라는 이름으로 제복을 입은 폴란드 시종 차림으로 삼등칸을 타고 가며 그녀의 하인 노릇을 하고, 반면에 그녀는 '바그다노프 공주'라는 슬라브식 이름으로 일등칸을 타고 갔다. 이 책의 부록에도 실려 있지만 1869년에 자허마조흐는 그녀와 노예 계약서를 작성한다. 그해에 찍은 사진을 보면 그녀는 모피를 입고 있고, 그는 그녀의 발치에 무릎을 꿇고 있다.

실제로 자허마조흐는, 이상한 성적 성향을 가진 사람들로부터 많은 편지를 받고 답장을 쓰기도 했는데, 그중 한 남자는 여자의 발에 입을 맞추는 것에 강한 흥미를 갖고 있는 사람이었다. 그가 보낸 편지에는 반라의 몸에 모피를 걸치고 남자를 당장이라도 때릴 듯한 자세로 채찍을 들고 있는 귀부인의 사진이 들어 있었다. 그는 그러한 성향이 독일인과 러시아인들 사이에 널리 퍼져 있다고 생각했다. 책의 출간과 함께 자허마조흐는 많은 사람들로부터 팬레터를 받았다. 그중에 아우로라 뤼멜린이라는 젊은 여인의 편지가 있었다. 같은 그라츠에 사는 여인이었다. 그에게 쓴 편지의 끝에 그녀는 '반다 폰 두나예프'라고 서명했다. 바로 『모피를 입은 비너스』의 냉정한 여주인공 이름이다. 그와 결혼한 그녀는 나중에 그의 사후에 출간한 고백록에서 남편의 잔인한 이상적 여성이 되기 위해 온종일 모피를 입고 채찍을 손에 들어야 했었던 고충에 대해 털어놓았다. 자허마조흐가 그녀의 편지를 받고 흥분했던 것은 그녀를 러시아 공주로 확신했기 때문이었다. 그런 잔인한 여성의 이상으로는 러시아 여성이 적격이라고 여겼던 까닭이다. 그 대표가 바로 예카테리나 여제다. 자허마조흐는 그 여제를 가장 자주 언급한다. 반다는 작품에서 자주 예카테리나와 유사한 옷차림으로 등장한다. 러시아에 대한 이러한 관심은 당시 많은 비평가들로부터 공산주의 추종자니, 러시아 니힐리즘의 애호가니 하며 비판을 받는다. 러시아 야만성을 추종하려면 차라리 러시아식으로 생각하고 러시아어로 글을 쓰라는 말까지 듣는다. 그러나 사실 자허마조흐는 이러한 것을 이용하여 최대한의 낭만주의적, 환상적 분위기를 끌어내려 한 것이었다.

2

'반다 폰 두나예프', '제베린 폰 쿠지엠스키' 등 작품의 두 주인공의 이름은 매우 울림이 좋고 그러면서도 조금은 난해하다. 여기서 '제베린'은 라틴어로 '엄격한 사람'이라는 뜻을 갖는다. 5세기 초 쾰른의 대주교 이름이 제베린이었다. 이것으로 보면 이 이름은 주인공이 상당한 품격을 갖춘 집안 출신임을 알려주며 또 작품에 아이러니한 분위기를 준다.

작품 중에는 기독교와 그리스의 세계를 암시적으로 비교하는 말들이 나온다. 비너스는 그리스의 남방적인 밝고 쾌활한 삶의 감정을 대변한다. 그런 그녀가 북방의 차가운 기독교의 세계 속에 무슨 장식물처럼 놓이는 것으로 자허마조흐는 설정하고 있다. 이것을 어떻게 해석할 것인가. 자허마조흐에 따르면 우리 인간들은 본디 삶을 즐기고 행복할 수 있는 존재로 이 세상에 태어나지만, 기독교의 가치로 물든 인위적인 세계에 내던져진다. 이 세계에서는 가족, 결혼, 일부일처제, 속죄 같은 가치가 대세를 이루는데 그런 것들이 제베린의 성격에는 맞지 않으며 대부분의 우리를 불행하게 만든다는 것이다. 따라서 비너스가 '차가운 북쪽'에 놓인다는 말은 한 낙천적인 인간이 차갑고 섬뜩한 기독교 세계에 내던져진다는 것에 다름 아니다. 여기서 미셸 푸코가 『성의 역사』에서 언급한 지배적 담론의 사회적 통용을 떠올릴 수 있다. 기독교에 의한, 지배자들에 의한 성의 통제와 이용이다. 자연을 자연으로 받아들이지 않고 여기에 인위적인 힘을 가해 지배층에게 유리한 쪽으로 가공했다는 주장이다.

이 소설은 과연 그냥 약간 기이한 사랑의 방식을 담은 통속적 소설인가 하는 물음이 남는다. 겉으로는 에로틱하지만 우리는 이 소설에서 더 깊은 가치를 발견할 수 있다. 이 소설이 주인공 제베린의 깊은 정신적 상황을 다루고 있기 때문이다. 이 세계를 드러내 보여 주기 위해 작가는 제베린을 반다와 교류를 시키는 것이다. 물론 이때의 반다는 정상적이고 현실적인 여성이다. 마지막으로 작가는 남녀 간의 평등이 사랑에 있어서도 조화를 가져다준다고 본다. 이런 평등을 이루기 위해서 여자가 갖추어야 할 조건은 교육과 직업이다. 그러나 당시의 상황에서는 이것이 불가능한 것으로 전제된다. 서사 구조상 핵심적 서술의 바깥에 위치하는 부분에서 일기장의 주인공은 남녀 관계를 모루와 망치의 관계로 규정하면서 이렇게 말한다.

"너는 망치가 아니면 모루가 되어야 한다"라는 괴테의 말이 남녀 관계에서처럼 딱 들어맞는 곳도 없을 겁니다. 그래서 비너스가 당신 꿈에까지 나타나 그걸 알려 준 거고요. 여자의 힘은 남자의 정열에 달려 있어요. 남자가 그걸 눈치채지 못하고 있을 때 여자들은 당연히 그걸 이용하는 거지요. 남자의 유일한 선택은 폭군이 되든지 아니면 노예가 되는 겁니다. 굴복하는 순간 머리에 멍에가 씌워지고 채찍의 맛을 보게 되지요.

위 부분은 남녀 관계를 사랑과 권력의 입장에서 바라본다. 소설의 마지막에 가서 교훈을 찾는 면은 작가의 사고가 전통적인 계몽주의 소설의 한계 내에서 움직이고 있음을 드러낸다. 그러나 그 이면의 상황을 보면 꼭 그렇지만은 않다. 작가의 신분이 한때 교수를 지냈던 지식인이었고 시대가 19세기 후반이라는 점을 생각하면 마치 계몽주의적 소설의 말미 같은 결말은 하나의 소설적 장치로 보아야 한다. 당시의 사회적 금기를 넘어설 수 있는 이른바 외적 구실이다. 다음 구절은 이른바 마조히즘이라는 용어를 낳게 한, 『모피를 입은 비너스』의 중요 부분이다.

"내가 사랑하고 숭배하는 여인의, 아름다운 여인의 노예가 되는 거죠."
"그 대가로 당신을 학대할 수 있는 그런 여자를 말이죠."

반다가 내 말을 가로막으며 깔깔대고 웃었다.

"그래요, 내 몸을 묶은 다음 내게 채찍질을 하고 발길질까지 해 대는 그런 여자죠. 그러면서 정작 다른 남자 품에 안겨 있는 여자죠."

"그리고 당신에게 질투심을 불러일으켜 당신을 미칠 지경으로 만들고 당신이 그 운 좋은 연적과 맞서게 한 다음, 당신을 연적의 야수 같은 손에 내맡겨 버리는 그런 간이 큰 여자겠죠. 안 그런가요? 마지막 장면은 별로 마음에 들지 않나요?"

나는 소스라치게 놀라 반다를 쳐다보았다.

"당신은 내 상상을 초월하네요."

"그래요, 우리 여자들은 상상력이 풍부하거든요." 그녀가 말했다. "조심하세요. 혹시 당신이 이상형을 찾아냈을 때 그 여자가 당신이 생각했던 것보다 훨씬 잔인하게 나올지도 모르니."

1886년 리하르트 폰 크라프트에빙이 마조히즘이라는 이름으로 여러 사례의 성도착증을 정리하여 밝힐 때까지만 해도 사람들은 사실 명망 있던 작가 자허마조흐를 그렇게 나쁘게 보지만은 않았다. 자허마조흐와 그의 팬들은 그의 이름이 변태 성욕의 무슨 등록 상표처럼 된 것에 대해 대항했지만 성공을 거두지 못했고, 자허마조흐는 불명예를 짊어졌으며 이에 따라 그의 문학은 망각의 늪으로 빠졌다. 크라프트에빙은 실제로 많은

해설

사람들에게서 자허마조흐의 등장인물과 같은 성적 추구 경향을 발견하고 이에 자허마조흐의 이름을 빌렸을 뿐이다.

현재는 BDSM의 개념이 병리학자 크라프트에빙이 그의 저서『성의 병리학』에서 처음으로 규정한 마조히즘을 많이 대체하고 있는 느낌이다. 주인공 제베린의 정신세계 역시 자학의 개념 하나만으로 규정할 수 없음을 우리는 앞의 언급에서 분명히 확인할 수 있다. 심리학자들과 성 연구자들은 사도마조히즘을 동전의 양면에 비유한다. 자학증을 가진 사람이 느끼는 고통에서의 쾌감은 사디스트만이 느낄 수 있다. 사디즘과 마조히즘 두 극의 결합을 사도마조히즘이라고 부른다. 이 두 측면을 우리는 이 소설에서 분명히 확인할 수 있다.

3

레오폴트 폰 자허마조흐는 1836년 오스트리아 제국의 먼 변방, 현재 우크라이나 지역에 있는 렘베르크(리비프)에서 경찰국장의 아들로 태어났다. 슬로베니아, 보헤미아, 에스파냐 쪽이 섞인 혈통이다. 그라츠대학교에서 법학, 역사, 수학을 공부하여 박사 학위를 받고 일찍 역사학 교수 자격 논문에 통과한 뒤 렘베르크대학교에서 잠시 역사학 교수로 일하던 그는 작가가 되기로 결심한다. 곧 그는 작가로서 성공을 거두어 많은 독자들의 사랑을 받는다. 이반 투르게네프풍의 소설과 민속적 소재에 기반을 둔 단편들은 이국적이고 긴장감 넘치는 작품들로 평가받아 많이 읽힌다. 독일어권에서 그의 문학적 명성은 1886년 한 잡지에 단편 「콜로미야의 돈 후안」을 발표하면서 시작된다.

그는 하나의 틀을 가지고 '사랑', '재산', '국가', '전쟁' 그리고 '죽음'을 테마로 하여 여섯 권의 책을 쓰기로 하고 거기에 '카인의 유산'이라는 제목을 붙인다. 이 연작 중 첫 작품이 바로 '사랑'을 테마로 한 『모피를 입은 비너스』(1870)다. 그의 의도는 성적인 것을 적나라하게 파헤치는 것이 아니라 실제로는 시민 사회의 근간을 이루는 가치들에 대한 재조명에 있다.

자허마조흐는 '샬로테 아란트'라든가 '초에 폰 로덴바흐' 같은 가명으로 작품을 쓰기도 했는데, 여성의 이름으로 필명을 쓰면서까지 작가로서의 성공에 대단한 집념을 가졌었음을 알 수 있다. 특히 에로틱한 테마를 여성 작가의 이름으로 다루었을 때 받을 수 있는 독자들로부터의 반향은 이미 짐작할 수 있다. 자신의 사생활과 개인적 성적 취향을 필명의 가면 뒤로 감추려는 의도도 엿보인다.

그의 작품들은 대개 역사적 테마를 다루며 갈리시아 지방과 유대인의 삶을 묘사한다. 그의 명성은 주로 잔인한 여성들을 문학적으로 다룬 데서 비롯한다. 오늘날 그의 대표작으로 손꼽히는 『모피를 입은 비너스』는, 1890년에 크라프트에빙에 의해 그의 이름이 (본격적으로) 성도착증의 총체 개념이 되기 전 이미 도덕적으로 많은 비난을 받았다. 그에 대한 도덕적 비난과 경제난으로 그는 사회적으로 몰락의 길을 걷는다. 하지만 1886년에 프랑스를 방문한 그는 그곳에서 훈장도 받고「르 피가로」의 대대적인 조명을 받기도 한다. 1891년 헤센 지방에 칩거하기 시작한 그는 1895년 린트하임성에서 세상을 떴다. 화장된 그의 유골은 제2차 세계 대전 후 린트하임성이 화재로 불타면서 사라지고 말았다. 테오도어 슈토름과 동시대 사람인 그의 작품 세계는 문학사적으로는 사실주의에 편입되며 환상과 서스펜스의 면에서 독일 낭만주의의 영향을 많이 받은 것으로 평가된다.

4

『모피를 입은 비너스』가 갖는 매력은 이 작품이 다른 예술 장르로 많이 퍼져 나갔다는 데서 확인된다.

이 작품을 영화로 만든 것이 여럿 있는데 영화를 세상에 내놓을 때 주인공들의 나체 장면이 아니라 오히려 채찍으로 맞아 가면서 희열을 느끼는 주인공이 검열의 대상이 되었을 것이다. 1969년에는 에로틱 영화를 주로 만든 감독 헤수스 프랑코가 클라우스 킨스키를 주인공으로 영화화했고, 같은 해에 마시모 달라마노 감독이 라우라 안토넬리를 주인공으로 한 영화를 만들었다. 1967년에는 조지프 마르차노 감독에 의해, 1995년에는 네덜란드의 빅토로 니우엔하위스 감독에 의해 영화로 제작된

바 있다.

전설적인 록 그룹 벨벳 언더그라운드의 「모피를 입은 비너스」(1967)라는 곡이 있는데, 가사가 이 소설을 기반으로 하고 있다. 1984년에는 이탈리아의 유명한 만화가 귀도 크레팍스가 이 소설을 만화로 그리기도 했다. 2005년에는 벨라 B.가 여배우 캐서린 플레밍과 함께 「모피를 입은 비너스」를 작곡과 함께 청취용 책으로 만든 바 있다. 2007년에는 미국의 젊은 여가수 에이미 메이가 그녀의 앨범 『살페트리에르 병원에서』에 「완다 이후」라는 곡을 발표한 바 있다.

5

『모피를 입은 비너스』를 우리말로 옮기면서 주안점을 두었던 것은 주종 관계로 설정된, 반다와 제베린 사이의 관계를 표현하기 위해 높임말을 쓰느냐 아니면 낮춤말을 쓰느냐의 문제였다. 상황이 몰고 가는 흐름 속에서 이런 판단은 그때그때 이루어지게 마련이다. 독일어의 친칭인 'du'로 하는 경우와 존칭인 'Sie'로 하는 경우가 있어 이에 따라 번역에서 낮춤말과 높임말로 표현하려 해 보았지만, 그것도 상황에 꼭 일치하지는 않았다. 따라서 맥락에 따라 구별하는 수밖에 없었다. 서양에서는 상대나 관계에 따른 이런 표현이 겉으로 드러나지 않고 맥락상으로 쓰이지만, 우리말에는 그것을 표현할 수 있는 어법이 있으므로 그것을 효과적으로 번역에 반영해야 한다. 문장의 흐름이 강하게 상대를 밀어붙이거나 아니면 자신을 낮추는 것이 분명할 때는 이에 걸맞게 우리말 어투를 찾아 쓰려고 노력했다. 그리고 장면이나 풍경 묘사 부분에서 두드러지는, 작가 특유의 미학적이고 감각적인 문체를 살리기 위해 원문을 우리말로 두루뭉술하게 번역하는 태도를 취하지 않고 원문의 결과 뉘앙스를 살려 보려 한 것도 이번 번역의 한 궤적이다.

판본 소개

번역과 주석 작성에 사용한 텍스트는 다음과 같다.

Leopold von Sacher-Masoch, *Gesammelte Werke: Romane+Novellen+Autobiografie*, e-artnow, 2018.

Leopold von Sacher-Masoch, *Venus im Pelz: Mit einer Studie über den Masochismus von Gilles Deleuze*, Insel Verlag(Frankfurt am Main), 1997.

레오폴트 폰 자허마조흐 연보

1836 1월 27일 현 우크라이나 지역인 갈리치아의 렘베르크에서 출생.
1844 렘베르크 김나지움 입학.
1848 프라하로 옮겨 김나지움 학업 계속하다.
1852 대학입학자격 시험 합격 후 프라하 대학에서 철학 전공.
1854 그라츠대학에서 법학, 역사 전공.
1856 그라츠대학에서 박사학위 취득.
1857 『카를 5세 황제 치하의 겐트 봉기』로 교수자격논문 통과.
1858 익명으로 첫 장편소설 『갈리치아 이야기: 1846』 발표.
1862 그라츠대학 강사로 있으면서 역사연구 『헝가리의 몰락과 오스트리아의 황후 마리아』 발표.
1866 소설 『콜로미야의 돈후안』 발표. 독일어권에서 문학적 명성을 얻기 시작하다.
1870 대학강사직 사임. 창작활동에 몰두. 대표작 『모피를 입은 비너스』 출간. 이 소설의 여주인공 모델은 신진 여성 작가 파니 피스톨이다. '카인의 유산' 시리즈 기획 시작, 한 여인과의 연애 사건을 계기로 쓴 『이혼녀. 한 이상주의자의 열정의 이야기』 출간.
1873 앙겔리카 아우로라 폰 뤼멜린과 결혼.

1881 라이프치히에서 국제적 성격의 세계주의 잡지 『정상에서』 창간하다.
1883 잡지 공동 편집인이자 자신의 아내의 연인이던 사람의 빚으로 연대 책임을 지게 되는 바람에 경제적으로 파산하다.
1886 아내와의 별거 및 잡지의 폐간 이후, 헤센-다름슈타트의 린트하임에 있는 한 농장으로 이주하다. 그의 조수이자 훗날 아내가 된 번역가 홀다 마이스터가 구입한 장소다.
1890 홀다 마이스터와 결혼, 그녀와 함께 말년까지 결혼생활을 이어가다.
1893 린트하임에서 오버헤센 교육협회를 창립하다, 도서관 설립, 강연, 연극 및 음악 공연을 통해 반유대주의에 맞서 싸우다.
1895 3월 9일 독일 린트하임 성에서 사망, 화장되다. 그의 유골이 담긴 항아리는 1928년 린트하임 성의 화재로 소실되었다. 당대에는 가장 많이 읽히고, 가장 유명한 작가였다.

역자의 말

2009년 12월에 출간했던 『모피를 입은 비너스』를 새롭게 손질하여 출간한다. 번역을 처음부터 끝까지 다시 살폈다. 번역에서 원문의 뉘앙스를 살리려고 노력했다. 이참에 소설가로서의 자허마조흐의 글솜씨를 다시 한번 확인할 수 있었다.

『모피를 입은 비너스』는 소설 자체로서 읽히기를 원한다. 크라프트에빙에 의해 작가의 많은 것이 가려지지 않은, 즉 마조히즘이라는 병리학적 어휘로 단숨에 규정되어 버리기 이전의 상태에서 독자와의 자연스러운 만남을 꿈꾼다. 자허마조흐가 느끼고자 했던 모피 입은 여인의 아찔한 느낌과 분위기가 이 책을 통해 독자에게도 전달되었으면 하는 소망을 품어 본다.

2025년 가을
김재혁

새롭게 을유세계문학전집을 펴내며

을유문화사는 이미 지난 1959년부터 국내 최초로 세계문학전집을 출간한 바 있습니다. 이번에 을유세계문학전집을 완전히 새롭게 마련하게 된 것은 우리가 직면한 문화적 상황에 적극적으로 대응하기 위해서입니다. 새로운 을유세계문학전집은 세계문학의 역할이 그 어느 때보다 중요해졌다는 인식에서 출발했습니다. 오늘날 세계에서 타자에 대한 이해는 우리의 안전과 행복에 직결되고 있습니다. 세계문학은 지구상의 다양한 문화들이 평등하게 소통하고, 이질적인 구성원들이 평화롭게 공존할 수 있는 문화적인 힘을 길러 줍니다.

을유세계문학전집은 세계문학을 통해 우리가 이런 힘을 길러 나가야 한다는 믿음으로 만들어졌습니다. 지난 5년간 이를 준비하기 위해 많은 노력을 기울였습니다. 세계 각국의 다양한 삶의 방식과 문화적 성취가 살아 있는 작품들, 새로운 번역이 필요한 고전들과 새롭게 소개해야 할 우리 시대의 작품들을 선정했습니다. 우리나라 최고의 역자들이 이들 작품 속 한 문장 한 문장의 숨결을 생생히 전하기 위해 심혈을 기울였습니다. 또한 역자들은 단순히 번역만 한 것이 아니라 다른 작품의 번역을 꼼꼼히 검토해 주었습니다. 을유세계문학전집은 번역된 작품 하나하나가 정본(定本)으로 인정받고 대우받을 수 있도록 최선을 다했습니다. 세계문학이 여러 경계를 넘어 우리 사회 안에서 주어진 소임을 하게 되기를 바라며 을유세계문학전집을 내놓습니다.

을유세계문학전집 편집위원단(가나다 순)
김월회(서울대 중문과 교수)
김헌(서울대 인문학연구원 교수)
박종소(서울대 노문과 교수)
손영주(서울대 영문과 교수)
신정환(한국외대 스페인어통번역학과 교수)
정지용(성균관대 프랑스어문학과 교수)
최윤영(서울대 독문과 교수)

을유세계문학전집

1. 마의 산(상)　토마스 만 | 홍성광 옮김
2. 마의 산(하)　토마스 만 | 홍성광 옮김
3. 리어 왕·맥베스　윌리엄 셰익스피어 | 이미영 옮김
4. 골짜기의 백합　오노레 드 발자크 | 정예영 옮김
5. 로빈슨 크루소　대니얼 디포 | 윤혜준 옮김
6. 시인의 죽음　다이허우잉 | 임우경 옮김
7. 커플들, 행인들　보토 슈트라우스 | 정항균 옮김
8. 천사의 음부　마누엘 푸익 | 송병선 옮김
9. 어둠의 심연　조지프 콘래드 | 이석구 옮김
10. 도화선　공상임 | 이정재 옮김
11. 휘페리온　프리드리히 횔덜린 | 장영태 옮김
12. 루쉰 소설 전집　루쉰 | 김시준 옮김
13. 꿈　에밀 졸라 | 최애영 옮김
14. 라이겐　아르투어 슈니츨러 | 홍진호 옮김
15. 로르카시 선집　페데리코 가르시아 로르카 | 민용태 옮김
16. 소송　프란츠 카프카 | 이재황 옮김
17. 아메리카의 나치 문학　로베르토 볼라뇨 | 김현균 옮김
18. 빌헬름 텔　프리드리히 폰 쉴러 | 이재영 옮김
19. 아우스터리츠　W. G. 제발트 | 안미현 옮김
20. 요양객　헤르만 헤세 | 김현진 옮김
21. 워싱턴 스퀘어　헨리 제임스 | 유명숙 옮김
22. 개인적인 체험　오에 겐자부로 | 서은혜 옮김
23. 사형장으로의 초대　블라디미르 나보코프 | 박혜경 옮김
24. 좁은 문·전원 교향곡　앙드레 지드 | 이동렬 옮김
25. 예브게니 오네긴　알렉산드르 푸슈킨 | 김진영 옮김
26. 그라알 이야기　크레티앵 드 트루아 | 최애리 옮김
27. 유림외사(상)　오경재 | 홍상훈 외 옮김
28. 유림외사(하)　오경재 | 홍상훈 외 옮김
29. 폴란드 기병(상)　안토니오 무뇨스 몰리나 | 권미선 옮김
30. 폴란드 기병(하)　안토니오 무뇨스 몰리나 | 권미선 옮김
31. 라 셀레스티나　페르난도 데 로하스 | 안영옥 옮김

32. 고리오 영감　오노레 드 발자크 | 이동렬 옮김
33. 키 재기 외　히구치 이치요 | 임경화 옮김
34. 돈 후안 외　티르소 데 몰리나 | 전기순 옮김
35. 젊은 베르터의 고통　요한 볼프강 폰 괴테 | 정현규 옮김
36. 모스크바발 페투슈키행 열차　베네딕트 예로페예프 | 박종소 옮김
37. 죽은 혼　니콜라이 고골 | 이경완 옮김
38. 워더링 하이츠　에밀리 브론테 | 유명숙 옮김
39. 이즈의 무희 · 천 마리 학 · 호수　가와바타 야스나리 | 신인섭 옮김
40. 주홍 글자　너새니얼 호손 | 양석원 옮김
41. 젊은 의사의 수기 · 모르핀　미하일 불가코프 | 이병훈 옮김
42. 오이디푸스 왕 외　소포클레스 | 김기영 옮김
43. 야쿠비얀 빌딩　알라 알아스와니 | 김능우 옮김
44. 식(蝕) 3부작　마오둔 | 심혜영 옮김
45. 엿보는 자　알랭 로브그리예 | 최애영 옮김
46. 무사시노 외　구니키다 돗포 | 김영식 옮김
47. 위대한 개츠비　프랜시스 스콧 피츠제럴드 | 김태우 옮김
48. 1984년　조지 오웰 | 권진아 옮김
49. 저주받은 안뜰 외　이보 안드리치 | 김지향 옮김
50. 대통령 각하　미겔 앙헬 아스투리아스 | 송상기 옮김
51. 신사 트리스트럼 섄디의 인생과 생각 이야기　로렌스 스턴 | 김정희 옮김
52. 베를린 알렉산더 광장　알프레트 되블린 | 권혁준 옮김
53. 체호프 희곡선　안톤 파블로비치 체호프 | 박현섭 옮김
54. 서푼짜리 오페라 · 남자는 남자다　베르톨트 브레히트 | 김길웅 옮김
55. 죄와 벌(상)　표도르 도스토예프스키 | 김희숙 옮김
56. 죄와 벌(하)　표도르 도스토예프스키 | 김희숙 옮김
57. 체벤구르　안드레이 플라토노프 | 윤영순 옮김
58. 이력서들　알렉산더 클루게 | 이호성 옮김
59. 플라테로와 나　후안 라몬 히메네스 | 박채연 옮김
60. 오만과 편견　제인 오스틴 | 조선정 옮김
61. 브루노 슐츠 작품집　브루노 슐츠 | 정보라 옮김
62. 송사삼백수　주조모 엮음 | 김지현 옮김
63. 팡세　블레즈 파스칼 | 현미애 옮김
64. 제인 에어　샬럿 브론테 | 조애리 옮김
65. 데미안　헤르만 헤세 | 이영임 옮김

66. 에다 이야기   스노리 스툴루손 | 이민용 옮김
67. 프랑켄슈타인   메리 셸리 | 한애경 옮김
68. 문명소사   이보가 | 백승도 옮김
69. 우리 짜르의 사람들   류드밀라 울리츠카야 | 박종소 옮김
70. 사랑에 빠진 여인들   데이비드 허버트 로렌스 | 손영주 옮김
71. 시카고   알라 알아스와니 | 김능우 옮김
72. 변신 · 선고 외   프란츠 카프카 | 김태환 옮김
73. 노생거 사원   제인 오스틴 | 조선정 옮김
74. 파우스트   요한 볼프강 폰 괴테 | 장희창 옮김
75. 러시아의 밤   블라지미르 오도예프스키 | 김희숙 옮김
76. 콜리마 이야기   바를람 샬라모프 | 이종진 옮김
77. 오레스테이아 3부작   아이스퀼로스 | 김기영 옮김
78. 원잡극선   관한경 외 | 김우석 · 홍영림 옮김
79. 안전 통행증 · 사람들과 상황   보리스 파스테르나크 | 임혜영 옮김
80. 쾌락   가브리엘레 단눈치오 | 이현경 옮김
81. 지킬 박사와 하이드 씨 · 존 니컬슨   로버트 루이스 스티븐슨 | 윤혜준 옮김
82. 로미오와 줄리엣   윌리엄 셰익스피어 | 서경희 옮김
83. 마쿠나이마   마리우 지 안드라지 | 임호준 옮김
84. 재능   블라디미르 나보코프 | 박소연 옮김
85. 인형(상)   볼레스와프 프루스 | 정병권 옮김
86. 인형(하)   볼레스와프 프루스 | 정병권 옮김
87. 첫 번째 주머니 속 이야기   카렐 차페크 | 김규진 옮김
88. 페테르부르크에서 모스크바로의 여행   알렉산드르 라디셰프 | 서광진 옮김
89. 노인   유리 트리포노프 | 서선정 옮김
90. 돈키호테 성찰   호세 오르테가 이 가세트 | 신정환 옮김
91. 조플로야   샬럿 대커 | 박재영 옮김
92. 이상한 물질   테레지아 모라 | 최윤영 옮김
93. 사촌 퐁스   오노레 드 발자크 | 정예영 옮김
94. 걸리버 여행기   조너선 스위프트 | 이혜수 옮김
95. 프랑스어의 실종   아시아 제바르 | 장진영 옮김
96. 현란한 세상   레이날도 아레나스 | 변선희 옮김
97. 작품   에밀 졸라 | 권유현 옮김
98. 전쟁과 평화(상)   레프 톨스토이 | 박종소 · 최종술 옮김
99. 전쟁과 평화(중)   레프 톨스토이 | 박종소 · 최종술 옮김

100. 전쟁과 평화(하)   레프 톨스토이 | 박종소·최종술 옮김
101. 망자들   크리스티안 크라흐트 | 김태환 옮김
102. 맥티그   프랭크 노리스 | 김욱동·홍정아 옮김
103. 천로 역정   존 번연 | 정덕애 옮김
104. 황야의 이리   헤르만 헤세 | 권혁준 옮김
105. 이방인   알베르 카뮈 | 김진하 옮김
106. 아메리카의 비극(상)   시어도어 드라이저 | 김욱동 옮김
107. 아메리카의 비극(하)   시어도어 드라이저 | 김욱동 옮김
108. 갈라테아 2.2   리처드 파워스 | 이동신 옮김
109. 마담 보바리   귀스타브 플로베르 | 진인혜 옮김
110. 한눈팔기   나쓰메 소세키 | 서은혜 옮김
111. 아주 편안한 죽음   시몬 드 보부아르 | 강초롱 옮김
112. 물망초   요시야 노부코 | 정수윤 옮김
113. 호모 파버   막스 프리쉬 | 정미경 옮김
114. 버너 자매   이디스 워튼 | 홍정아·김욱동 옮김
115. 감찰관   니콜라이 고골 | 이경완 옮김
116. 디칸카 근교 마을의 야회   니콜라이 고골 | 이경완 옮김
117. 청춘은 아름다워   헤르만 헤세 | 홍성광 옮김
118. 메데이아   에우리피데스 | 김기영 옮김
119. 캔터베리 이야기(상)   제프리 초서 | 최예정 옮김
120. 캔터베리 이야기(하)   제프리 초서 | 최예정 옮김
121. 엘뤼아르 시 선집   폴 엘뤼아르 | 조윤경 옮김
122. 그림의 이면   씨부라파 | 신근혜 옮김
123. 어머니   막심 고리키 | 정보라 옮김
124. 파도   에두아르트 폰 카이절링 | 홍진호 옮김
125. 점원   버나드 맬러머드 | 이동신 옮김
126. 에밀리 디킨슨 시 선집   에밀리 디킨슨 | 조애리 옮김
127. 선택적 친화력   요한 볼프강 폰 괴테 | 장희창 옮김
128. 격정과 신비   르네 샤르 | 심재중 옮김
129. 하이네 여행기   하인리히 하이네 | 황승환 옮김
130. 꿈의 연극   아우구스트 스트린드베리 | 홍재웅 옮김
131. 단순한 과거   드리스 슈라이비 | 정지용 옮김
132. 서동시집   요한 볼프강 폰 괴테 | 장희창 옮김
133. 골동품 진열실   오노레 드 발자크 | 이동렬 옮김

134. E. E. 커밍스 시 선집   E. E. 커밍스 | 박선아 옮김
135. 밤 풍경   E. T. A. 호프만 | 권혁준 옮김
136. 결혼 계약   오노레 드 발자크 | 송기정 옮김
137. 러브크래프트 걸작선   H. P. 러브크래프트 | 이동신 옮김
138. 목련구모권선희문(상)   정지진 | 이정재 옮김
139. 목련구모권선희문(하)   정지진 | 이정재 옮김
140. 두이노의 비가   라이너 마리아 릴케 | 안문영 옮김
141. 루공가의 치부   에밀 졸라 | 조성애 옮김
142. 댈러웨이 부인   버지니아 울프 지음 | 손영주 옮김
143. 에드거 앨런 포 단편선   에드거 앨런 포 지음 | 조애리 옮김
144. 말테의 수기   라이너 마리아 릴케 지음 | 김재혁 옮김
145. 내가 죽어 누워 있을 때   윌리엄 포크너 지음 | 윤교찬 옮김
146. 모피를 입은 비너스   레오폴트 폰 자허마조흐 지음 | 김재혁 옮김

을유세계문학전집은 계속 출간됩니다.

을유세계문학전집 연표

BC 458 **오레스테이아 3부작**
아이스퀼로스 | 김기영 옮김 | 77 |
수록 작품 : 아가멤논, 제주를 바치는 여인들, 자비로운 여신들
그리스어 원전 번역
서울대 선정 동서고전 200선
시카고 대학 선정 그레이트 북스

BC 434 /432 **오이디푸스 왕 외**
소포클레스 | 김기영 옮김 | 42 |
수록 작품 : 안티고네, 오이디푸스 왕, 콜로노스의 오이디푸스
그리스어 원전 번역
「동아일보」 선정 '세계를 움직인 100권의 책'
서울대 권장 도서 200선
고려대 선정 교양 명저 60선
시카고 대학 선정 그레이트 북스

BC 431 **메데이아**
에우리피데스 | 김기영 옮김 | 118 |

1191 **그라알 이야기**
크레티앵 드 트루아 | 최애리 옮김 | 26 |
국내 초역

1225 **에다 이야기**
스노리 스툴루손 | 이민용 옮김 | 66 |

1241 **원잡극선**
관한경 외 | 김우석·홍영림 옮김 | 78 |

1400 **캔터베리 이야기**
제프리 초서 | 최예정 옮김 | 119, 120 |

1496 **라 셀레스티나**
페르난도 데 로하스 | 안영옥 옮김 | 31 |

1582 **목련구모권선희문**
정지진 | 이정재 옮김 | 138, 139 |
원전 완역

1595 **로미오와 줄리엣**
윌리엄 셰익스피어 | 서경희 옮김 | 82 |
미국대학위원회 선정 SAT 추천 도서

1608 **리어 왕·맥베스**
윌리엄 셰익스피어 | 이미영 옮김 | 3 |

1630 **돈 후안 외**
티르소 데 몰리나 | 전기순 옮김 | 34 |
국내 초역 「불신자로 징계받은 자」 수록

1670 **팡세**
블레즈 파스칼 | 현미애 옮김 | 63 |

1678 **천로 역정**
존 번연 | 정덕애 옮김 | 103 |

1699 **도화선**
공상임 | 이정재 옮김 | 10 |
국내 초역

1719 **로빈슨 크루소**
대니얼 디포 | 윤혜준 옮김 | 5 |

1726 **걸리버 여행기**
조너선 스위프트 | 이혜수 옮김 | 94 |
미국대학위원회가 선정한 고교 추천 도서 101권
서울대학교 선정 동서양 고전 200선

1749 **유림외사**
오경재 | 홍상훈 외 옮김 | 27, 28 |

1759 **신사 트리스트럼 섄디의 인생과 생각 이야기**
로렌스 스턴 | 김정희 옮김 | 51 |
노벨연구소 선정 100대 세계 문학

1774 **젊은 베르터의 고통**
요한 볼프강 폰 괴테 | 정현규 옮김 | 35 |

1790 **페테르부르크에서 모스크바로의 여행**
A. N. 라디셰프 | 서광진 옮김 | 88 |

1799 **휘페리온**
프리드리히 횔덜린 | 장영태 옮김 | 11 |

1804 **빌헬름 텔**
프리드리히 폰 쉴러 | 이재영 옮김 | 18 |

1806 **조플로야**
샬럿 대커 | 박재영 옮김 | 91 |
국내 초역

1809 **선택적 친화력**
요한 볼프강 폰 괴테 | 장희창 옮김 | 127 |

| 1813 | **오만과 편견**
제인 오스틴 | 조선정 옮김 | 60 |

| 1816 | **밤 풍경**
E. T. A. 호프만 | 권혁준 옮김 | 135 |

| 1817 | **노생거 사원**
제인 오스틴 | 조선정 옮김 | 73 |

| 1818 | **프랑켄슈타인**
메리 셸리 | 한애경 옮김 | 67 |
뉴스위크 선정 세계 명저 10
옵서버 선정 최고의 소설 100
미국대학위원회 선정 SAT 추천 도서

| 1819 | **서동시집**
요한 볼프강 폰 괴테 | 장희창 옮김 | 132 |

| 1826 | **하이네 여행기**
하인리히 하이네 | 황승환 옮김 | 129 |

| 1831 | **예브게니 오네긴**
알렉산드르 푸슈킨 | 김진영 옮김 | 25 |

| **파우스트**
요한 볼프강 폰 괴테 | 장희창 옮김 | 74 |
서울대 권장 도서 100선
미국대학위원회 SAT 권장 도서

| **디카카 근교 마을의 야회**
니콜라이 고골 | 이경완 옮김 | 116 |

| 1835 | **고리오 영감**
오노레 드 발자크 | 이동렬 옮김 | 32 |
서머싯 몸 선정 세계 10대 소설
연세 필독 도서 200선

| **결혼 계약**
오노레 드 발자크 | 송기정 옮김 | 136 |

| 1836 | **골짜기의 백합**
오노레 드 발자크 | 정예영 옮김 | 4 |

| **감찰관**
니콜라이 고골 | 이경완 옮김 | 115 |

| 1839 | **골동품 진열실**
오노레 드 발자크 | 이동렬 옮김 | 133 |

| 1844 | **러시아의 밤**
블라지미르 오도예프스키 | 김희숙 옮김 | 75 |

| 1847 | **워더링 하이츠**
에밀리 브론테 | 유명숙 옮김 | 38 |
서머싯 몸 선정 세계 10대 소설
서울대 선정 동서 고전 200선
미국대학위원회 SAT 권장 도서

| **제인 에어**
샬럿 브론테 | 조애리 옮김 | 64 |
연세 필독 도서 200선
미국대학위원회 SAT 권장 도서
BBC 선정 영국인들이 가장 사랑하는 소설 100선
「가디언」 선정 가장 위대한 소설 100선

| **사촌 퐁스**
오노레 드 발자크 | 정예영 옮김 | 93 |
국내 초역

| 1849 | **에드거 앨런 포 단편선**
에드거 앨런 포 | 조애리 옮김 | 143 |

| 1850 | **주홍 글자**
너새니얼 호손 | 양석원 옮김 | 40 |

| 1855 | **죽은 혼**
니콜라이 고골 | 이경완 옮김 | 37 |
국내 최초 원전 완역

| 1856 | **마담 보바리**
귀스타브 플로베르 | 진인혜 옮김 | 109 |

| 1866 | **죄와 벌**
표도르 도스토옙스키 | 김희숙 옮김 | 55, 56 |
미국대학위원회 SAT 권장 도서
하버드 대학교 권장 도서

| 1869 | **전쟁과 평화**
레프 톨스토이 | 박종소·최종술 옮김 | 98, 99, 100 |
뉴스위크, 가디언, 노벨연구소 선정
세계 100대 도서

| 1870 | **모피를 입은 비너스**
레오폴트 폰 자허마조흐 | 김재혁 옮김 | 146 |

| 1871 | **루공가의 치부**
에밀 졸라 | 조성애 옮김 | 141 |

| 1880 | **워싱턴 스퀘어**
헨리 제임스 | 유명숙 옮김 | 21 |

| 1886 | **지킬 박사와 하이드 씨·존 니컬슨**
로버트 루이스 스티븐슨 | 윤혜준 옮김 | 81 |

	작품
	에밀 졸라	권유현 옮김	97	
1888	**꿈**
	에밀 졸라	최애영 옮김	13
	국내 초역
1889	**쾌락**
	가브리엘레 단눈치오	이현경 옮김	80
	국내 초역
1890	**인형**
	볼레스와프 프루스	정병권 옮김	85, 86
	국내 초역
	에밀리 디킨슨 시 선집
	에밀리 디킨슨	조애리 옮김	126	
1896	**키 재기 외**
	히구치 이치요	임경화 옮김	33	
	수록 작품 : 섣달그믐, 키 재기, 탁류, 십삼야, 갈림길, 나 때문에
	체호프 희곡선
	안톤 파블로비치 체호프	박현섭 옮김	53	
	수록 작품 : 갈매기, 바냐 삼촌, 세 자매, 벚나무 동산
1899	**어둠의 심연**
	조지프 콘래드	이석구 옮김	9	
	수록 작품 : 어둠의 심연, 진보의 전초기지, 『청춘과 다른 두 이야기』작가 노트, 『나르시서스호의 검둥이』서문
	미국대학위원회 SAT 권장 도서
	연세 필독 도서 200선
	맥티그
	프랭크 노리스	김욱동·홍정아 옮김	102	
1900	**라이겐**
	아르투어 슈니츨러	홍진호 옮김	14	
	수록 작품 : 라이겐, 아나톨, 구스틀 소위
1902	**꿈의 연극**
	아우구스트 스트린드베리	홍재웅 옮김	130	
1903	**문명소사**
	이보가	백승도 옮김	68	
1907	**어머니**
	막심 고리키	정보라 옮김	123	
1908	**무사시노 외**
	구니키다 돗포	김영식 옮김	46	
	수록 작품 : 겐 노인, 무사시노, 잊을 수 없는 사람들, 쇠고기와 감자, 소년의 비애, 그림의 슬픔, 가마쿠라 부인, 비범한 범인, 운명론자, 정직자, 여난, 봄 새, 궁사, 대나무 쪽문, 거짓 없는 기록
	국내 초역 다수
1909	**좁은 문·전원 교향곡**
	앙드레 지드	이동렬 옮김	24	
	1947년 노벨 문학상 수상 작가
1910	**말테의 수기**
	라이너 마리아 릴케	김재혁 옮김	144	
1911	**파도**
	에두아르트 폰 카이절링	홍진호 옮김	124	
1914	**플라테로와 나**
	후안 라몬 히메네스	박채연 옮김	59	
	1956년 노벨 문학상 수상 작가
	돈키호테 성찰
	호세 오르테가 이 가세트	신정환 옮김	90	
1915	**변신·선고 외**
	프란츠 카프카	김태환 옮김	72	
	수록 작품 : 선고, 변신, 유형지에서, 신임 변호사, 시골 의사, 관람석에서, 낡은 책장, 법 앞에서, 자칼과 아랍인, 광산의 방문, 이웃 마을, 황제의 전갈, 가장의 근심, 열한 명의 아들, 형제 살해, 어떤 꿈, 학술원 보고, 최초의 고뇌, 단식술사
	서울대 권장 도서 100선
	연세 필독 도서 200선
	미국대학위원회 SAT 권장 도서
	한눈팔기
	나쓰메 소세키	서은혜 옮김	110	
1916	**버너 자매**
	이디스 워튼	홍정아·김동욱 옮김	114	
	청춘은 아름다워
	헤르만 헤세	홍성광 옮김	117	
	1946년 노벨 문학상 및 괴테 문학상 수상 작가

1919	**데미안**
	헤르만 헤세	이영임 옮김	65	
	1946년 노벨 문학상 및 괴테 문학상 수상 작가

1920	**사랑에 빠진 여인들**
	데이비드 허버트 로렌스	손영주 옮김	70	

1921	**러브크래프트 걸작선**
	H. P. 러브크래프트	이동신 옮김	137	

1922	**두이노의 비가**
	라이너 마리아 릴케	안문영 옮김	140	

1923	**E. E. 커밍스 시 선집**
	E. E. 커밍스	박선아 옮김	134	

1924	**마의 산**
	토마스 만	홍성광 옮김	1, 2	
	1929년 노벨 문학상 수상 작가
	서울대 권장 도서 100선
	연세 필독 도서 200선
	「뉴욕타임스」 선정 '20세기 최고의 책 100선'
	미국대학위원회 SAT 권장 도서

송사삼백수
주조모 엮음 | 김지현 옮김 | 62 |

1925	**소송**
	프란츠 카프카	이재황 옮김	16	

요양객
헤르만 헤세 | 김현진 옮김 | 20 |
수록 작품: 방랑, 요양객, 뉘른베르크 여행
1946년 노벨 문학상 수상 작가
국내 초역 「뉘른베르크 여행」 수록

위대한 개츠비
프랜시스 스콧 피츠제럴드 | 김태우 옮김 | 47 |
미 대학생 선정 '20세기 100대 영문 소설' 1위
모던 라이브러리 선정 '20세기 100대 영문학' 중 2위
미국대학위원회 추천 '서양 고전 100
「르몽드」 선정 '20세기의 책 100선'
「타임」 선정 '20세기 100대 영문 소설'

아메리카의 비극
시어도어 드라이저 | 김욱동 옮김 | 106, 107 |

서푼짜리 오페라·남자는 남자다
베르톨트 브레히트 | 김길웅 옮김 | 54 |

댈러웨이 부인
버지니아 울프 | 손영주 옮김 | 142 |

1927	**젊은 의사의 수기·모르핀**
	미하일 불가코프	이병훈 옮김	41	
	국내 초역

황야의 이리
헤르만 헤세 | 권혁준 옮김 | 104 |
1946년 노벨 문학상 수상 작가
1946년 괴테상 수상 작가

1928	**체벤구르**
	안드레이 플라토노프	윤영순 옮김	57	
	국내 초역

마쿠나이마
마리우 지 안드라지 | 임호준 옮김 | 83 |
국내 초역

1929	**첫 번째 주머니 속 이야기**
	카렐 차페크	김규진 옮김	87	

베를린 알렉산더 광장
알프레트 되블린 | 권혁준 옮김 | 52 |

1930	**식(蝕) 3부작**
	마오둔	심혜영 옮김	44	
	국내 초역

안전 통행증·사람들과 상황
보리스 파스테르나크 | 임혜영 옮김 | 79 |
원전 국내 초역

내가 죽어 누워 있을 때
윌리엄 포크너 | 윤교찬 옮김 | 145 |
1949년 노벨 문학상 수상 작가

1934	**브루노 슐츠 작품집**
	브루노 슐츠	정보라 옮김	61	

1935	**루쉰 소설 전집**
	루쉰	김시준 옮김	12	
	서울대 권장 도서 100선
	연세 필독 도서 200선

물망초
요시야 노부코 | 정수윤 옮김 | 112

	작품
	에밀 졸라	권유현 옮김	97	
1888	꿈
	에밀 졸라	최애영 옮김	13
	국내 초역
1889	쾌락
	가브리엘레 단눈치오	이현경 옮김	80
	국내 초역
1890	인형
	볼레스와프 프루스	정병권 옮김	85, 86
	국내 초역
	에밀리 디킨슨 시 선집
	에밀리 디킨슨	조애리 옮김	126
1896	키 재기 외
	히구치 이치요	임경화 옮김	33
	수록 작품 : 섣달그믐, 키 재기, 탁류, 십삼야, 갈림길, 나 때문에
	체호프 희곡선
	안톤 파블로비치 체호프	박현섭 옮김	53
	수록 작품 : 갈매기, 바냐 삼촌, 세 자매, 벚나무 동산
1899	어둠의 심연
	조지프 콘래드	이석구 옮김	9
	수록 작품 : 어둠의 심연, 진보의 전초기지, 『청춘과 다른 두 이야기』 작가 노트, 『나르시서스호의 검둥이』 서문
	미국대학위원회 SAT 권장 도서
	연세 필독 도서 200선
	맥티그
	프랭크 노리스	김욱동·홍정아 옮김	102
1900	라이겐
	아르투어 슈니츨러	홍진호 옮김	14
	수록 작품 : 라이겐, 아나톨, 구스틀 소위
1902	꿈의 연극
	아우구스트 스트린드베리	홍재웅 옮김	130
1903	문명소사
	이보가	백승도 옮김	68

1907	어머니
	막심 고리키	정보라 옮김	123
1908	무사시노 외
	구니키다 돗포	김영식 옮김	46
	수록 작품 : 겐 노인, 무사시노, 잊을 수 없는 사람들, 쇠고기와 감자, 소년의 비애, 그림의 슬픔, 가마쿠라 부인, 비범한 범인, 운명론자, 정직자, 여난, 봄 새, 궁사, 대나무 쪽문, 거짓 없는 기록
	국내 초역 다수
1909	좁은 문·전원 교향곡
	앙드레 지드	이동렬 옮김	24
	1947년 노벨 문학상 수상 작가
1910	말테의 수기
	라이너 마리아 릴케	김재혁 옮김	144
1911	파도
	에두아르트 폰 카이절링	홍진호 옮김	124
1914	플라테로와 나
	후안 라몬 히메네스	박채연 옮김	59
	1956년 노벨 문학상 수상 작가
	돈키호테 성찰
	호세 오르테가 이 가세트	신정환 옮김	90
1915	변신·선고 외
	프란츠 카프카	김태환 옮김	72
	수록 작품 : 선고, 변신, 유형지에서, 신임 변호사, 시골 의사, 관람석에서, 낡은 책장, 법 앞에서, 자칼과 아랍인, 광산의 방문, 이웃 마을, 황제의 전갈, 가장의 근심, 열한 명의 아들, 형제 살해, 어떤 꿈, 학술원 보고, 최초의 고뇌, 단식술사
	서울대 권장 도서 100선
	연세 필독 도서 200선
	미국대학위원회 SAT 권장 도서
	한눈팔기
	나쓰메 소세키	서은혜 옮김	110
1916	버너 자매
	이디스 워튼	홍정아·김동욱 옮김	114
	청춘은 아름다워
	헤르만 헤세	홍성광 옮김	117
	1946년 노벨 문학상 및 괴테 문학상 수상 작가

| 1919 | **데미안**
헤르만 헤세 | 이영임 옮김 | 65 |
1946년 노벨 문학상 및 괴테 문학상 수상 작가

| 1920 | **사랑에 빠진 여인들**
데이비드 허버트 로렌스 | 손영주 옮김 | 70 |

| 1921 | **러브크래프트 걸작선**
H. P. 러브크래프트 | 이동신 옮김 | 137 |

| 1922 | **두이노의 비가**
라이너 마리아 릴케 | 안문영 옮김 | 140 |

| 1923 | **E. E. 커밍스 시 선집**
E. E. 커밍스 | 박선아 옮김 | 134 |

| 1924 | **마의 산**
토마스 만 | 홍성광 옮김 | 1, 2 |
1929년 노벨 문학상 수상 작가
서울대 권장 도서 100선
연세 필독 도서 200선
「뉴욕타임스」 선정 '20세기 최고의 책 100선'
미국대학위원회 SAT 권장 도서

송사삼백수
주조모 엮음 | 김지현 옮김 | 62 |

| 1925 | **소송**
프란츠 카프카 | 이재황 옮김 | 16 |

요양객
헤르만 헤세 | 김현진 옮김 | 20 |
수록 작품: 방랑, 요양객, 뉘른베르크 여행
1946년 노벨 문학상 수상 작가
국내 초역 「뉘른베르크 여행」 수록

위대한 개츠비
프랜시스 스콧 피츠제럴드 | 김태우 옮김 | 47 |
미 대학생 선정 '20세기 100대 영문 소설' 1위
모던 라이브러리 선정 '20세기 100대 영문학' 중 2위
미국대학위원회 추천 '서양 고전 100'
「르몽드」 선정 '20세기의 책 100선'
「타임」 선정 '20세기 100대 영문 소설'

아메리카의 비극
시어도어 드라이저 | 김욱동 옮김 | 106, 107 |

서푼짜리 오페라·남자는 남자다
베르톨트 브레히트 | 김길웅 옮김 | 54 |

댈러웨이 부인
버지니아 울프 | 손영주 옮김 | 142 |

| 1927 | **젊은 의사의 수기·모르핀**
미하일 불가코프 | 이병훈 옮김 | 41 |
국내 초역

황야의 이리
헤르만 헤세 | 권혁준 옮김 | 104 |
1946년 노벨 문학상 수상 작가
1946년 괴테상 수상 작가

| 1928 | **체벤구르**
안드레이 플라토노프 | 윤영순 옮김 | 57 |
국내 초역

마쿠나이마
마리우 지 안드라지 | 임호준 옮김 | 83 |
국내 초역

| 1929 | **첫 번째 주머니 속 이야기**
카렐 차페크 | 김규진 옮김 | 87 |

베를린 알렉산더 광장
알프레트 되블린 | 권혁준 옮김 | 52 |

| 1930 | **식(蝕) 3부작**
마오둔 | 심혜영 옮김 | 44 |
국내 초역

안전 통행증·사람들과 상황
보리스 파스테르나크 | 임혜영 옮김 | 79 |
원전 국내 초역

내가 죽어 누워 있을 때
윌리엄 포크너 | 윤교찬 옮김 | 145 |
1949년 노벨 문학상 수상 작가

| 1934 | **브루노 슐츠 작품집**
브루노 슐츠 | 정보라 옮김 | 61 |

| 1935 | **루쉰 소설 전집**
루쉰 | 김시준 옮김 | 12 |
서울대 권장 도서 100선
연세 필독 도서 200선

물망초
요시야 노부코 | 정수윤 옮김 | 112

| 1936 | **로르카 시 선집**
페데리코 가르시아 로르카 | 민용태 옮김 | 15 |
국내 초역 시 다수 수록

| 1937 | **재능**
블라디미르 나보코프 | 박소연 옮김 | 84 |
국내 초역

그림의 이면
씨부라파 | 신근혜 옮김 | 122 |
국내 초역

| 1938 | **사형장으로의 초대**
블라디미르 나보코프 | 박혜경 옮김 | 23 |
국내 초역

| 1942 | **이방인**
알베르 카뮈 지음 | 김진하 옮김 | 105 |
1957년 노벨 문학상 수상 작가

| 1946 | **대통령 각하**
미겔 앙헬 아스투리아스 | 송상기 옮김 | 50 |
1967년 노벨 문학상 수상 작가

| 1948 | **격정과 신비**
르네 샤르 | 심재중 옮김 | 128 |
국내 초역

| 1949 | **1984년**
조지 오웰 | 권진아 옮김 | 48 |
1999년 모던 라이브러리 선정 '20세기 100대 영문학'
2005년 「타임」 선정 '20세기 100대 영문 소설'
2009년 「뉴스위크」 선정 '역대 세계 최고의 명저' 2위

| 1953 | **엘뤼아르 시 선집**
폴 엘뤼아르 | 조윤경 옮김 | 121 |
국내 초역 시 다수 수록

| 1954 | **이즈의 무희·천 마리 학·호수**
가와바타 야스나리 | 신인섭 옮김 | 39 |
1952년 일본 예술원상 수상
1968년 노벨 문학상 수상 작가

단순한 과거
드리스 슈라이비 | 정지용 옮김 | 131 |

| 1955 | **엿보는 자**
알랭 로브그리예 | 최애영 옮김 | 45 |
1955년 비평가상 수상

| 1955 | **저주받은 안뜰 외**
이보 안드리치 | 김지향 옮김 | 49 |
수록 작품 : 저주받은 안뜰, 몸통, 술잔, 물방앗간에서, 올루야크 마을, 삼사라 여인숙에서 일어난 우스운 이야기
세르비아어 원전 번역
1961년 노벨 문학상 수상 작가

| 1957 | **호모 파버**
막스 프리쉬 | 정미경 옮김 | 113 |

점원
버나드 맬러머드 | 이동신 옮김 | 125 |

| 1962 | **이력서들**
알렉산더 클루게 | 이호성 옮김 | 58 |

| 1964 | **개인적인 체험**
오에 겐자부로 | 서은혜 옮김 | 22 |
1994년 노벨 문학상 수상 작가

아주 편안한 죽음
시몬 드 보부아르 | 강초롱 옮김 | 111 |

| 1967 | **콜리마 이야기**
바를람 샬라모프 | 이종진 옮김 | 76 |
국내 초역

| 1968 | **현란한 세상**
레이날도 아레나스 | 변선희 옮김 | 96 |
국내 초역

| 1970 | **모스크바발 페투슈키행 열차**
베네딕트 예로페예프 | 박종소 옮김 | 36 |
국내 초역

| 1978 | **노인**
유리 트리포노프 | 서선정 옮김 | 89 |
국내 초역

| 1979 | **천사의 음부**
마누엘 푸익 | 송병선 옮김 | 8 |

| 1981 | **커플들, 행인들**
보토 슈트라우스 | 정항균 옮김 | 7 |
국내 초역

| 1982 | **시인의 죽음**
다이허우잉 | 임우경 옮김 | 6 |

| 1991 | **폴란드 기병**
안토니오 무뇨스 몰리나 | 권미선 옮김
| 29, 30 |
국내 초역
1991년 플라네타상 수상
1992년 스페인 국민상 소설 부문 수상

| 1995 | **갈라테아 2.2**
리처드 파워스 | 이동신 옮김 | 108 |
국내 초역

| 1996 | **아메리카의 나치 문학**
로베르토 볼라뇨 | 김현균 옮김 | 17 |
국내 초역

| 1999 | **이상한 물질**
테라지아 모라 | 최윤영 옮김 | 92 |
국내 초역

| 2001 | **아우스터리츠**
W. G. 제발트 | 안미현 옮김 | 19 |
국내 초역
전미 비평가 협회상 브레멘상
「인디펜던트」 외국 소설상 수상
「LA타임스」「뉴욕」「엔터테인먼트 위클리」 선정
2001년 최고의 책

| 2002 | **야쿠비안 빌딩**
알라 알아스와니 | 김능우 옮김 | 43 |
국내 초역
바쉬라힐 아랍 소설상
프랑스 툴롱 축전 소설 대상
이탈리아 토리노 그린차네 카부르 번역 문학상
그리스 카바피스상

| 2003 | **프랑스어의 실종**
아시아 제바르 | 장진영 옮김 | 95 |
국내 초역

| 2005 | **우리 짜르의 사람들**
류드밀라 울리츠카야 | 박종소 옮김 | 69 |
국내 초역

| 2016 | **망자들**
크리스티안 크라흐트 | 김태환 옮김 | 101 |
국내 초역